亡魂鸟

王跃文 著

湖南文艺出版社

图书在版编目（CIP）数据

亡魂鸟 / 王跃文著 . -- 长沙：湖南文艺出版社，
2023.7（2024.8重印）
ISBN 978-7-5726-1052-3

Ⅰ . ①亡… Ⅱ . ①王… Ⅲ . ①长篇小说-中国-当代
Ⅳ . ①I247.5

中国国家版本馆CIP数据核字（2023）第047002号

亡魂鸟
WANGHUNNIAO

作　　者：王跃文
出 版 人：陈新文
责任编辑：谢迪南　张潇格　王　琦
装帧设计：Mitaliaume
内文排版：刘晓霞
出版发行：湖南文艺出版社
　　　　　（长沙市雨花区东二环一段 508 号　邮编：410014）
印　　刷：长沙超峰印刷有限公司
开　　本：880 mm×1230 mm　1/32
印　　张：8.75
字　　数：218千字
版　　次：2023年7月第1版
印　　次：2024年8月第2次印刷
书　　号：ISBN 978-7-5726-1052-3
定　　价：49.80元
　　　　　（如有印装质量问题，请直接与本社出版科联系调换）

一

陆陀成天惶恐不安。他担心自己发疯。他知道自己肯定会疯
的。他见过自家两位疯了的长辈，一位叔叔，一位叔爷。明天，
或者后天，荆都街头会多出个满脸污垢的疯子。很少会有人知
道，这个疯子曾经是位作家。

陆家每代都会有人疯了去，没有哪代人逃脱得了。这个秘密
不能告诉任何人，陆陀自己也害怕想起。陆家人发疯，都是在四
十岁以前。这个家族的人，四十岁之前，都提心吊胆活着。你望
着我像疯子，我望着你像疯子。终于有一个人疯了，没疯的人才
会松一口气，安安心心活好下半辈子。

老辈人讲，陆家人变疯之前，总是夜夜多梦。陆陀最近正是
多梦，稀奇古怪的梦。

陆陀昨夜又做梦了：一位女子，浑身素白，脸庞白皙而消
瘦，眼窝子有些深，眸子亮亮的。不知是白天，还是夜里，也不
知是在哪里。只有这漂亮的女子。陆陀想看清了她，却不敢正眼
去望。突然一声巨响，陆陀慌忙四顾。再回头望去，那女子就不
见了。雷声越滚越远，间或儿在耳边炸响。

陆陀猛地睁开眼睛，心脏突突地跳。雷声还在继续，像千万匹烈马在天边狂奔，经久不息。陆陀有些说不出的惶然，身子虚虚的。雨先是淅淅沥沥，继而暴烈起来。不知什么时间了，陆陀不去理会。没了睡意，睁着眼睛发呆。闪电扯得房间白生生的，如同魔窟。陆陀仍在想那位女子。他平时做梦，总同自己的真实生活有关。哪怕是做那种难以与人言说的艳梦，同枕共衾的，也是他熟识或见过的真实的女人。可这位浑身素白的女子，他怎么也想不起是谁。

陆陀终日蜷伏在家，读书或是写作，倒也乐得自在。不在书斋，就泡茶馆。除非很好的朋友，概不会晤。荆都的天气越来越有脾气了。时序已是春季，可没能让人感觉出一丝暖意。阴雨连绵，冷风飕飕。昨夜，雨下了个通宵。

早上，雨慢慢停了，却阴风大作。陆陀还没来得及吃早饭，电话就响了。表姐接了电话，应付几句了事。陆陀早被电话搅得有些神经质，听到电话铃声胸口就发紧。便嘱咐表姐，一概说他不在家。老表姐照顾着陆陀的生活。那些挖地三尺都要找到他的朋友，就打他的传呼。传呼机颤动起来，他总要先查商务通，看看是谁，再回电话。

上午十点多钟，表姐接了个电话，照例说他不在家。表姐放下电话说："是个女的，说有急事找你。"表姐看上去有些不安。陆陀笑道："没关系的，她硬要找我，会打传呼的。"表姐也有些不敢接电话了，生怕话回得不妥，误了什么大事。表姐没读什么书，对文化人便天生地敬重，总以为陆陀是做大事的。陆陀便暗暗自嘲：我能做什么大事呢？

没多久，陆陀的传呼机颤动起来。他查了商务通，没这个电话。陌生电话，不管它吧。可他又想自己是个琐事拖沓的人，有时朋友给了电话号码，没有及时存进去，过后就不知放到哪里去了。怕万一真是哪位朋友呢？迟疑片刻，还是回了电话。

不料是个陌生女人，讲普通话，声音很好听，似乎还让他的耳边感觉到一种热浪。"陆先生吗？对不起，你不认识我。我是你的读者，很喜欢读你的小说。刚才的电话是我打的。"

看来她知道陆陀在家里。既然她不介意，陆陀也就不觉得难堪。他道了感谢，便问："你有什么事吗？"

她说："没事，只是冒昧地想见见你。"

陆陀不想见人，很客气地说着些推辞的话。常有热心的读者朋友约他，他都婉言谢绝了。他实在不敢答应陌生读者的约见。家人和朋友都嘱咐他别同陌生人见面。天知道是些什么人呢？人心叵测，谨慎自处吧。陆陀也知道自己应该小心些了。他的小说很让一些人不高兴，说不定别人会想什么法子对付他的。比方荆都那位神功大师、著名慈善家、社会活动家，就硬说陆陀的哪部小说影射了他。大师的一位大弟子居然托人传话，说要对他如何如何。陆陀听了，淡然一笑，也请这位朋友传话过去："神功大师能在千里之外发功取人性命，就请他在北京、珠海或是香港朝我发功吧，看我是不是在荆都就地毙命，或是七窍流血。"陆陀传话过去快两年多了，他依然活蹦乱跳。他想大师也许真是位慈善家，不忍杀生吧。

话虽如此，陆陀还是很谨慎。他怕别人使出下三烂的手段，就从不同陌生人单独见面。他独自出门，腰间总别着匕首。作家多少有些狂想症的，他便总想象自己如何对付下三烂：

喥的一声，匕首出鞘，白刀子进，红刀子出。真是好笑。也许是作家的职业毛病，陆陀遇事总喜欢胡思乱想。原本没影的事儿，叫他一番形象思维之后，就跟真的一样了。比方，朋友约他吃饭，突然冲进几个警察，从他身上搜出毒品。他百口莫辩，只好进了局子。如果摆不平这事，他就只好蒙受千古沉冤了。他去宾馆会朋友，房间里没人，门虚掩着。突然进来一位花枝招展的女人，不由分说就脱衣服。又是几位警察冲进来，他也就说不清了。从此熟人和朋友们都知道陆陀还有这等雅好。陆陀每次这么瞎想之后，并不觉得自己神经兮兮。这可不是虚拟的电影场面，而是当今国际上很流行的政治战术，叫"搞臭法"。大凡对那种道德形象很好的政治对手，没办法弄倒他，多用此法，屡试不爽。中国已是全方位同国际接轨了，还有什么不可以向西方借鉴的呢？陆陀常看见这样的新闻：警察采用此法抓嫖客。警察买通妓女设局，引嫖客上钩，警察便黄雀在后，逮个正着。嫖客自认倒霉，由警察几千几万地罚去。如此高明的搞臭法，竟被派上这般下流的用场，真是糟蹋了。

陆陀说了很多客气话，就是不答应见面。可这位女士很是执着和诚恳，说非同他见见面不可。陆陀只恨自己没有钱锺书先生那种幽默，讲不出鸡和鸡蛋的风趣话。女士的声音突然忧郁起来，说："对不起，我是个残疾人，脚不太方便。我的经历相当坎坷，同你说说，说不定对你的写作有用处。"

陆陀就有些不忍了，说："真不好意思。我很感谢你关心我的创作。我们约个时间吧。可我现在手头正忙着，你看十号行吗？"

女士的语气平淡起来，说："好吧，十号。南方大道有个茶屋，叫银杏居，我们在那里见面行吗？你可以记下我的电话。"

陆陀记了电话，又问："对不起，还没请教你的芳名哩。"

"我叫维娜。"她说。

陆陀放下电话，心里陡然涌起某种说不清的感觉。他本想推托的约见，这会儿又嫌时间约得太晚了。十号，还得等上一个星期！

整整一天，那位女士的声音总在他的耳边回萦，似乎还伴着她温热的呼吸。那声音好像具有某种魔力，叫他不由得去想象她的长相、年龄、职业等等。她的声音绵而圆润，这声音应该属于一位曼妙而温柔的女人。他几乎忘了她说自己是位残疾人。

陆陀仍旧夜夜做梦，总是梦见那个女子。他成天惶恐不安，老以为自己快疯了。陆陀这一代，兄妹四人，他是老大。他的两位弟弟和妹妹，都暗自以为他必然发疯。他放着好好的工作不干，自己关在家里写小说，而且写的都是些不讨人喜欢的东西。这不是疯子是什么？弟弟妹妹看上去都很关心他，总是说，哥哥，别想那么多，过自己喜欢的日子，才是最要紧的。他知道弟弟妹妹的心思，也不怪他们。他也觉得自己也许真的快疯了。他的很多言行，别人觉得不可理喻。他想，自己如果命中注定要发疯，躲是躲不掉的。即使他疯了，家人就不再发疯，有什么不好呢？可是，只要想到弟弟妹妹会为他们自己没有发疯而庆幸，他的胸口又会隐隐作痛。

有的人越活越清醒，老了就大彻大悟；有的人越活越糊涂，老了就昏聩顽钝。陆陀还不算太老，也不是很年轻了，他有时明明白白，有时懵懵懂懂。比方预感，他就是将信将疑，信多于疑。曾经有很多预感都神秘应验了，他便疑心苍天之上真有某种怪力乱神，时刻俯视着芸芸众生。所以平日打碎了什么东西、听说了什么凶言、做了什么怪梦，总会让他迷惘：这是否又兆示着什么。

终于熬到了约定见面的那天。时间分分秒秒地逼近晚上七点半，陆陀紧张得脑瓜子嗡嗡响。越来越害怕。今天是怎么了？他可并不是没有同女士单独会晤过啊！这些日子，晚上连续不断的梦魇，白天须臾不离的幻觉，早让他有些魂不附体了。

说到女人，也是弟弟妹妹觉得他像疯子的兆头。他有很多女朋友，都是些冰雪聪明的女孩子。弟弟妹妹很关心他的婚事，想早些知道他会同哪位女子结婚。可他总令他们失望。"早点儿成家吧，一个人终究不是个话！"弟弟和妹妹不止一次说过同样的话。陆陀却想：他们其实是在试探我，看我像不像疯子吧。

七点十五，陆陀赶到了银杏居附近。他没有马上进去，拐进旁边一条小巷子，不安地徘徊着。不知是因为维娜，还是因为怕疯，他感觉心脏几乎跳进了喉咙处，堵得他呼吸不畅。他感觉就像酒醉乱性之后，又要硬着头皮去接受可怜女人的斥责。他屏气调息，好不容易让自己平和些了，才从小巷子里钻了出来。

侍应小姐问他是不是维娜女士的客人，便带他上楼，推开一间叫紫蓝的包厢。

天哪，陆陀惊得几乎要喊出声来。包厢里坐着的，简直就是他夜夜梦见的女子！不过并不显得消瘦，也不是一身素白。维娜穿的是黑色羊毛套裙，晃一眼，便见三处雪白：脸蛋、左手、右手。他马上想到一种花：栀子花。这是一种洁白而清香的花，开在夏季。栀子花本是微显淡黄的，叫浓郁的绿叶拥簇着，便雪一样白。

维娜望着他，浅浅地笑，远远地伸出手来。他知道她不方便起身，便躬身过去，同她握了手。他在她的对面坐下来，道了几句客气，仔细打量她。却见她眼窝子都同他梦见的一样，微微有些深，格外明亮，又有些迷离。

维娜并不像他通常遭遇的那样，说他的小说如何好看。她只是望着他，突然说了声："没那么高。"

她这话没头没脑，他一时懵懂了。他想，她也许是说我没有从照片上感觉的那么高大，便自嘲道："我从来就不认为自己如何伟大。"

维娜却没有同他说自己的故事，只是听他胡侃。既然她说自己的经历很曲折，也许就是些不堪回首的事吧。这就得让她想说的时候再说，他不能像记者采访那样，直接向她提问。不论同谁聊天，先生或者女士，如果对方口讷，陆陀总滔滔不绝。他并不是抢风头，或是有发表欲，实在是怕冷了场，弄得尴尬。可他这毛病，在他的弟弟妹妹看来，也是快要发疯的先兆。人在疯病发作前，要么就突然沉默寡言了，要么就突然口若悬河了。他的弟弟和妹妹，多次夸他的口才越来越好了，说他原来并不怎么会说话的，现在都成演说家了。他明白他们的意思。

维娜一手支住下巴，头偏着，听他东扯西扯。他毫不吝惜自己的口水，说上一阵，就停下来。见她只是微笑，他就只好又说下去。说什么呢？总不至于谈文学吧？他便同她说不久前的云南之行，丽江古城、玉龙雪山、可爱的纳西姑娘、大理的风花雪月、版纳的热带雨林。她总听得入迷，不时又微笑一下，好像是对他演说的奖赏。

无意间，他发现维娜的目光里隐约弥漫着某种不明物质，叫他忍不住想去捉摸。这种感觉稍纵即逝，似有还无，让他暗自惶惑。他背膛有些发热，便脱下外衣。不料维娜突然大笑起来，弄得他不知所措。原来，她看见了陆陀腰间别着的匕首。

陆陀因匕首闹笑话，这是第二次了。有回在大街上，也是觉着热了，他脱了外头的罩衣。一位巡警追上来，飞快地缴了他的匕首，严厉斥责道："这是管制刀具！"巡警查看他的证件他只好笑着，掏出身份证、工作证。没想到巡警看看他的证件，再望望他，笑了起来："原来是陆先生，你开玩笑吧？带着这家伙干什么？"他嘿嘿笑着，说："老顽童，好玩呗！"巡警把匕首还给了他，嘱咐他别把它露在外面。

陆陀把这故事告诉了维娜，说："习惯了。不过今天是无意间带着的。"

她又笑了一阵，道："我就说嘛，对付我一个残疾人，还用如此大动干戈？你是不是真的觉得好玩才带上匕首的？"

陆陀淡淡一笑，说："我的小说得罪了一些坏人。"

她的脸色便有些沉重，微蹙轻叹。

不觉就十点多了。他怕太晚了，她会不方便，就说："今天就聊到这里吧。"

她颔首而笑，说："好吧，你先走一步，我不送你了。"

陆陀躬身过去，同她握了手，点头道别。他刚准备拉门，维娜突然说道："今晚很开心，谢谢你！"

陆陀是独自走着回家的。满脑子理不清的意念。他尽量走在行道树的阴影下，好安安静静地收拾自己的情绪。今日白天很晴朗，夜晚的风更见清爽。他走着走着，突然笑出了声。人也似乎清醒多了。心想自己怎么回事？本以为会发生些什么的，却平安无事。难道是自己无意间在期待着什么？

依然是夜夜做梦。梦中女人好像同维娜略有出入，却似乎就是她。那女人不是御风而行，就是坐在他对面，目光幽幽地望着他；或是独自弯在床上，微微咧着嘴憨笑。他每天醒来，总舍不得睁开眼睛，仍想回到梦境中去。他原本惧怕的梦，如今却有些依恋了。无奈已是日明东窗，市声如潮。有时夜半惊醒，梦便像摔破了的镜子，满地碎玻璃片。他便闭着眼睛仔细拼合残梦，那女人又宛在眼前了。

陆陀恍惚间觉得自己同维娜之间，也许真有什么事情需要了结。有天清早，陆陀梦醒之后，同自己打赌：如果今天晚上旧梦依然，明天就约维娜见面。

她却早早地打了电话来，约他晚上去银杏居喝茶，仍旧是紫蓝包厢。晚上七点五十五，陆陀推开紫蓝包厢的门，维娜又坐在那里了。同一个位置，同一种坐姿。她一手靠在沙发扶手上，一手搭在胸前。她没有伸过手来，陆陀便在她对面坐了下来。就像老朋友见面，免去了客套。

维娜端着杯子抿茶，目光越过杯口，望着陆陀，眸子黑白分明。陆陀也望着她，微笑着。坐下两分钟了，两人都还没有说话。陆陀居然不觉得尴尬。看样子维娜又不准备说话了。两人总这么对视着也不是话，陆陀便想说些什么。他一时找不到话题。谈文学是二十世纪轻薄文人引诱少女的俗套，现在都二十一世纪了，他不想复古。可无奈之下，他最后还是谈了文学。不过只是说故事，同维娜讲述他正在写着的一部长篇。将文学话题说得通俗些，就不至于让人听着牙根发酸了。可陆陀小说的致命弱点，就是故事编得不精彩。他同维娜说的时候，总时时申明，叙说同阅读的感觉不一样。

可是维娜却被感动了，居然开始抹眼泪。陆陀很惶恐，不知怎么安慰她。他不相信自己编的故事如何动人，也许是她的情商超乎常人。

维娜突然打断他的叙述，问："你有兴趣听我的故事吗?"

"当然很想听。"他知道她也许找到表达的感觉了。

维娜喝了一口茶，然后身子微微前倾，一手支着下颌，目光渐渐遥远起来。

维娜一直说到深夜十二点钟。分手后，陆陀回到家里，没有半点睡意。他很想起床，把维娜说的故事记录下来。可是他知道如果通宵不睡，第二天就会面青眼黑，什么也做不成。睡是睡不着，躺着总是好些。

次日白天，陆陀敲了整天的键盘，写他的长篇小说。晚上不准备出门，纵有朋友邀请，也得回绝了。除非是维娜约他。他要把她昨夜说的那些故事写进日记。

一

　　那年维娜十六岁，高中刚毕业，下放到北湖农场。那是夏天。维娜平生没见过湖，总以为只要没有风，湖面便平静如镜。她见书中都是这么描写的。到了北湖，才知道并不是这么回事。风平而浪却不静。维娜很喜欢看北湖时时刻刻波激浪涌的样子，感觉整个湖就是个跳动不停的心脏。她说湖是有生命的。正是北湖的丰水季节，湖面一望无涯，叫人惊叹不已。芦苇漫天漫地长到了天的尽头，不知那浩浩渺渺的芦苇荡里隐藏着什么神秘。这个季节的北湖，就是两匹缎子：见水的是白缎子，长着芦苇的是绿缎子。两匹缎子都在飘，扯着天上的云一块儿飘。

　　维娜穿的是件洗得发白的劳动布工装，左肩上还打了个补丁。那是姐姐给她的。姐姐叫维芸，也下放过，已回城了，安排在汽车发动机厂。维娜一直很羡慕姐姐的劳动布工装，洗得白白的，很好看。可姐姐小气，就是不肯借给她穿。她要下放了，姐姐就大方了。姐姐挑来挑去，选了件补丁少些的工装送给了她。姐姐总共才两件工装。

　　当时同在农场的知青多年以后都还记得维娜这套打扮。女知

10

青们嫉妒死了。她们觉得奇怪，见维娜穿那么厚的衣服，怎么就不出汗？她们却是汗水和着泥土，紧巴巴沾在头皮上和脸上，难看死了。维娜只是鼻尖上微微冒着些汗星子。男知青在背后议论，说维娜这样子就像清早带着露珠的甜瓜。

维娜在三营二连。农场按部队建制，总部叫作团，下面分三个营，营下设连。共八百多人。维娜去农场没多久，全场男女知青都在说，最近来了个漂亮妹子。维娜很快就发现，她不论走到哪里，总被别人盯着。那时候经常看舞剧《白毛女》，维娜对那追光灯下光圈的印象非常深刻。她便总觉得自己生活在追光灯下面。

农场出门不远，就是芦苇地。先是干地，往深处走好远，就是湖边了。有一条小路，弯弯曲曲地通向湖边。有天，维娜吃过晚饭，独自沿小路散步。她走着走着，就闻到了湖的气息。那是泥腥同腐殖质掺和着的气味，闻着让人很安慰。她知道到湖边了。这时候，太阳刚被湖水衔掉一半，湖面就像一锅钢水。不断有水鸭、白鹭和各种不知名的鸟哗啦啦飞过，好像一伸手就可以碰到它们的翅膀。

虽然黄昏已近，可是湖里的游鱼历历可见。维娜蹲下身子，挽了衣袖，想去逗鱼儿玩。这时，突然听到有个男人喊道："不要碰湖里的水。"

维娜吓得忙站了起来，回头四顾。不远处有个小伙子站在那里，手里拿着本书，卷成个筒。他望着她笑，露一口雪白的牙。他长得黑黑的。维娜不敢说话，瞪大眼睛望着他。

"湖水里有血吸虫。"小伙子说完就转身往回走。

他没走多远，又回头说："你也回去了吧，太阳泡到水里去了，马上天就黑了。"

维娜仍不敢说话，远远地跟着他走。她很害怕，因为不远处就是新岸农场。一听名字，就知道这是劳改农场。听说常有犯人跑出来，躲进芦苇地里，再找机会逃走。还听说有犯人专门躲进芦苇地里，找机会强暴女知青。

小伙子突然停下来，回头望着维娜笑。她吓得站住不动了，双腿发软。他仍是笑嘻嘻的，说："你怕我是新岸农场的吧？我同你是一个农场的，我是二营三连的。我知道你叫维娜，新来的，在三营二连。我叫郑秋轮。"

郑秋轮说完又往前走。天已完全黑下来了，漫天流萤，蛙鸣四起。

维娜壮了胆子，说："你怎么说湖水里还有血吸虫呢？血吸虫不是早就消灭了吗？不早就纸船明烛照天烧了吗？你没有读过毛主席的诗词……"

没等维娜说完，郑秋轮说："吹牛皮！"

维娜吓得要死，心想这个人竟敢说伟大领袖毛主席吹牛皮！

两人再也没有说话，一前一后往回走。望见农场大门了，维娜放慢了脚步。郑秋轮马上就明白了她的意思，加快走了几步，两人拉开老远了。

郑秋轮快进大门时，回头望了望。维娜马上就站住了。但维娜猜想他没有看见自己，因为天已经很黑了。可是郑秋轮在大门灰暗的路灯下，轮廓依然很清晰。也许因为维娜站的地方低些，她觉得郑秋轮显得很高大。

农场八百多人，不是谁都可以天天碰上的。维娜自从见过郑秋轮，居然出门就能碰上他。真是奇怪。不知怎么回事，只要见了他，她就脸红，胸口就怦怦地跳。她不敢叫他，总是飞快地瞟他一眼，就躲过了他的目光。郑秋轮也不叫她，只是朝她笑笑。

维娜突然发现，几乎所有女知青都很注意郑秋轮。他穿什么衣服、做了什么事、说了什么话，都被她们谈论着。关于郑秋轮的逸闻好像也特别多，其实也就是些琐碎事情，她们却津津乐道。维娜那个寝室，就她是新知青，对郑秋轮了解不多，插不上话。

同寝室的戴倩对郑秋轮的掌故知道得最多，说起来总是眉飞色舞，很荣耀似的。维娜刚去的时候，戴倩对她最好了。戴倩眼睛大大的，脸盘圆圆的，屁股鼓鼓的，是个美人儿。女伴们却私下议论，戴倩这种身坯的女人，中年以后肯定会胖得一塌糊涂。戴倩老拖着维娜出去玩。戴倩很得意自己的长相，总说这个长得不好，那个长得难看。好像就她和维娜是美人坯子。后来有人评价，维娜是农场第一美人，戴倩要排到五十位以后。戴倩听说了这话，就不太理维娜了。

女知青们老说郑秋轮，维娜便琢磨：这人也许真有特别之处？她却再也不敢同他搭腔。每天出门出工，她总忍不住四处张望。郑秋轮总会在哪个方向，望着她笑笑。可她只要闪他一眼，马上就低了头，再也不朝那个方向张望了。

有天吃晚饭时，维娜老远就见篮球场边围了些人，不知在看什么热闹。她打了饭，一边吃着，一边也往那里去。走近一看，原来是郑秋轮在出宣传刊。她发现这个人真是怪，别人出刊都是先写好了，再贴上去。他却是先把白纸贴上去，再一手端墨，一手龙飞凤舞。已写完一半多了。他的毛笔字真是漂亮，画也画得好。他画画比常人写字还利索，只三五笔，一个插图就画好了。

郑秋轮无意间回头，见了维娜，就拿了自己的碗，说："维娜，请你帮忙打碗饭来，不然等会儿食堂关门了。"

维娜接过碗，问："吃几两？"

郑秋轮笑笑，说："六两。"

有男知青见郑秋轮并没有给维娜饭菜票，就开玩笑，说郑秋轮专门剥削女知青，不仅剥削劳力，还剥削经济。知青们都回避使用金钱这个词，太铜臭气了，而是说经济。维娜也有些不好意思，转身就往食堂去。却听郑秋轮朗声一笑，说："你也可以剥削嘛。"郑秋轮笑的时候，不经意看见了戴倩。戴倩其实站在郑秋轮身后好久了，她见维娜帮他买饭去了，觉得无趣，阴着脸走了。

维娜打饭回来，围观的知青们饭差不多都吃完了，便敲着碗回宿舍去了。宣传窗前只剩下郑秋轮和维娜。郑秋轮又是嘿嘿一笑，说："谢谢你了。你把我的饭放着吧。我得写完了，不然天就黑了。团部只给我半天工。"

维娜见他又要端墨，又要写字，有些碍事，就说："我帮你端着墨吧。"

郑秋轮也不客气，就把墨递给了维娜。谁也不说话。他的衬衣湿透了，紧贴着背膛。背膛的轮廓就特别分明，背脊沟深深的，沟两边的肌肉鼓鼓的。维娜心想，他这么壮实，难怪要吃六两米饭。望着他的背脊，维娜禁不住心跳如鼓。

郑秋轮写完最后一个字，天已擦黑了。维娜望望他，见他的脸已模糊起来，只看见牙齿白白的。两人这才开始吃饭。饭早凉了，不过是夏天，也能吃得下。两人就站在宣传窗前吃，并不怎么说话。维娜老是跺脚，蚊子太多了。

郑秋轮就说："怎么蚊子只咬你？我只听得蚊子叫，就不见蚊子咬。"

维娜说："你们男人皮肤厚些嘛。"

郑秋轮笑笑，说："你这是骂我了。"

维娜觉得莫名其妙，问："我怎么骂你了？"

郑秋轮说："你说我皮肤厚，当然包括脸皮也厚啦。"

明明是玩笑，维娜却不好意思起来。她的脸又红了，幸好天

14

黑着。郑秋轮见维娜突然不作声了，就讲了个笑话。他说："蚊子是最忘恩负义的。它想吸你的血，就在你耳边不停地喊公公公公；一旦叮你一口，就翻脸不认人，叫你一声孙——飞走了。"

维娜忍不住扑哧一笑，饭喷了出来。郑秋轮却一本正经地开玩笑："你笑归笑，别把饭吐掉呀。毛主席教导我们说，贪污和浪费是极大的犯罪。"

维娜说："你还知道毛主席教导？"

郑秋轮像是吃了一惊，望了望维娜，很平静地说："你还记得我那天说的话？我讲的可是真话。湖区老百姓都知道，血吸虫并没有完全消灭，却没有人敢说。照样还有很多人患血吸虫病。可你到医院去，不能说是血吸虫，不然不给你治。好像血吸虫病就是反革命病。血吸虫病潜伏期可以长达二三十年，你就是今天染上了，也许要等二三十年之后才发病。有这二三十年时间供他们去扯谎，什么荒唐的事都可以充充裕裕地做了。"

"你怎么相信真的还有血吸虫病呢？"维娜问道。

郑秋轮说："我爸爸是市防疫站的血吸虫防治专家，就因为讲了真话，被关了整整三年，前年才放出来。去年夏天，我回家时，把爸爸的显微镜偷偷带了来，取湖里的水样检测过，见里面分明还有血吸虫。爸爸发现显微镜不见了，就知道我要做什么了。真是知子莫如父啊。他吓得要死，连夜赶到农场。他提着装有显微镜的布袋，拉着我到了外面。走到没有人的地方，爸爸竟然扑通一声跪在我面前，说，求你看在你妈妈面上，别拿自己的脑袋开玩笑了。我当时堵着气，居然没有拉爸爸起来。为着这事儿，我后来非常后悔。爸爸见我犟着，自己爬起来，什么也没说，独自走了。那是深夜，早没有车了，我不知爸爸是怎么回家的。从这里到最近的柳溪镇，也得走三十多公里。"

维娜望着郑秋轮，说不出的害怕。郑秋轮说的可不是开玩笑的事啊。尽管天色已经很黑了，维娜却能感觉出郑秋轮脸上的沉重。

"中国早就没有皇帝了，却仍有金口玉牙。金口玉牙说没有血吸虫了，有也没有了。这可是拿老百姓的生命开玩笑啊!"郑秋轮长叹一声，不再言语了。

维娜回到宿舍，感觉有些异样。几位同伴都低头做自己的事，不太说话。维娜分明觉得就是在她进门的那一瞬间，里头的说话声戛然而止。过后维娜出门进门好几次，只要她一出门就听得叽叽喳喳，她一进门就谁也不说话了。只有戴倩不停地唱，从李铁梅唱到阿庆嫂，从小常宝唱到柯香。那天晚上，大家上床后，话都不怎么多，竟然没有人提到郑秋轮。平时总有人会提到他的。戴倩正好睡维娜上铺。那个晚上，维娜没睡好，知道戴倩通宵翻来覆去。她平时是最会睡的，女伴们都笑她果真是属猪的。戴倩也不生气，只说自己脸白白嫩嫩，就搭帮会睡。

维娜以为自己快成神仙了。只要出门，她就忍不住举目四顾，心想郑秋轮该在那里吧？他果然就会出现在她的视线里。似乎他被她的灵魂驱使着，招之即来。郑秋轮仍不怎么同她说话，总是微微笑一下，露一口白白的牙。若没看见维娜，他便是低着头，匆匆地走。似乎他总在赶路，他有走不完的路。

农场不种水稻，按季节依次种着油菜、小麦、棉花和甘蔗。正是夏季，棉花树望不到边，北湖平原便是铺天盖地的油绿。田土崭平崭平，直达遥远的天边。天边飞过的麻雀都看得清清楚楚。全场知青都钻进棉花地里打枝，就是去掉缛枝。维娜忍不住要往郑秋轮连队的方向张望。他背着洗得发白的军用挎包，里面总装一本书。只要有空，他便会掏出书本来。工间休息了，知青们掷土块儿打仗玩。维娜回头一看，却不见了郑秋轮。他准蹲在田埂上看书去了。维娜仍望着他那个方向，装着看天边的云。她想说不定那棉树深处会突然冒出个头来，就是郑秋轮。维娜那时才十六岁，不明白自己是在恋爱了。

那时年轻人恋爱，程序上多半有些雷同。比方从借书开始。有天收工，回农场的路上，维娜走着走着，就同郑秋轮走在一起了。

她问："你有什么好书看吗？"

他说："我没什么好书，也都在别人手里打转。手头就有一本《钢铁是怎样炼成的》。"

维娜其实早就看过这本书了，却说："借我看看吧。"

晚饭后，郑秋轮在宿舍外面高声叫道："维娜，维娜。"

维娜正对着镜子梳头，听郑秋轮一叫，见自己的脸刷地红了。女伴们都在寝室里，本来嘻嘻哈哈的，立即就静了下来。维娜不敢高声答应，低头出去了。郑秋轮站在宿舍外面的坪里，手里拿着书。维娜朝他走去，觉得两腿发硬，不太灵便。她接过书，喉头好像也发硬了，说不出一句客气话。她转身就走，却糊里糊涂地往外走。维娜本想拿了书就回宿舍去的，却越发慌乱了，干脆出了农场大门。

已是黄昏了，维娜见很多很多蜻蜓在她头顶飞舞。她还从来没见过这么多的蜻蜓，有些害怕，麻着胆子走了会儿，就回来了。走到门口，听得戴倩说："……想约郑秋轮出去，人家没有去。"

维娜就不敢进去了，站在门口。戴倩又说："外面好多蜻蜓啊，明天肯定会下大雨的。"

三

陆陀十几天没有见到维娜了。他照样每天晚上都会做同样的梦，进入他梦里的女人，真真切切的就是维娜了。梦境令他流连，又让他常常陷入狂想：她是否就是老天派来催我发疯的？

五一节休息期间，他想请维娜吃饭。可她正在外地办事，好几天才能回来。陆陀想她腿脚不方便，还到处跑干什么？陆陀至今还不知道维娜干的什么职业。他不好问她，似乎她应在某个福利工厂。他又猜测她也许会像有些残疾人一样，办个服务热线电话，做"知心大姐"。

今天一早，她打电话说已回来了。陆陀便约她吃饭。她一口答应了，却又说："我们两个人吃饭，不好点菜，点多了吃不完，点少了又显得你不客气似的。不如就在银杏居吃煲仔饭吧。"

陆陀正好是个喜欢简单的人，就约好在银杏居。他想自己是东道主，就想早些去。可是当他推开包厢门的时候，维娜又坐在那里了。进门那一瞬间，陆陀的大脑闪过短暂的空白。胸口狂跳，说不清的惶然。她正安静地喝着茶，仍是那个位置，那种坐姿。好像她一直就是坐在这里，等待陆陀到来。他最近刚读过一部叫《大师和玛格丽特》的俄国小说。小说描写撒旦来到凡间，设计种种不可思议的奇迹，捉弄凡人们。那撒旦随时都会出现在你面前，就像他在世界的每个角落恭候着你。陆陀便想：这维娜是否也是某位尊神？如此一想，他真有些害怕了，忙暗暗交代自己：别这么瞎想，维娜说的可都是真真实实的凡间故事。

维娜今晚穿的是深色旗袍，比常见的旗袍宽松些，显得高贵而大方。她看出了陆陀的异样，说："没关系的，是我自己来得太早了。"

陆陀掩饰内心的惶恐，说："我请客，理应先到的。"

维娜笑道："你不必歉疚。告诉你吧，这个茶屋就是我的，你再怎么赶，都早不过我的。"

陆陀恍然大悟，说："维娜你可真是个悬念大师！"

"是吗？我的故事里还有很多悬念，就看你有没有耐心。"

陆陀万万没有料到的是，吃完饭了，维娜突然站了起来。他眼睛睁得天大，说不出话。维娜回头一笑，拉开包厢门，出去了。

她微笑着回到了包厢，他仍说不出话来。她坐下笑道："请你千万别介意，我不是有意恶作剧。那天，听你那拒人千里之外的意思，我若不说自己是个残疾人，你肯发慈悲见我？"

陆陀摇摇头，苦笑起来："你呀，才说你是悬念大师，就把这么大一个悬念揭破了。你不如还拖拖，等我实在忍不住了，冒昧地问你是怎么致残的，你再告诉我嘛。"

维娜说："本来是不想马上告诉你的，或者就这么瞒着你算了。可今天早早就见面了，可能会待好长时间。我总不能这么长时间不上卫生间嘛。对不起，请你千万别以为我有意捉弄人。"

陆陀反而觉得维娜挺好玩的，还有些少女心性，却并不做作，真是难得。他说："这几天我正担心哩。我想，她腿脚不方便，还四处跑什么呢？"

"我抽空去外地看个人。"维娜说着就叹息起来。

"叹什么？有什么事吗？"陆陀问。

维娜摇摇头，说："现在不告诉你，以后……到时候再说吧。刚才我说，我的故事还有很多悬念。可是，生活中的悬念，同你们作家在小说中营造的悬念并不一样。生活中的悬念，是因为命运的无常；小说中的悬念，是你们作家的艺术匠心。"

"你说得很对啊。"陆陀感叹道。

维娜突然问："陆先生，你真的做自由写作人算了？"

"难道这是个问题吗？"陆陀笑道。

维娜说："我今天在家收拾东西，无意间翻到一张《荆都晚报》，上面有一位作家的文章，叫《常识性困惑》。半年以前发的吧？我当时读了，觉得这个人很骨气。我就把报纸留下来了。他同你的情况差不多，也是脱离官场做自由写作人。"

陆陀说："是吗？"

"我把报纸还带了来哩。"维娜说着就从包里取出报纸。

"我看看。"陆陀说罢，接过报纸。

终于逃离官场，可以过一种自由自在的读书写作生活了。尽管自由是有限度的，自在还需自寻心境。有道是"英雄到老皆皈佛，宿将还山不论兵"。幸好我既不是英雄，又不是宿将，只是在官场迷迷糊糊地走了一遭，仍有许多懵懂之处，拿来说说，图个快活。

记得刚踏进官场，对一个名词的感觉特别深刻，那就是：印象。而且据说最最要紧是第一印象。好心的同事告诉我，谁谁本来很有才干，就因为某某偶然事件，在领导那里落了个不好的第一印象，他就背时倒运；谁谁就因为年轻时的一件小事，在领导那里印象坏了，一辈子就再也没有出头之日，直到退休都还是个普通干部。这些故事里的主人公，都是我可以看见的活生生的人，他们都是一副落魄不堪的样子。刚参加工作时，我还很有些抱负，总想有所建树，便处处谨慎，事事小心，唯恐领导对我的印象不好。慢慢地，我好生困惑，发现这印象之说真没道理：那些所谓领导，嘴上那么堂而皇之，而知人用人怎么可以凭他的个人印象呢？原来官帽子不过就是他们口袋里的光洋，想赏给谁就赏给谁，只看你是否让他看着顺眼！

老百姓说得激愤：中国最大的法不是宪法，而是看法。尽管这是极而言之，却实在道尽了官场很多失意者的无奈和辛酸。所谓看法，也是我困惑的一个词儿。看法多是用作贬义的。官场上，你跟谁透个风：某某领导对你有看法了，这人准被吓个半死。看法坏了，你再怎么兢兢业业洗心革面都徒劳了。领导们总相信自己是很英明的，不太会轻易改变自己对人的看法。宪法太大，一般人也难得去触犯。刑法或别的法，判得容易，执行却难。目前无法兑现的法律判决多着哩！而看法却是现碰现，领导今天对你有看法了，明天你怎么做都不顺眼了。看法会让你死也死不了，活也活不好。

还有就是组织，也让我大惑不解。组织是个筐，什么都可往里装。某某领导要重用你，说是组织需要；某某领导要修理你，也说是组织需要；某某领导想把你凉起来，同样说是组织需要。你若不想任人宰割，准备摆在桌面上去申诉或控辩，他们会说你不服从组织意见，或说你对抗组织；而你私下发发牢骚，却又是搞非组织活动了。有些人就这本事：把什么事都放在组织名义下，弄得堂而皇之。无可奈何，官场中人都是组织内人，纵有满腹委屈，只要别人抛出组织这个词，他们只好隐忍了。面对冠冕堂皇的组织，他们只得失语。

所谓尊重领导，我也是颇为质疑的。我没见过哪个文件或法律上规定下级必须尊重上级，而这却似乎是官场铁律。我虽然迂腐，却并不是凡事都去翻书的人。只是耳闻目睹了很多所谓领导，并不值得尊重。就像眼镜不等于知识，秃顶不等于智慧，修养差不等于性子直，肚子大不等于涵养好，官帽子高并不一定就等于德才兼备，令人尊重。近年来倒了很多大贪或大大贪，他们八面威风的时候，一定早有人看透了他们，并不从心眼里尊重他们，只是他们掌握着别人的饭碗，人家奈何不了他们。往深了说，这尊重领导，骨子里是封建观念。因为笼统地说尊重领导，往下则逐级奴化，往上的终极点就是个人崇拜。人与人之间，当然是相互尊重的好，但值得尊重的是你的人品和才能，而不是你头上的官帽子。

凡此种种，在官场，都是常识，人人都自觉而小心地遵循着，我却总生疑惑，拒不认同。这德行，在官场还待得下去？还是早早逃离的好。

陆陀低头看报，维娜便默默地望着他。她的头发往后拢着，只用发夹松松地卡着。头发很黑，黑得一头寂寞。

"他的小说我看过，不错。"陆陀叹道。

"很惭愧，我没有读过他的小说。"维娜问道，"陆先生，像他这样写作，有人恨吗？"

陆陀笑笑，说："肯定有人会恨的。这位作家很坦荡，我曾见过关于他的报道，他说：'大凡恨我的，无非两类人，不开明的和不正派的。恩格斯说马克思也许有很多敌人，却没有一个私敌。'他说他不是自比马克思，但完全有这个自信，他也没有一个私敌。"

"这种人，不多了。"维娜叹道。

陆陀摇头说："明白的人还是很多，只是人们都习惯把自己包裹起来。我们不说这个了吧。"

"你说话的神态，有些像郑秋轮。只是他比你长得黑。"维娜说。

"是吗?"陆陀便有些不好意思，笑得很不自然。

两人随意聊着，慢慢地就说到了北湖。包厢里的灯光是玫瑰色的，维娜便显得特别的白。陆陀原先总以为她的白，是因为活动太少的缘故。她的白是那种生气勃勃、清香四溢的栀子花的白。听着她缓缓的讲述，他似乎真的感觉到有股栀子花的清香，从她的方向无声无息地弥漫过来。

四

　　他们的恋爱是从讨论保尔同冬尼娅、丽达的爱情开始的。维娜虽然早看过了《钢铁是怎样炼成的》，却并不敷衍，认真地重读了一次。他们见面，总是谈这本小说，谈得最多的自然是书中的爱情。干活从早忙到黑，没多少时间看书。书便看得很慢。当维娜把《钢铁是怎样炼成的》读到大约三分之二的时候，她同郑秋轮的初恋也炼成了。也是一个黄昏，在他们最初不期而遇的湖边，两人拥抱在一起了。不再是夏季，已到了秋天。芦苇黄了，开着雪一样的花。芦苇正被收割着，留下漫漫无边的荒凉。

　　没了芦苇的北湖，澄明清寒，同天空一样深邃。那个黄昏，维娜知道郑秋轮十九岁，比她大三岁。

　　他们俩一直拥抱着，待到深夜。湖面上有种不知名的鸟，总在凄凄切切地叫着，来回翻飞。多年过去了，只要想起来，那让人落泪的惨厉的鸟叫声就会响起在她耳边。

　　人若是被命运捉弄得无所适从了，就会迷信起来。后来她就总想，那鸟的叫声，其实早就向他们兆示了什么，只是他们自己懵然不觉。

农场的劳动越来越枯燥难耐，知青们老盼着下雨。只要不是太忙，下雨就可以歇工。有天正好下雨，农场放了假。郑秋轮约维娜去阅览室，看看书报。郑秋轮看着《参考消息》，突然将报纸一丢，轻声说："屁话！"

维娜不知他说的是什么，望着他，不好追问。出来以后，她问："你为什么生气？"

郑秋轮说："《参考消息》上有篇文章，题目叫《苏修在商品化道路上迅跑》，批判苏联到处充斥着商品气息，复辟资本主义。苏联是否复辟资本主义，我不敢乱说。但是，否认商品的存在，显然没有道理。抹杀商品，就会窒息经济。经济是有生命的有机体，需有血液循环才能活起来。商品交换，就是经济的血液循环。他们既然标榜是辩证唯物主义，就得按唯物论的观点看问题。商品是客观存在，并不是将商品换种说法，叫作产品，商品就消灭了。这不是掩耳盗铃吗？"

维娜有些听不懂，岔开话说："我们不说这些好吗？出去走走吧。"

他们出了农场大院，往湖边走。路泥泞不堪，没走几步，套鞋就沾满了泥。泥很黏，粘在鞋上甩不掉，脚就越来越重。郑秋轮就说："打赤脚吧。"

维娜只好学着郑秋轮，脱了鞋子，说："好不容易有个穿鞋的日子，却没个好路走。"

雨慢慢小了，风却很大。丝丝秋雨吹在脸上，冷飕飕的。两人提着鞋子，披着塑料布雨衣，手牵着手，低头前行。稍不留神，就会摔倒。郑秋轮说："维娜，路不好走，又怕过会儿雨大了。我带你去蔡婆婆家坐坐。"

"蔡婆婆？"维娜问。

"哦，你不认识吧？就在那里。"郑秋轮指着湖边一处茅屋，

"蔡婆婆是个孤老婆婆，眼睛看不见。我常去她那里坐坐，同她说说话。"

维娜觉得有意思，问："你还有这个性子？有兴趣陪瞎子老婆婆说话？"

郑秋轮说："蔡婆婆像个神仙。她老人家眼睛看不见，北湖平原上的事却没有不知道的。谁往她家门口一站，不用你开口，她就知道是谁来了。"

他俩说着就到了蔡婆婆茅屋外面。郑秋轮说："我们洗洗脚吧，蔡婆婆可爱干净啦。"

"是小郑吗？"

两人回头一看，见蔡婆婆已扶着门框，站在门口了。

"蔡婆婆，我们今天不出工，来看看你老人家。"郑秋轮说。

蔡婆婆问："还有个妹子是谁？"

维娜大吃一惊，望着郑秋轮。她刚才一句话没有说，蔡婆婆怎么知道来了个妹子呢？

郑秋轮说："我们场里的，叫维娜。"

"维娜？那就是新来的？长得很漂亮吧？"蔡婆婆说。

郑秋轮说："她是我们农场最漂亮的妹子。"

维娜头一次听郑秋轮讲她漂亮，脸羞得绯红。蔡婆婆说："那好，小郑是农场最好的小伙子。"这话是说给维娜听的，她便不好意思了。

进屋坐下，维娜抬眼看看，更不相信蔡婆婆真是个瞎子了。茅屋搭得很精致，就只有里外两间。外面一间是厨房，泥土灶台光溜溜的。里面是卧房，一张破床，床上的蚊帐旧成了茶色，补丁却方方正正。地面是石灰和着黄土筑紧的，也是平整而干净。几张小矮凳，整齐地摆在四壁。

蔡婆婆摸索着要去搬凳子，郑秋轮忙说："你老坐着，我自己来吧。"

"妹子，小郑是个好人。你们农场的年轻人，尽到院子里去偷鸡摸鸭，就他好，从来没做过这事。乡里人喂几只鸡，养几只鸭，好不容易啊。"蔡婆婆说。

听蔡婆婆夸着，郑秋轮只是笑笑，维娜却更是不好意思了。郑秋轮说："蔡婆婆，你有什么事，要我帮忙，你就说啊。"

"我没什么事啊。一个人过日子，我吃饭，全家饱。你们生活怎么样？肚子里没油水，就去湖里钓鱼嘛。"蔡婆婆说。

郑秋轮说："不敢啊。你们大队的民兵划着船巡逻，抓住了就会挨批斗。"

"湖里那么多鱼，就怕你钓几条上来？那些偷鸡摸鸭的，我会叫他们去钓鱼吗？你去钓吧，到我灶上来煮。"蔡婆婆说着，眼睛向着门外。门外不远处是烟雨蒙蒙的北湖，正风高浪激。

郑秋轮笑笑说："好吧，哪天我钓了鱼，就借您老锅子煮。"

维娜突然打了个寒战。郑秋轮问："你冷吗？"

维娜说："不冷。"

蔡婆婆说："这天气，坐着不动，是有些冷啊。妹子，别冻着了。不嫌脏，我有破衣烂衫，拿件披着吧。"

维娜说："不用了，蔡婆婆。我俩坐坐，就回去了。"

"不陪我说说话？"雨忽然大起来，蔡婆婆笑了，"你看，老天爷留你们了。"

雨越来越大。雨帘封住了门，望不见门外的原野。茅屋里黯黑如夜。狂风裹挟着暴雨，在茫茫荒原上怒号。蔡婆婆在絮絮叨叨，说着些人和事。郑秋轮揽过维娜，抱在怀里。维娜有些不好意思，好像蔡婆婆什么都看在眼里似的。

"旧社会，哪有这么多的贼？"蔡婆婆说，"远近几十里，就一两个贼，人人都认得他们。村里谁做了贼，被抓住了，就关进祠堂。祠堂里有个木架子，就把他放在架子上绑着，屁股露在外面。旁边放根棍子，谁见了都要往他屁股上打三棍子。这叫整家法。"

郑秋轮紧紧抱着维娜，同蔡婆婆搭腔："是吗？"

蔡婆婆说："如今这些偷的抢的，都是解放时杀掉的那些土匪投的胎。掐手指算算吧，他们转世成人了，正好是你们这个年龄啊。报应。"

维娜笑笑，说："蔡婆婆，你说的都是反动话啊。你不怕？"

蔡婆婆说："我怕什么？"

维娜仍是冷，往郑秋轮怀里使劲儿钻。忽听得蔡婆婆笑了笑，维娜忙推开郑秋轮，坐了起来。蔡婆婆说："我是你们这个年纪，早做娘了。"

维娜问："蔡婆婆生过孩子？"

"生过三个，都是哄娘儿，早早地就离开我了。"蔡婆婆叹道，"我那死鬼，放排去常德，好上个常德府的婊子，就不管我们娘儿几个了。"

郑秋轮舞了下手，叫维娜别乱说话。雨还没有歇下来的意思，风越刮越大，雨水卷进门来。蔡婆婆说："龙王老儿发脾气了。"她说着就起身去关了门。屋里就同夜里一样黑了。却感觉蔡婆婆在不停地走来走去，收拾着屋子。她是没有白天和黑夜的。

蔡婆婆说："就在我这里吃中饭吧。我去睡会儿，起来再给你们做饭吃。"

郑秋轮说："不了，不了。我们坐会儿，雨停就回去。"

蔡婆婆说声莫客气，就没有声音了。坐在茅屋里听雨，没有暴烈的雨声，却听得更真切。雨打枯草的声音，雨打树叶的声音，雨打泥土的声音，风卷狂雨的声音，都和在了一起。细细一听，似乎还可听见秋虫在雨中吱吱而鸣。

郑秋轮伏在维娜耳边，轻轻地说："维娜，你在听雨吗？"

"在听。我想哭。"维娜说。

郑秋轮便摸摸维娜的脸，把她搂得更紧。他的手慢慢感觉到了湿润，维娜真的哭了起来。郑秋轮用手揩着她的眼泪，他的胸口也软软的。维娜在他怀里扭动起来，胸脯紧紧贴着他。那个令他惶惑不安的地方，他总是不敢伸手触及。

蔡婆婆已呼呼睡去。

收完芦苇的原野上，离离漫漫的野艾蒿白了，像服着丧。维娜总有些不知从哪里来的怪念。比方说艾蒿，端午时人们拿它挂在门上，说是可以避邪。可她总把艾蒿当作不祥之物，它让原野更显荒凉，让秋风更显萧瑟。维娜想象艾蒿总是长在坟地里的，想着就有些怕人。

荒原上，维娜和郑秋轮常常从黄昏徘徊到深夜。秋越来越深了，湖却越来越瘦。通往湖边的路越来越远。维娜初次遇见郑秋轮的地方，夏天本是湖面，如今早已是干涸的黑土，龟裂着，像无数呐喊的嘴、怒张的眼。夜空寒星寥落。

有天下午，农场闲工。郑秋轮背着书包，跑到维娜宿舍外面，喊道："维娜，出去玩吗？"

出来的却是戴倩，笑眯眯的，说："郑秋轮，进来坐坐吧。"

郑秋轮说："我不进来了。维娜呢？"

戴倩说："不知她发什么毛病，清早就出去了，同谁也不说话。"

听得里面有人在说："戴倩，你操什么心？又不是找你的。"

戴倩便红了脸，转身往房里去了。

郑秋轮独自往农场外的荒原走去。他心里着急，不知维娜怎么了。他想维娜不会去哪里，只会去湖边。他边走边四处张望。原野没有多少起伏，极目望去可达天际。他往平时两人常去的湖边走，果然见维娜坐在那里。

"维娜，我到你寝室找你哩。"郑秋轮跑了过去。

维娜回头望着他，却不说话。郑秋轮问："你怎么了？"

维娜说："我收到了爸爸的信。"

"家里有事？"

"没有。"

郑秋轮说："那就该高兴啊。我爸爸是不给我写信的。"

维娜说："我爸爸自己最苦，却老是写信哄我。每次收到他的信，我就难受。"

"你从来还没有同我谈过你爸爸哩。你爸爸他……怎么样？"郑秋轮试探道。

维娜沉默半天，说："我爸爸是荆都大学的历史系教授，早就离开了讲台，下放到荆都南边的一个林场，在那里做伐木工。那个林场在猛牛县。我爸爸不是个普通教授，他是明史专家，很有名的。"

"是吗？我就敬重有学问的人。"郑秋轮说。

维娜叹道："我爸爸吃亏就吃在他的学问上。他的历史研究有自己的理论，又只认死理，就遭殃了。爸爸每次来信，都嘱咐我要好好劳动，立志扎根农村。其实我心里清楚，他只希望我早日回城去。"

郑秋轮也不禁叹息起来，说："谁都盼着早些回去。那天在蔡婆婆家，你哭了。我没有问你为什么哭，却知道你哭什么。我心里也有些灰，几乎绝望。被大雨困在那样一个茅屋里，想想自己的前途，什么都看不到。"

维娜低声说："是啊，都看不到前途。我们全家人最大的愿望，就是爸爸能够回大学去教书。爸爸是家里的顶梁柱啊。我姐姐已经回城了，在汽车发动机厂做车工。爸爸妈妈就我和姐姐两个孩子。妈妈也在爸爸那个大学，在图书馆做管理员。我妈妈本是学英语的，却从来没有用上过讲台。她没有资格上讲台，我外祖父是资本家。我很小的时候，妈妈就教我英语。你别说我吹牛，我的英语水平比我的中学老师好。我妈妈是个读书很多，却从来就没有自己见解的人，日子过得诚惶诚恐，谨小慎微。也好在妈妈是这个性格，小心翼翼护着这个家。不然，只怕连个家都没有了。"

"好了，我们不说这些了。面包会有的，一切都会有的。"郑秋轮嘿嘿一笑，拍拍维娜的脸蛋，"真的，你今后教教我的英语，好吗？"

维娜说："这年头还学什么英语？没用。"

郑秋轮说："会有用的。我说你也不要把英语荒了。"

"好吧，我听你的。唉，我爸爸就是肚子里的墨水太多了，才挨整。"维娜说着就叹息起来。

郑秋轮笑笑说："好了，我们不谈这些了。走，我俩去湖里偷鱼去。"

维娜问："怎么个偷法？抓住了可不得了的啊。"

郑秋轮狡黠地笑道："没事的，你跟我走吧。"

两人在湖边若无其事地散步，到了个僻静处，郑秋轮从书包里掏出个纸包。打开一看，里面是个寸把长的木棍子，缠着丝线。原来郑秋轮早准备了个鱼钩，只是不用钓竿。

"湖里多的是鱼，瞎子都钓得着。我们不着急，只要钓上一条，就够吃了。"郑秋轮说罢，随便在地上捡了根棍子，在地里刨了几下，就刨出几条大蚯蚓。他将蚯蚓往鱼钩上挂好，抛进水里。然后掏出本书来看，嘱咐维娜看着浮标。

"看的是什么书？"维娜拿过郑秋轮手里的书看了看，见是恩格斯的《费尔巴哈或德国古典哲学的终结》。她见郑秋轮老读这种书，便以为他好了不起的。维娜从小就有机会读很多书，可她读书单一，只喜欢看文学书籍。她是个被文学蛊惑得满脑子幻想的女孩子。她崇拜英雄，总梦想自己的命运同英雄联在一起。她愿意听从英雄的召唤，为英雄奉献一切，哪怕为他献身。她甚至经常萌生一种很疯狂的想法，就是自己亲手掩埋心爱的英雄的遗体，然后一扭头，迎着凄风苦雨，走向遥远的他乡。

郑秋轮读小说只是偶尔消遣，他最热衷的是钻研政治和经济理论。马克思的《哲学手稿》、梅林的《马克思传》、列宁的《国家与革命》，他都找来看。可是好书并不多，大多是郑秋轮不以为然的钦定调子。他说自己是正书反看，又说自己是从书的字缝里面看。每看完一本书，他都会在维娜面前滔滔不绝地说上好几天，批驳书中的观点。他也并不显得慷慨激昂，只是不温不火地说道理。维娜听着头头是道，却似懂非懂。也有些东西郑秋轮虽不赞同，却找不出理由去驳斥，他为此深深地苦恼。

维娜懒懒地靠在郑秋轮的怀里，眼睛一眨不眨望着浮标。郑秋轮就是她心目中的英雄。英雄却整个儿钻进书里去了，只有温热的呼吸匀和地吹在维娜的脸上。突然，维娜抬手碰碰郑秋轮，说："动了，动了。"

郑秋轮半天才反应过来，问："什么？"

再望望浮标，又一动不动了。维娜嗔怪道："才动了的。"

郑秋轮说："这会儿不动了，说明还是没有鱼。不信你扯上来看看吧。"

扯上来一看，钓钩竟然空了。维娜说："我说有鱼嘛。"

郑秋轮笑道："好狡猾的一条鱼。没事的，我们有的是时间。"

郑秋轮上好鱼饵，又埋头看书去了。维娜就说："再有鱼上钩，我就自作主张，不同你说了。"

郑秋轮摸着维娜的脸，说："好吧，你就拉钓吧。"

没过多久，维娜猛地站了起来，将手中的丝线用力一绷，轻声说："快快，钓着了。"

郑秋轮忙放下书，接过维娜手中的丝线，低声说："你蹲下来吧，我们可是在偷鱼啊。"

维娜慌忙地往四周看看，蹲下来说："没人。"

郑秋轮慢慢地收着丝线，说："这条鱼很大，不能用力拉，得试着往回拖。你看着人吧，等我慢慢来。"

维娜又站了起来，四处张望。郑秋轮笑了，说："你这样不行，鬼鬼祟祟的样子。你不能像是搞地下工作啊。"

维娜问："那你说怎样？"

郑秋轮说："你拿着我的书吧。你站着，装着看书的样子，眼睛往远处望。"

维娜就拿着书，装模作样地看起来。郑秋轮又说："你不能老朝一个方向，还得注意其他方向。自然些，对对，就这样。"

维娜笑了起来，说："地下工作可是革命战争年代的事啊。"

"现在也实用。"郑秋轮笑道，"行了行了，鱼快到手了。我的天，这么大条鱼，只怕有十来斤啊。"

维娜蹲了下来，兴奋得脸飞红云。鱼在地上跳得老高，泥土四溅。郑秋轮说："是条青鱼。这么大的青鱼，可难得啊。青草鲤鲢，青鱼是北湖最好的鱼。"

维娜抹抹脸上的泥，说："我分不清什么是什么鱼。"

郑秋轮说："你看，青鱼的头小，身子长而圆，铁灰色的，泛着蓝光。它吃小鱼和螺蛳，凶猛得很。你看，它都长了牙齿，像猪牙一样。它一般都在深水里，今天能钓到真是运气。你快找根艾蒿秆子，我把它串起来。"

艾蒿长得结实，维娜半天才拔出一根。她突然发现远处有船开过来，慌了，轻声说："那是水上巡逻的民兵吧？"

郑秋轮抢起拳头，朝鱼头狠狠砸去。鱼便不再动弹了。他飞快地将鱼串起来，说："别慌。我们慢慢走过后面那个土包，然后就跑，径直往蔡婆婆家跑。"

郑秋轮提着鱼，维娜背着书包，两人若无其事地走着。身后的土包挡住湖面了，两人就跑了起来。维娜跑了几步，就笑个不止。她一笑，就跑不快了。郑秋轮回头望她，又急又觉得好玩。维娜笑得蹲了下来，喘着说："秋轮你别管我，你跑吧。"

郑秋轮问："你怎么了？笑什么？"

维娜笑着，苦了脸，说："你跑吧。"

郑秋轮跑了一阵，见有个茂盛的艾蒿丛，就把鱼往里面一丢，又跑回维娜身边。维娜还蹲在那里笑个不停，脸上红扑扑的，渗着汗珠。忽见不远处的土包上站着几个人，像是刚才船上的民兵。维娜立即就不笑了，轻声说："一定是发现我们偷鱼了。"

郑秋轮说："莫慌。他们就是过来搜，也搜不到的。你看书吧。"

土包上那几个人，站在那里，四处张望一会儿，往回走了。

维娜说："我们走吧。"

郑秋轮说："等等吧，怕他们杀回马枪。"

果然，没隔几分钟，就有人探头探脑从土包上站了起来。维娜说："秋轮你真狡猾。"

郑秋轮笑道："不，是机智。"

两人再坐了会儿，看来没事了，才起身往回走。郑秋轮从艾蒿丛里取出鱼来提着，鱼还在活蹦乱跳的。

"这鱼真厉害，刚才只是把它打晕了。"郑秋轮说。

"蔡婆婆。"郑秋轮叫道。

没人答应。维娜也叫了声，还是没人答应。门是敞着的，两人就进去了。

郑秋轮说："没事的，我们只管自己动手就行了。蔡婆婆出门，从不关门的。要是天气好，她就会到村里去走走，随便走到哪里，人家都会喊她吃饭。老人家，人缘好。"

两人将青鱼洗干净了，放在木盆里养着。郑秋轮说："休息会儿，看蔡婆婆回来不。猪吃叫，鱼吃跳，煮的时候再杀鱼。"

"你好像什么都懂。"维娜望着郑秋轮，笑得眼珠子水汪汪的。

郑秋轮又问道："你那会儿笑什么？幸好不是革命战争年代，不然你没命了。"

维娜红了脸，说："我不告诉你。"

郑秋轮偏想知道，说："我就要你说。笑什么？你快告诉我。"

维娜低着头，说："我不想告诉你。"

郑秋轮抓住维娜的肩头，说："真的，你告诉我吧，你笑什么？"

维娜头埋得更低了，手指指胸脯说："跑起来，我这里抖得好痛。"

郑秋轮双手颤了一下，就把维娜搂进怀里。

维娜轻声说："亲我吧。"

郑秋轮咬着维娜的嘴唇，使劲吮了起来。维娜的手又烫又发颤，抓着郑秋轮的手，往自己胸脯上引。她喘着气，说："亲我这里吧。"郑秋轮吃了一惊，抬头望着维娜。维娜双眼闭着，额上满是细细的汗珠儿。他的手慢慢伸进维娜怀里，轻轻揉着捏着。"亲吧，亲吧。"维娜呻吟着。

郑秋轮将头深深埋进维娜的怀里，拱着磨着。维娜哼着哈着，就将衣扣儿解开了。郑秋轮衔着圆润的乳头，感觉北湖的滔天巨浪汹涌而来。

两人抱着亲着，大汗淋漓，唇焦口燥。维娜叫着："水，水，我喉咙着火了。"

郑秋轮放下维娜，找了个饭碗，舀了碗水来。维娜已扣好了衣服，坐在那里理着头发。她不敢抬头望他，低头接过水，咕噜咕噜喝了下去。郑秋轮手足无措，抓耳挠腮的。

"鱼怎么做?"维娜低声问。

郑秋轮说："我也不会做菜。随便做吧，煮熟就行了。屋外有紫苏，我们去扯点来。"

茅屋外长满了野紫苏，紫红色的，叶子又肉又嫩。扯着闻闻，香得人眼泪都要流出来了。维娜喜欢闻紫苏的香味，扯了很多。

郑秋轮说："够了够了，只是作料，哪要那么多?"

青鱼猛得很，开了膛，身子还在蹦着。郑秋轮和维娜都是没做过家务活的，斫好的鱼，大一坨，小一坨。两人都笑了。

郑秋轮说："管它哩，熟了就行。"

清水煮鱼，一会儿就熟了。满满一大锅。放了些盐和紫苏，尝了尝，鲜美得很。也没有做饭，两人就光吃鱼。

维娜说："我长到快十七岁了，从没吃过这么好吃的鱼。"

郑秋轮却有些可惜，说："好好的鱼，让我俩厨艺糟蹋了。"

维娜说："你不懂。今天不光是鱼好啊。"

郑秋轮就憨憨地笑了。鱼太大了，十个人都吃不完。天慢慢黑下来了，蔡婆婆却还没有回来。郑秋轮忽然想起他的那些朋友了，说："维娜，我们给蔡婆婆留些，剩下的带给李龙他们吃去。

我们也好些天不去他们那里玩了。"

维娜听了很高兴，说："好啊，我们马上去吧。"

环北湖有好几个知青农场，还连着外省的知青农场。郑秋轮经常带着维娜到各个农场去转，那里有他的朋友，都是些和他同类型的人。有时甚至外省的知青也请他过去玩。他有一辆破旧自行车，骑着哐当哐当响，老远就能听见。每次都是匆匆吃过晚饭，郑秋轮用自行车驮着维娜，吱吱嘎嘎往别的农场去。朋友们见面也不怎么寒暄，也不开玩笑，总一本正经地讨论天下大事。这些朋友并不多，每处三四个、五六个。他们很少坐在宿舍里，多是沿着北湖瞎走。夜黑风高，湖水啪啪作响。

郑秋轮那些朋友，维娜最喜欢的是梦泽农场的李龙。他个子也高，长得白白的，口才很好。却非常害羞，见了维娜就脸红。李龙同郑秋轮也最谈得来。梦泽农场离北湖农场最近，郑秋轮常带着维娜去那里玩。有时聊得太晚了，或是天气太恶劣了，郑秋轮就去李龙那里搭铺，维娜就被李龙送到女宿舍去睡。他们也只能稍微睡睡，天刚毛毛亮，就得起来赶路。他们不敢误了第二天的工。

郑秋轮让维娜在蔡婆婆家等着，他回宿舍骑来单车，带了个提桶来。给蔡婆婆留了一大碗鱼，还剩下大半提桶。

两人刚要出门，听得蔡婆婆在门外喊道："小郑吗？"

郑秋轮忙说："蔡婆婆，你真是活神仙啊。"

蔡婆婆笑道："我老远就闻到紫苏香了。不是小郑，哪个到我这里来煮鱼吃？"

维娜说："我们给您老留了一大碗。是青鱼哩。"

"青鱼？真有福气。青鱼是鱼怪哩。"蔡婆婆说。

郑秋轮说："鱼用大碗盛着，放在锅里。我们走了。"

出了门，维娜问："蔡婆婆说青鱼是鱼怪，什么意思？"

郑秋轮说："这里渔民把青鱼说得很神秘。他们说的鱼怪，大概就是说精灵、幽灵吧。青鱼很狡猾，很难钓得着，又生活在深水里，他们就觉得怪吧。北湖流传着很多关于青鱼的故事。"

维娜说："蔡婆婆真像神仙，精得很。"

郑秋轮说："眼瞎的人，耳朵和鼻子都格外灵。"

路坑坑洼洼的，单车更加响得厉害。维娜一手搂着郑秋轮的腰，一手扶着提桶。只一会儿，手就酸痛了，便不停地下车换手。

郑秋轮大声喊道："你说教我英语，就开始吧。"

"怎么个教法？"维娜问。

郑秋轮笑道："随便说吧。请维老师放心，我的英语不是太差，只是口语不行。"

两人就用英语会话，想到哪里说到哪里，快活死了。郑秋轮发音不太准，维娜老笑话他。郑秋轮说："你笑什么？我可是虚心求教啊。"

赶到梦泽农场，维娜早汗透了衣服。维娜在外面等着，郑秋轮独自进农场去叫人。没几分钟，李龙他们就来了。共四五个人，各自都拿着碗筷。还提了瓶酒来。

朋友们席地而坐，喝酒，吃鱼，大声说笑。他们都夸维娜鱼煮得好，太好吃了。维娜就笑，也不多说。鱼早凉了，好在不是冬天。郑秋轮不再吃了，就着李龙的碗喝了几口酒。大家狼吞虎咽，半提桶鱼，吃了个精光。

"秋轮，听说最近破获了个反革命组织，叫梅花党。你听说了吗？"李龙问。

郑秋轮摇头道："没听说。"

李龙说："我们这里传得很怕人，说是梅花党已经发展到几万人了，每个党员的脚掌上都烙了梅花印。听说别的农场上面来了人，将知青集中起来，一个一个检查脚掌。"

郑秋轮说："这就传得有些玄了。"

知青们很喜欢悄悄传播这些消息，享受着惊险刺激的快感。日子太沉闷了吧。有的人就因为传播这些小道消息倒了霉，轻的挨批斗，重的坐了牢。当然也有人一边享受着谣言的刺激，一边又去打了小报告，就交了好运，甚至发达了。

郑秋轮说："李龙，我们不要传这些。真真假假，说不清。现在将告密看成高贵品质，只不过将告密作了修辞上的处理，叫作检举揭发。我们朋友间随便说说，不小心说出去了，让人一检举，就麻烦了。"

李龙不好意思了，说："秋轮，我听你的。"

郑秋轮说："谁是革命，谁是反革命，有时候真说不清。我们还是扎扎实实研究些问题吧。"

今晚同往常一样，也是郑秋轮和李龙两人对谈，其他朋友只是插插话。维娜支着下巴听，像个听话的小学生。秋风掠过北湖平原，吹折了干枯的艾蒿秆子，剥剥地响。湖水的清冷随风而来，带着丝丝寒意。

五

　　维娜独自坐在紫蓝包厢里，随意翻阅着报纸。她约了陆陀，正在等他。今天的《荆都晚报》上正好又有陆陀喜欢的那位作家的文章，叫《看不懂的新闻》。维娜仔细看完，心想这样的文章居然也能发表。也许时代真是不一样了。

　　曾经看过一条电视新闻，总萦绕脑际，挥之不去。叙利亚总统阿萨德不幸逝世，叙国万民悲痛。国会议员们在会场里顿足擂胸，涕泪交流。奇怪的是，这条新闻是在通常播放国内重要新闻的时段播出的，那叙利亚人民悲痛欲绝的场面持续了令人费解的时间长度。这种场面，中国人见了肯定似曾相识。

　　我不了解叙利亚，也不知阿萨德有如何伟大，这篇小文也绝无干涉别国内政的意思。只是凭着老百姓的一点平常见识，随便说说，当不得真。阿萨德是一九七四年坐上叙利亚总统宝座的，主政长达二十七年。依我陋识，但凡国家元首叫总统的，大概是民主政体。而一个国家的民主机制，可以将一位总统一选上去就是二十七年，直到驾崩才任期届满，就耐人寻味了。中外历史上，能够安坐金銮殿二十七年的皇帝都并不太多，他们得熬好多年的阳寿才轮到继位。也许阿萨德有着齐天恩威，国会马上化悲痛为力量，及时修改了宪法，将总统任职年龄降到三十四岁，为的是让阿萨德的儿子巴沙尔继任总统。民主机制居然又可以维护世袭，更是咄咄怪事了。依我臆测，叙利亚的民众肯定会衷心拥护巴沙尔的。据说反对者只有阿萨德的一位弟弟，因为这位准皇叔想像中国的朱棣一样，做叙利亚的明成祖。我敢如此妄揣，同样也是凭着中国老百姓的见识或者经验。中国百姓是很能认同正统的。何谓正统？一个皇帝，凭着他的百万雄师杀掉几百万个头颅而坐稳江山，尔后又洗掉万民的脑子之后，这个皇帝及其后裔，就是正统了。

外国的事，我想说说也都无妨吧。可有关阿萨德的新闻，在我们的媒体看来居然如此重要，我就不懂了。在中国人的常识中，新闻可不是随便出笼的，关乎导向大事。我想叙利亚的总统任期，每届不会是二十七年吧，只怕也是三五年选举一次。我就真佩服叙利亚那些专业的选举操作人士了，他们大概比我们那种操纵股市的大庄家高明多了，能保证盘盘稳操胜券，红利多多。

选举的学问太深奥了，世界还有很多民主进程尚不太快的国家，他们真该组团去叙利亚取取经才是正理。过去常听到一种对西方国家的批评，说他们披着民主的外衣云云，我总是弄不明白。惯看世界政治风云之后，才知道民主果然是可以当衣服穿的。

维娜读完文章，越发怀念郑秋轮了。郑秋轮就是这么个人，满脑子天下大事。现在想起来，当时的郑秋轮才十九岁哪，本来还是个孩子。可是他却是真正的心忧天下，也并不显得幼稚，更没有一丝故作姿态的样子。想想现在十九岁的男孩子在干什么？还在为了要一双名牌鞋同妈妈耍脾气哩！

听得敲门，知道是陆陀来了。维娜应道："请进。"陆陀就让服务小姐引了进来。

"今天报纸上又有篇好文章，是你喜欢的那位作家的。"维娜说。

陆陀说："知道，看了。"

维娜说："我若认识这位作家，我会劝他藏点儿锋芒。当年郑秋轮就是这个性子，我很欣赏他。我甚至想象他要是哪天不幸了，我会亲手掩埋他的遗体。唉！真是傻！要是现在，他仍在我身旁，我会用自己的生命护着他，绝不会让他失去半根毫毛。我宁愿自己死一百次，也要让他好好活着。生命太宝贵了。"

"维娜，我很敬重这位郑秋轮。他大概就是现在说的思想史上走失的那一代吧。他们凭着自己的率真，热爱着祖国，却往往横遭不幸。"陆陀感叹道。

维娜忍不住哭了起来，说："是的，秋轮完全是颗赤子之心啊。我生怕有人将他检举了。我明明知道，他满腔救苦救难的情怀，可他的思想都是离经叛道的。他怀疑一切，挑战一切。可是他似乎并不知道活生生的对手在哪里，常常仰首怅望浩渺的夜空。我们漫步在秋夜的荒原，他多次吟哦鲁迅先生的两句诗：两间余一卒，荷戟独彷徨。"

"维娜，你说得我鼻腔都发酸了。那个年代过去的时间并不长，却让人们忘记了。我们应该诅咒那个年代，却不能遗忘。"陆陀说。

维娜说："我是不会忘记的，太铭心刻骨了。我记得读了

42

《悲惨世界》，脑子里的环境印象总是黄昏、黑夜、下水道，感觉冉·阿让总是在那样的氛围里活动。我现在回忆那段知青生活，印象中便总是黑夜、荒原、寒风、孤星。我们就那么顶着寥落寒星，在北风猎猎的荒原上，彻夜奔走。芦苇已经收割完了，我们脚下便是广袤无边的荒原。我们都穿得单薄，空荡荡的裤管被吹得啪啪作响。"

陆陀长叹一声，说："维娜，你走得开吗？不如我们出去走走吧。老关在这里，太闷了。"

"去哪里？"维娜问。

陆陀说："随你吧。"

维娜想了想，说："不如去河边走走吧。那里风凉，吹着舒服。"

维娜将车直接开到河滩上，那是一辆白色宝马轿车。两人紧沿着河滩走，踩着松软的沙土。风生袖底，月在江心。对岸黑魆魆的荆山，衬在暗青色的天光里，梦幻而神秘。见着一块大石头，正好两人可坐。

陆陀说："坐坐吧。"

他让维娜先坐好了，自己才坐了下来。风过浪激，如珮如环。维娜望着江面出神。夜航船鸣着汽笛，缓缓而过，激起浪头，哗然有声。维娜继续说着她同郑秋轮的故事。她今天心情格外沉重，说得断断续续，颠三倒四。

陆陀说："维娜，你心里不舒服，就不说了吧。"

维娜说："百姓的生命从来没有那么轻贱过，脆弱过，让人轻轻一捏，就没了。"

陆陀叹道："早就说中国人民站起来了。真的站起来了吗？"

维娜说："老陆，你又说这种话了。我说，你还是收敛些吧。真的，我不想你也做郑秋轮。"

陆陀有些感动，却不知说什么。他突然想起自己每夜的梦，不禁问道："维娜，你爱做梦吗？"

"谁不做梦呢？"维娜觉得他问得有些奇怪。

陆陀知道自己问了傻话，便笑笑，搪塞过去了。他不能告诉维娜，他夜夜梦见她。她会觉得他幼稚，玩这种小儿科的把戏。可是，她真的夜夜都在他梦里啊。最近弟弟和妹妹常去看他，很关心他的样子。有次他回到家里，妹妹正同表姐在里屋悄悄说话。听见他回来了，妹妹忙从里屋钻了出来，神色有些慌张。陆陀快四十岁了，弟弟和妹妹都在等着他发疯的消息吧。他自己也疑神疑鬼，以为夜夜怪梦，必有缘由。

维娜不说走，陆陀是不会说走的。他愿意这么陪着她坐着。多好的女人！她不说话，他也就不吱声，也许她这会儿需要这份宁静。

静坐了好久，维娜抬头看看天，又低下头去，说："太晚了，我们回去吧。"

不料车子一掉头，轮子陷住了。沙滩太松软了，车轮进退几下，越陷越深，怎么也动不了。维娜下车一看，很是懊恼："怎么办呢？这么晚了，去叫谁？"

陆陀猜维娜顾忌的并不是没人可叫，而是叫了人来太尴尬了。他便说："你回去休息，我留下来替你守车。明天清早你再叫人来想办法。"

维娜一笑，说："你倒是很英雄气概。我能让你一个留在这里吗？不如这样，我俩就在车上待一个晚上算了。不知你不回去行吗？"

两人就待在车上，把座椅放平了，躺着。过会儿，维娜突然想起，说："车上正好放着一床被子，原是放在银杏居休息用的，这会儿天暖了，觉得厚了，要带回家去的。"

被子一盖上，感觉完全不一样了，就跟睡在床上似的。陆陀本来就是爱失眠的人，今晚肯定通宵合不了眼了。果然一个晚上眼睛眨都没眨一下。维娜像是睡得很沉，翻了一下身，手滑了过来，搭在他胸口上。他平时失眠，就总是翻来覆去的。可他怕吵醒了维娜，动都不敢动。

　　后半夜，下起了大雨。陆陀喜欢听雨，最爱的是大白天听雨高卧。睡在车里，听夜雨潇潇，却是平生头一次经历。怕闷了气，车窗微微开着一线，雨声便格外暴烈。维娜的手就那么搭在他胸口上。

　　突然吹进一阵冷风，维娜的头就往陆陀这边挤了过来。陆陀以为她醒了，就势变换了睡姿，脸朝着她侧躺着。维娜却一动不动，呼吸柔和地吹在他的脸上。陆陀望着这张漂亮而白净的脸，有股凉凉的东西顺着背脊往上冲。不知怎么的，他想流泪。

六

　　年底，维娜和郑秋轮恋爱已有四个多月了。他们的恋爱似乎并没有多少浪漫色彩，多是在黑夜的荒原上奔走，却很快活。日子过得非常快，可细细咀嚼起来，他们就像已经相爱了好几个世纪。

　　有一天，团部文书小罗来找维娜，说是团政委让她去一下。正是下午快出工的时候，维娜说："就要出工了。"

　　小罗说："政委找你，又不算你旷工。"

　　政委姓郭，叫郭浩然。维娜只在全场大会上，远远地看见他坐在主席台上讲过话，连他长得什么样子，都没有看真切过。记得有一次，郭浩然在主席台上痛说自己的苦难家史。他说自己出身在荆西的一个贫苦农民家庭，祖祖辈辈受尽地主剥削。他父亲两兄妹，爷爷养不活他们，就把妹妹，也就是郭浩然的姑妈送到孤儿院去了。那个孤儿院是教会办的育婴堂，那些钩鼻子蓝眼睛的传教士都是美国特务。他姑妈在育婴堂长大后，传教士就强迫她信了天主教，用封建迷信毒害她。快解放的时候，传教士就把她强行带走了，不知是死是活。"美帝国主义的手上沾满了我郭家的鲜血！"维娜记得郭浩然说这句话时，黑黑的脸涨成了紫红色。

听说郭政委找她，维娜说不清为什么就有些害怕。知青们都有些怕场里的领导。她躲也躲不掉，只好跟着小罗去了团部办公室。那是栋三层楼的办公楼，郭政委的办公室在二楼。维娜进去的时候，郭政委正在看报，脚高高地搭在桌子上，人使劲往后靠。小罗说声政委小维来了，他才放下报纸。

"啊，维娜，坐吧，我想找你谈谈。"领导随便都可以找下面人谈谈的，这很正常。

维娜坐下来，等待郭政委的谈话。他的办公室生着木炭火，很暖和。木炭那特有的气味，维娜已是久违了。她们宿舍里没有火，休息时怕冷就坐在被窝里。政委笑眯眯地打量着她，半天没有说话。维娜心里怦怦直跳。郭浩然穿着蓝色中山装，外面披着军大衣，看上去四十岁左右。他的头上和军大衣上落满了炭火灰。农场里的人都叫她小维，郭浩然却直接叫她的名字维娜。她听着就有些别扭。平日只有郑秋轮叫她名字，她听惯了，维娜二字在她感觉中似乎就成了爱称了。

"冷不冷？"郭浩然问了声，就拿火钳加了几块木炭。炭灰便扬起来，维娜忍不住捂了鼻子。

郭浩然坐下来同她谈话，问她干活累不累？习惯不习惯？学习怎么样？都看些什么书？食堂伙食怎么样？也就是常说的领导干部关心群众的工作、学习和生活。其实都是些不着边际的话，维娜几个字就回答了。

郭浩然笑道："维娜还很害羞嘛！你对我们团领导有什么意见，包括对我个人有什么意见，也可以提嘛。"

维娜听他这话，觉得莫名其妙。她天天在地里干活，连团领导人影子都见不着，提什么意见？只道："没意见哩。"

三个多小时，都是郭浩然一个人在说话。维娜觉得这个人还挺能说的，开口就是一套一套的政治理论。他说的东西维娜听着没兴趣，可他能不断地说，一口气都不歇，还真要功夫。

　　谈话快结束的时候，郭浩然才清了清嗓子说："维娜，团里研究，调你到团部办公室来。今天我找你谈谈，就是最后考察一下。"

　　维娜听着简直是半空中一雷，好久摸不着头脑。她嘴张了半天，才说："团部办公室是干什么事的？我又不懂。"

　　郭浩然严肃地说："你来了就知道了。你是高中生，什么事不说说就会了？这是对你的关心，有利于你的进步啊！"

　　团领导决定了的事，是不容个人考虑的。晚上，维娜邀郑秋轮散步，把这事告诉了他。郑秋轮半天不说话，低头走了好一会儿，说："由你自己决定吧。"

　　维娜叹道："没什么决定不决定的，团里领导定了，我还能说什么？"

　　郑秋轮说："去也行，比下地干活轻松些。"

　　维娜说："我并不想去，我又不是个怕吃苦的人。"

　　郑秋轮冷冷一笑，说："随处都是荒唐。一边说劳动是无上光荣的，一边又让犯人劳动改造。按这个逻辑，新岸农场的那些犯人，都是些无上光荣的人。反过来说，我们这些知青又都是犯人了。"

　　维娜说："你怎么了？谁有心思听你说笑？我是不想去办公室，都有些六神无主了，想同你说说，你只开玩笑。"

　　维娜去办公室没几天，就觉得无聊极了。没什么事，每天清早，给各位团领导打了开水，接下来就是闲坐，看报纸。她的办公室在郭浩然隔壁，有三张桌子，成天就她一个人坐在那里。文书小罗平时不坐办公室，他是不脱产的。只有四种报纸，《人民日报》《解放军报》《参考消息》和《荆都日报》，一会儿就看完了。还有本《红旗》杂志，她很难见到，都是几位团领导轮流着看。他们把看《红旗》当作政治待遇和政治修养。闲坐着也不好，维娜就把报纸翻来覆去看。郭浩然时不时进来转一圈，说维娜正学习呢！接着就会说些最近报纸上的重要文章和最新精神。这个过程通常有三四十分钟，太漫长了。每次他一进来，维娜的心脏就像往上提了起来，直到等他走了，它才回落到原来位置。她这才明白，郭浩然的口才为什么那么好。他平时口若悬河，不过就是背报纸。

维娜见着郭浩然就害怕，也不知道自己害怕什么。维娜的差事，在别人看来却是想都想不到的。她便更加引起了别人的嫉妒。宿舍的女伴们都不理她了。她们有时会故意当着她的面，说些风凉话，那意思，要么说她有家庭背景，要么说她以色相取悦领导。维娜听着很委屈，心想自己爸爸正在林场里服苦役啊，什么家庭背景？她们总把话隔着一层说，听着不是明说她，其实就是说她。她觉得好冤，却没法同她们争辩。

维娜很想回到地里干活，来去都可以和郑秋轮同路，干活时还可以远远地望着他。如今天天木头一样坐着，还要硬着头皮听郭浩然高谈阔论。维娜透过办公室窗户，望着农场的田垄。这时候，油菜长得尺多高了，甘蔗到了收获季节。知青们先是天天下油菜地锄草，然后就天天砍甘蔗。天气少有几天晴朗的，多半是寒雨纷纷，要么就是黑云低低压着田垄。砍甘蔗很辛苦，郑秋轮的脸上、手上都划破了，一道道血印子。

晚饭后散步，或往别的农场玩，维娜一路上总在郑秋轮面前抱怨，说不想留在办公室。郑秋轮也没办法，只好听着她诉苦，陪着她笑。他很能容忍维娜的小性子。这位十九岁的男孩，往维娜眼前一站，分明是条伟岸的汉子。

烤着火天天坐着，人就疲疲沓沓了，总想打瞌睡。有天下午，维娜看着报纸，忍不住眼皮就打架了。不觉间就趴在桌子上睡着了。突然感觉有人摸她的头，一下吓醒了。见是郭浩然，她马上站了起来。郭浩然笑嘻嘻的，说："你注意别感冒了，这么睡最易着凉了。"维娜只是红着脸，站着，一句话都没说。直等郭浩然在她对面坐下了，她才坐了下来。

郭浩然说："维娜，你来办公室也有这么久了，对我有什么意见吗？"

维娜摇摇头，说："没有没有。"

郭浩然仍是笑着，说："你这是不关心同志啊！"

维娜说："不是。"

郭浩然说："那你就是不注意我嘛。"

维娜没有说话，胸口突突地跳。刚才被郭浩然摸了下头，她余悸未消。

郭浩然突然问道："你说我好大年纪了？"

维娜望望他，说："郭政委很年轻，才四十出头吧。"

不料郭浩然脸色阴了下来，说："我这么出老吗？我今年才三十二岁哩。是啊，我长年风里来，雨里去，黑。"

见他不高兴了，维娜很是窘迫。他说自己黑，她不由得又打量他一眼。她心想郑秋轮也黑，怎么就不像他这副模样呢？他说自己风里来，雨里去，更是说漂亮话了。维娜去农场七八个月了，从来就没见他下过地。

维娜就更加害怕郭浩然来办公室转悠了。他却比以往来得更勤了，每天会来上好几趟。维娜很希望郭浩然去农垦局开会，去一次就要三四天才能回来。那几天维娜就特别自在。上面开会也格外多，郭浩然每个月要出去两三次。

可是郭浩然每次开会回来的头一天，起码要在维娜办公室坐

50

上一两个小时，同她说说会议精神。其实这都是全场大会要传达的，犯不着事先同她讲。有时候，他就像非常信任维娜，将只能传达到农场领导的精神同她透露一点，样子做得很神秘。维娜听着也并不觉得是什么了不起的事情。无非是先上级后下级，先党员后群众，那些精神最后还是要让大家知道的。维娜先知道了，并不以为自己就享受了什么待遇。慢慢地她也明白了，像郭浩然那个级别的干部，也没什么了不得的高级机密让他知道。

郭浩然像越来越关心维娜了，见面总说："你要争取进步啊。"

维娜总是点头。她其实弄不懂他说的争取进步是什么意思，还以为自己哪些地方做得不好。

晚上，走在农场的荒原上，郑秋轮说："你这个傻大姐，郭浩然是要你写入党申请书，积极向党组织靠拢。"

维娜听了耳根顿时发热。一个十七岁都没到的小女孩，做梦也没敢想自己会成为一名共产党员。已是隆冬，湖边潮湿的泥土结着冰，踩在上面咔嚓咔嚓。夜黑得似乎空间都消失了，只剩下她和郑秋轮。他俩手紧紧挽在一起，在一片混沌中漫无目标地走。那不知名的鸟的叫声，让他们隐约感觉着湖的远近。那鸟夜夜这般凄切地叫着，也不知什么时候会停下来。

两人在鸟的哀号中沉默着走了好久，郑秋轮突然说："你要自己学会看人。"

维娜听了这话，云遮雾罩，就说："我不懂你意思，你说清楚些。"

郑秋轮说："如果有人想以入党作诱饵，达到什么目的，你宁愿老老实实做个群众。"

维娜突然站住了，望着郑秋轮。她的眸子在黑暗里放亮。她好一会儿才隐约明白郑秋轮的意思，默默点头。两人沉默着，走回农场。风越来越大，维娜冷得直哆嗦。郑秋轮整个儿搂着她，不时又腾出一只手来，在她脸上搓着，搓着，想让她暖和些。他手忙脚乱的，恨不得多长出几只手来。

郭浩然让维娜不明不白地害怕，他身上散发着某种气息令人不安。维娜一直没有写入党申请书。郑秋轮说你不写也好。

很是奇怪，寝室的女伴们突然议论起郭浩然的是非来。平时大家本是很忌讳说领导长短的。慢慢地维娜就听出来了，她们是故意说给她听的。她们并不说得很明朗，又总是零打碎敲地说。听得多了，维娜就知道些郭浩然的事情了。大概是说郭浩然原来在部队走得很红，很年轻就当上了团长，还娶了军首长的女儿。这人一肚子花花肠子，见了漂亮女人手就痒，忍不住想撩几手。有个漂亮女兵，被郭浩然弄到手了，还打了胎。郭浩然老婆知道了，吵得天昏地暗。老婆就同他离婚了。他本来就是靠岳老子上去的，老婆离了，就没了这个靠山，他在部队就待不下去了。于是转业到农场。但他是狗改不了吃屎，见了漂亮女人就想上。

戴倩好像什么事都是她自己见到过的一样，说："郭浩然原来那个老婆，别看是高干子弟，丑得雕匠雕不出，画匠画不出。他想当官，老婆丑就丑吧，将就着算了。但是那女人丑得也太离谱了，他见了漂亮女人就犯毛病。"

维娜吓得整晚整晚地睡不着。不知女伴们是怎么看她的，八成以为她不是个好货，勾引了郭浩然，才混到办公室去。她们故意这么说，就是想让她别得意，无非是落到个流氓手里。

那个冬天，维娜感觉特别冷。几乎每天夜里，她们都会说郭浩然。郭浩然的烂事儿说得差不多了，她们就说这个人的长相，要多难看有多难看，不到四十岁，就像个老头子了。

天气太冷了，又老是寒雨潇潇，郑秋轮不怎么去别的农场玩了。晚饭后，他俩就老是穿着雨靴散步。到处都泥泞不堪，走上几步，靴底就沾上厚厚的泥巴，甩都甩不掉。本应轻松的散步，就成了艰苦的拉练。可她还是得天天拉着他出去走，不愿待在宿舍里听那些风言风语。

她问郑秋轮："你了解郭浩然吗？"

郑秋轮说："听到过很多说法，但道听途说的事，我不会作什么评论。"

有天夜里，两人走着走着，就到了蔡婆婆家门口了。"蔡婆婆，在家吗？"郑秋轮喊道。

不见人回答，两人就想往回走。忽听蔡婆婆喊道："小郑和维娜吗？进来坐坐吧。"

屋里没有灯，郑秋轮手牵着维娜，摸了进去。蔡婆婆搬了两张小凳子，递给郑秋轮，说："你们坐吧。"

郑秋轮这才听得蔡婆婆鼻子有些塞，问："蔡婆婆，你病了吗？"

"没有啊。"蔡婆婆叹了声，"今天，是我那死鬼的祭日啊。"

郑秋轮和维娜就不说话了。蔡婆婆也只是轻轻地叹息。今晚没有下雨，只有冷冷的风，吹得屋顶的茅草嗖嗖地响。远处传来那不知名的鸟叫，凄切、苍凉。维娜很想知道那是什么鸟，叫声如此令人毛骨发怵。

"我那死鬼，突然让人带信，说要回来了。"蔡婆婆哭着，"我在湖边望呀，望呀。船过去一条又一条，就是不见他的船。天黑了好久了，我还坐在湖边。我就听见了亡魂鸟老在我耳边叫，就害怕起来了。亡魂鸟，只要天一断黑，它就叫。"

"亡魂鸟？"维娜问。

"你听听，"蔡婆婆停了停，"像哭一样，这就是亡魂鸟啊。"

维娜突然浑身发麻，打了个寒战。那就是她听着就想哭的鸟的叫声。蔡婆婆不哭了，鼻音却越发重了。

"后半夜，我回到家里。有人上门说，他的船翻了。"蔡婆婆又哭了起来，"那天也像今天，没有下雨，风也不算太大。他再大的风浪都见过，又是个水鹬子，谁想到他会死在水里呢？"

蔡婆婆揩了把眼泪，又说："难怪那亡魂鸟，叫得那样惨。"

维娜问："亡魂鸟长得什么样？"

蔡婆婆说："亡魂鸟，谁也没见过，都是天黑了才出来叫。它是湖里淹死的人变的，是人的亡魂。老辈都说，亡魂鸟，一个鸟一个样。"

蔡婆婆说："我家那只亡魂鸟，肯定是黑羽毛、黑爪子、黑嘴巴。他长得黑。"

蔡婆婆说："就是从那时起，我的眼睛慢慢就看不见了。耳朵就格外好，亡魂鸟就老在我的耳边叫。我知道是他，就同他赌气，不理他。你不回来就不回来，为什么要钻到水里去呢？好死不如赖活，我偏要在世上挨阳寿。"

蔡婆婆说："真是我活冤家，死对头。他天天夜里叫我，叫了我几十年了。每年这个时候，它就像飞到屋顶来了。他在我耳边哭着叫着……"

有天下午，维娜待在窗口张望田野，她想念远处出工的郑秋轮。知青们正把地边的堆肥挑到油菜田里去，均匀地铺好。天气奇寒，出工的人们却会大汗淋漓。等收工时，马上就凉起来。身体不好的，稍不注意，就会犯病。维娜知道郑秋轮体格很棒，仍是很担心他。

维娜听得脚步声，就知道是郭浩然来了。她马上转过身，同他打了招呼。她并不情愿同他多说话，可是她如果装着不知道他来了，他就会过来拍她的肩。她很讨厌他拍肩膀，分明隔着衣服，却总感觉他的手黏糊糊的，很不舒服。

郭浩然望着她，目光有些严肃，说："维娜同志，我得提醒你。你不要老同郑秋轮在一起，会影响你进步的。"

维娜说："郑秋轮怎么了？你们领导不是也让他出宣传刊吗？"

郭浩然说："那是用其所长，也算是对他的挽救和教育。但是，今后组织上不会再让他出刊了。出刊是严肃的政治任务，让他干很不适合。"

维娜说："郑秋轮没什么问题呀？他劳动积极，学习认真，关心同志。"

郭浩然脸一沉，说："看来，郑秋轮的流毒不浅。组织上已经注意到了，郑秋轮影响着一批人。"

郭浩然没有再多说什么，扭头走了。他转身时，军大衣的下摆甩得老高，很威风的样子。

维娜有种可怕的预感，却不敢提醒郑秋轮。有天黄昏，没有下雨，风却很大，吹得眼睛冰凉的，就像浸在水里。维娜挽着郑秋轮的手臂，一声不响地走着。

郑秋轮却很兴奋，说："维娜，我看了个地下传单，很受鼓舞。中国还是有很多爱国的热血青年，国家有希望。"

他说着，他就大声背诵起传单来。郑秋轮喜欢的书，能过目不忘。他总在维娜面前大段大段背书。见他那高兴的样子，维娜简直想哭。郑秋轮那激昂的声音，叫寒风一吹，就破碎了，变得幽咽苍凉。

维娜预感到的事情没过几天就来了，郑秋轮被禁闭起来接受审查。命运真是捉弄人，他就关在三楼，在维娜头顶上的房间。郑秋轮从来没有到过维娜办公室，并不知道自己心爱的人儿就在他楼下，离他只有三米的距离。

维娜天天侧着耳朵，注意着楼上的动静。她最担心他们拷打郑秋轮，只要听得上面有响声，她心脏就蹦得老高。那几天，郭浩然没有来过维娜办公室，他在亲自办理郑秋轮的案件，很忙的样子。

农场被一种恐怖气氛笼罩着。知青们只敢同最知心的朋友谈论郑秋轮的事情。见着维娜，他们都不提郑秋轮的名字。她的宿舍却有些反常。自从郑秋轮同她恋爱以来，女伴们好久没有议论他了，这会儿却有人提到了他。她们说得也很谨慎。只有戴倩胆子大些，说："郑秋轮真会有事吗？唉，好好的一个人，可惜了。"

原来戴倩她们都很关心郑秋轮，怕他真的出事。维娜从文书小罗那里知道，说是在追查一份反动传单，上级公安部门都来人了。维娜吓得脸都白了。小罗一走，她关门哭了起来。

有天下午，已下班了，维娜见楼上的人没有下来，她也不走。她怕自己走了，郑秋轮有什么情况她不知道。等了好久，听到郭浩然下楼来了，正从她办公室门口走过。

维娜忙拉开门，说："郭政委，我想向你汇报一下思想。"

郭浩然皱着眉头，端着个大茶缸，手里的钥匙串儿叮当响着。他也就不忙着去开门，进了维娜办公室。他坐下之后，脸色就平和些了。不等维娜说话，他先开口了，说："维娜同志，我一直很关心你，你自己是知道的。我也正想找你谈谈哩。你同郑秋轮搞在一起，是没有前途的，会毁掉你的政治生命。"

维娜问："郑秋轮有什么问题？"

郭浩然说："他的问题大哩！这本是机密，不妨同你说说。上面已破获了一个反革命组织。这个组织流毒很广，最近有份反动传单，是这个组织的宣传提纲，流传到我们这里了。我们已掌握线索，郑秋轮就是传单的传播者，他还很可能是这个组织漏网的骨干分子。"

维娜说："我同郑秋轮天天都在一起，他的事情我不可能不知道。郭政委你说的事，他就从来没有向我提及。我是相信他的，也请组织上本着惩前毖后，治病救人的精神，以批评教育为主，实事求是地办案。"

郭浩然却笑了起来，说："我还从来没听你说过政策水平这么高的话。不过郑秋轮的问题，不是简单的问题，是严肃的政治问题。郑秋轮犯错误，甚至犯罪，并不是偶然的，这同他的家庭背景是分不开的。他的爸爸就是反动学术权威，曾恶毒攻击湖区消灭血吸虫的伟大成果，被劳动改造三年。后来郑秋轮还亲自为他爸爸鸣冤叫屈，到处散布谣言，说中国消灭血吸虫是弥天大谎。组织上多次对他进行过批评教育，可他屡教不改，越陷越深。最近一年多来，他公然四处串联，散布反动言论。维娜同志，我不得不提醒你，有同志反映，最近几个月，你也天天跟着郑秋轮跑啊！有人反映，你们俩还经常用洋话交谈，说的东西别人听不明白。如果你们说的话见得天日，为什么不说中国话？"

维娜急了，顾不得太多，嘴里像放鞭炮："谁说不可以用英语讲话？我哪天还要学日语，学俄语，看你能把我怎么样。我和他只是很谈得来，我愿意同他在一起玩。我们去别的农场玩，也都是些相投的朋友。我们在一起谈工作，谈学习，谈革命的战斗友谊，这没有什么错啊。我们又没有违背农场纪律，也没有误过一天工！"

维娜从未这么同郭浩然说过话，等着他勃然大怒。不料郭浩然只是冷冷一笑，说："我们掌握的情况，没有你说的这么简单。有人见过郑秋轮手里的传单。传单是怎么来的？哪些人看过？又传到哪里去了？这些郑秋轮一个字都不肯说，想矢口否认有传单这一事。你能保证他去别的农场串联，不是从事某种活动？当然你也许会蒙在鼓里，可你要知道，我们任何时候都不能轻视我们的敌人，敌人是很狡猾的。"

维娜吓得唇焦口燥，问："你这意思，郑秋轮的问题，就属于敌我矛盾了？"

"如果他的犯罪事实成立，就是敌我矛盾。我敢百分之百保证，他最后会承认的。"郭浩然突然把话头一转，"维娜同志，我同你谈过好多次话了，要你争取进步。可你没有任何积极表现，没有向组织写申请书。革命可不是请客吃饭啊！"

维娜不敢叫郭浩然抓住了把柄，这可是严肃的问题啊，忙说："我认真考虑过，反省过，觉得自己离党组织的要求还远得很，没有勇气向党组织提出申请。请组织上长期考察我、帮助我进步吧。"

郭浩然却说："你不同郑秋轮断绝往来，肯定会影响你进步的。我代表组织，郑重提醒你，请你同郑秋轮中止一切交往。"

维娜问："郭政委，这也是党章规定的吗？我认真学习过党章，见党章并没有规定共产党员，或者进步群众不可以同落后群众接触。就算郑秋轮一时落后了，我同他在一起，也可以帮助他，教育他。"

郭浩然表情严肃，说："以牺牲一个革命青年为代价，去挽救一个滑向敌对阵营的人，是革命队伍的损失。组织上不希望你这样做。一切反革命分子，我们欢呼他们彻底烂掉，欢呼他们自取灭亡。"

维娜说："我认为，我们还没有到给郑秋轮定性的时候。"

她的语气并不重，却很坚毅，郭浩然显然被激怒了。他望着维娜，脸上的肌肉几乎颤抖起来，看样子马上就要大发雷霆了。可是，他只是瞪了维娜一会儿，突然叹了口气。然后，他把头低下去，声音有些发颤。"维娜，你不要这样下去，请你离开郑秋轮。你……你会有很好的前途。你是我亲自提议调上来的，我……我很看重你。"

维娜顿时害怕极了。她知道郭浩然说很看重她，意思就是说他爱她。果然，郭浩然说了这话，再也不敢抬起头来。不知他是胆怯，还是羞愧。维娜厌恶地瞟他一眼，见到的是落满炭火灰的头顶。他的头发黑而粗硬，紧巴巴贴着头皮。维娜总固执地认为，凡是这种发质的人，都是粗俗而愚蠢的。

维娜不知从哪里来了勇气，冷冷地说："我和郑秋轮自由恋爱，谁也干涉不了。"

郭浩然突然站了起来，眼睛血红，望着维娜，轻声地，却是恶恶地说："你别想同他搞在一起！"

郭浩然气呼呼地走了，门摔得梆梆响。

那个晚上，维娜偷偷哭了个通宵。她担心自己越不顺从郭浩然，他就只会对郑秋轮下手更黑。哪怕他俩的恋爱，也完全可以成为郑秋轮的又一条罪名。知青恋爱，要往好里说，你是安安心心在农村成家，不恋城市，决心扎根农村一辈子。要往坏里说，说你乱搞男女关系就行了。

半夜里，维娜起床上厕所，出了宿舍，忍不住就往办公楼方向走去。黑咕隆咚的，她却不知道害怕。从宿舍去办公楼，得穿过球场、食堂、男宿舍区、干部楼。没有路灯，黑得怕人。从干部楼一转角，就望见办公楼了。三楼禁闭郑秋轮的那间房子，亮着灯光。她的眼泪哗地又流出来了。她多想上楼去看看他啊！有人通宵守着，她是上不去的。这么冷的天，郑秋轮有被子吗？他们会让他睡觉吗？

七

第二天中午，郭浩然下楼说："你吃过中饭在办公室等我，我还要找你谈谈。"

维娜不作声，只点点头。哪有心思吃饭？她把办公室门关了，等着。不知楼上的郑秋轮一日三餐都是怎么吃的？多想再同他一道去湖里偷条青鱼煮着吃啊。

听得敲门声，维娜知道郭浩然吃完饭了。他进来后，若无其事的样子，问："吃饭了没有？"

维娜没有回答郭浩然，只说："谈什么？谈吧。"

"天气好冷。"郭浩然说着就去关了门。

维娜马上过去打开了门，说："关着门会煤气中毒的。"

郭浩然便有些不自然了，手微微抖着。维娜什么都不说，只拿火钳盘着火。

郭浩然说："维娜，专案组的同志都说你同郑秋轮关系最近，想找你了解情况。我自告奋勇，由我来找你谈。专案组还是我说了算。你知道，让别的同志找你谈，性质上可能就不一样了，就是隔离审查你。我是替你担了担子的。"

维娜低着头，拿火钳将红红的炭火垒好了，又扒平，然后垒好，再扒平。维娜猜郭浩然可能正望着她的头顶，等着她说声谢谢。她却一言不发，只管玩着火。

突然，郭浩然伸手摸了她的耳朵，说："你的耳朵长得真好看。"

她像被炭火烫了，头一偏，坐直了，望着他。"我的耳朵也是你谈话的内容？"她只在心里这么狠狠地说，嘴巴纹丝不动。郭浩然同她对视片刻，神情就慌了，目光躲了过去。

他不再说话，不停地抽烟。维娜拿了张报纸，夸张地扇着烟雾。他便尽量偏着头，将烟雾朝一边吐去。他这姿势，正好耳朵朝着维娜。她不由得瞟了他的耳朵，见那耳根边黑黑的，像是好久没洗过了。她胃里就有东西直往喉咙口涌。

郭浩然不知抽过好多支烟了，把烟蒂朝炭火灰里一戳，低头叹道："维娜，你真不明白我是怎么想的吗？"

维娜故作糊涂，说："我自小就不会猜谜，不知道你说这话是什么意思。你是领导，找我谈话，你就谈吧。"

郭浩然突然坐正了身子，望着维娜说："我是个军人，说话直来直去。就同你明说了，我很喜欢你，想娶你做老婆！"

听了这话，维娜并不害怕，而是气愤。不说别的，光就老婆这两个字，她听着就十分粗俗。平生第一次听别人把老婆两个字用在自己身上，维娜感到极大的羞辱。她把脸侧向一边，望着窗外，说："你知道我会答应？"窗外没有树，只有发着黄的天空，便感觉不到那正呼呼直叫的北风。

郭浩然说："你跟我做老婆，不会吃亏的。我会有很好的政治前途，我们今后会过得很好。我会尽量想办法，调到城里去当机关干部，你可以进城做营业员，穿上雪白的工作服站柜台。"

不知怎么回事，维娜忍不住笑了起来，说："我不喜欢当营业员。"

郭浩然急了，忙说："你也可以进纺织厂，做纺织女工。"

维娜说："纺织女工会患职业病，她们要定期吃猪血，清洗吸进去的纤维。我恨死吃猪血了。"

郭浩然想了想，实在想不出什么好工作了，就说："我会让你有满意的工作的。"

维娜不想逗他了，很认真地说："郭政委，我不会答应你的。"

郭浩然沉了会儿脸，突然怪笑起来。望着他的怪笑，维娜厌恶而恐惧。他就那么怪里怪气笑了好久，站了起来，忽又冷冷地说："你别怪我对郑秋轮不客气！"

郭浩然说完就往外走。维娜也站了起来，望着郭浩然的背影说："郑秋轮没招你没惹你，你凭什么要这样对他？"

郭浩然回头说："这同个人恩怨没有关系，是两个阶级、两种立场的斗争。他郑秋轮满脑子反动思想，我郭浩然仇恨一切反动派。美帝国主义手上还沾着我们郭家的鲜血，我那姑妈被掳到美国去了，如今还不知尸骨埋在哪里哩！"

维娜说："你别说得好听，你可以对着我来，别难为郑秋轮，这同他没有关系！"

郭浩然的脸立即涨成了紫红色，恶狠狠地说："有关系！就有关系！你爱他，我就要整他！我要开他的批斗大会！我要让他坐牢，我要整死他！"

维娜愤怒得几乎想扑过去咬他抓他。可她双脚发软，坐了下来，浑身发抖。郭浩然背对着门口，逼视着她。她想大声叫喊，却没了力气。她的声音很微弱，说："你打击报复，你公报私仇。你记住你刚才说的话，我要去告你！"

郭浩然走了回来，弓下身子，几乎像是耳语一样，说："你去告呀！我说了什么话？有谁在场？谁证明你？告诉你吧，上面公安来的人已撤了，案子完全由我负责。郑秋轮是死是活，我说了算。他的问题可大可小，大可大到坐牢，小可小到写份检讨就行了。你这么爱他，你救他呀！现在只有你能救他。我还要告诉你，郑秋轮若是整死了，就是死在你手里。没有你，我是不会这么狠心对他的。"

维娜没有想到郭浩然会如此卑鄙。她气得一句话都说不出，只是手脚抖个不停。郭浩然的口很臭，她不停地吐口水。他见维娜什么也不说，以为她害怕了，便笑着说："你好好考虑一下吧，我给你两天时间。"

维娜砰地关上办公室的门，趴在桌上哭了起来。郑秋轮就在她头顶上三米处，不知他是坐着、蹲着、站着，还是躺着？他每餐都吃饭吗？房间里有炭火吗？他们打他了吗？他在想我吗？他知道她就在他的脚下吗？维娜只是这么傻想，却没有任何办法救他。她想坚强些，可眼泪不争气，怎么也止不住。

维娜晚饭也没有吃，一个人跑到了荒原上。天很快就黑了下来，北风裹着细细的雨雾，狼也似的怪叫。她发疯一样奔跑，呜呜地哭泣，放声叫喊。感觉脚下踩着了脆脆的东西，她知道到了湖边。也许湖边的水已结了薄冰。她不知怎么的止住了哭喊，不知怎么的又会尖叫起来。快要下大雪了，似乎所有生灵都噤口不言，只有那亡魂鸟仍在凄厉地叫着。

回到农场，维娜径直去了办公楼下，远远望着三楼那亮着灯的房间。不知郑秋轮是否正在受着皮肉之苦。她想郑秋轮八成会被吊被打的。她隐隐感觉不远处有人鬼鬼祟祟的，猜想一定是农场巡逻的民兵。郭浩然总说要时刻注意阶级斗争新动向，要提高警惕，防止反革命集团的残渣余孽营救郑秋轮，便安排民兵通宵巡逻。

维娜绝望地回到宿舍。她躺在床上暗自落泪，昏昏沉沉地睡去。半夜里醒来，她头痛得要炸开了。后来又睡去了，却做起了噩梦。维娜被烈烈大火烤着，巨大的热浪把她抬起来，熏上了天，在空中飘忽而行。那天上红云，滚烫滚烫，是一个个火球。她喊着郑秋轮，喊着爸爸妈妈姐姐，却没人搭救。她绝望了，从高高的天空坠落，沉入冰冷的湖水里。

维娜蒙眬间醒来。眼睛睁不开，却听得有个女人在喊："八床发寒了，全身发抖。"

维娜感觉有很多双手压着她，叫她动弹不得。她好不容易睁开眼睛，一张脸慢慢清晰起来。是戴倩。

"你醒来了小维，你听见我说话吗小维？"戴倩笑吟吟的。

原来维娜病了，送进了农场附近春风公社卫生院。戴倩被派来照顾她。戴倩望着她微笑，说："小维你吓死人了，一天一晚高烧下不来，老是说胡话。"

维娜想说，谢谢你，戴倩。可她的喉咙嘶哑了，张口却出不了声。戴倩按了按她肩头的被子，说："你好好躺着，别说话。你想吃什么，告诉我。"

维娜只是望着她，眼泪汪汪的。她想戴倩其实也是个很好的人。

戴倩说："农场领导都很关心你，郭政委和我一起守了你一天一晚。他今天清早刚走，场里还有事。"

听说郭浩然，维娜就闭上了眼睛。她想打听郑秋轮怎么样了，却不敢开口。

维娜在卫生院里躺了几天，身子慢慢轻松些了。郭浩然来看过几次，她总闭着眼睛，不说话。郭浩然每次都说，你好好把病养好吧。维娜不去想他的关心是真是假，只感觉他的意思是等她病好了再说那件事。她宁愿永远这么躺在病床上。

窗外，大团大团的雪花，被风裹挟着，卷上去，又飘下来。

窗户紧闭着，飞雪让一切都显得宁静，似乎又让她感觉到一种无声的喧嚣。她的脑子里太乱了。

有天，戴倩带了个瘦高瘦高的男人进来，说："他是春风公社的书记，叫吴伟，也在这里住院，就在你隔壁病房。"

吴伟没有坐下来，站在维娜床前，有些拘谨，问："你要什么东西，就说。我叫人去取，很方便。"

"谢谢了，不需要什么。"维娜说。她的声音好些了，能说话了。

吴伟站了一会儿，又说："要什么就让戴倩找我要。"

吴伟像是很紧张，说完就过去了。戴倩过去关了门，回来坐在维娜床前，脸红了好一会儿，才问："小维，你说他……人怎么样？"

见她那样子，维娜明白是怎么回事了，就说："样子很精干，也热情。"

戴倩又问："你说他人长得怎么样。"

维娜说："我的眼睛是花的，望谁都是两个脑袋。"

戴倩低着头，眼睛望在别处，留给维娜半张红脸，说："他是他们县里最年轻的公社书记。"

戴倩总不说吴伟的名字，一口一个他，维娜就知道她准是爱上这个人了。

维娜出院的前一天，郭浩然又来了。他头上满是雪花，脸黑里泛青，冻成那样的。戴倩到隔壁吴伟那里去了，病房里没有别的人，另外两张病床空着。

郭浩然问："你考虑好了吗？"

维娜没有回答他，只问："你准备把郑秋轮怎么样？"

郭浩然说："这几天都没有审问郑秋轮，只让他一个人反省。就看你的态度了。"

维娜说："你的意思，一定要拿我作交换？"

郭浩然说："你何必说得这么难听呢？我是真心对你的。你跟着我，也没什么不好。"

维娜说："我从来就没有想过你好还是不好，我只知道郑秋轮好。"

郭浩然语气严厉起来，说："他有什么好？一脑子反动思想，一个毛孩子。"

维娜说："毛孩子怎么了？他也可以长到三十二岁。等他长到三十二岁时，比你更能耐！"

郭浩然呼地站了起来，在病房里来回走着，突然立定了，眼睛望在窗外，说："我可以让他活不到三十二岁！"

维娜吓得脑袋瓜子嗡嗡响，怔怔地望着郭浩然。郭浩然却仍没有转过脸来，背对着她，威风凛凛地注视窗外。这时，戴倩推开门，郭浩然回头横了一眼，说："我正找维娜谈话。"

戴倩便缩回头，又出去了。郭浩然从怀里掏出一沓材料，丢在维娜床头，说："你看看吧，这是郑秋轮的罪状。我一直保着他，没有把人交到上面去，就是为了你。我半个小时后回来。"

打开材料，维娜两眼一黑，半天才回过神来。材料上的字，老在爬着，像满纸的蛆虫。看着看着，她感觉头越来越涨。列举的罪状，无非是郑秋轮平日的言论，都是她熟悉的。他的那些话，平时听着都是很有道理的，错不到哪里去。可是，放进这个材料里面，句句话都大逆不道了。

维娜绝望了，眼睛酸痛难耐，泪水直流。听到了推门声，知道郭浩然来了。维娜闭着眼睛，说："你得保证，放过郑秋轮。"

"小维你说什么呀？"原来是戴倩。

维娜睁开眼睛，见戴倩一脸惊讶。戴倩瞪大眼睛，好半天像是明白过来了，却又将信将疑，问："难道是这么回事？"

维娜点点头，又闭上了眼睛。戴倩呼吸都紧张起来了，长舒一口气，说："这个人也太坏了。"

维娜说："我恨不得杀了他。"

郭浩然回来了，笑眯眯地问："戴倩，医生怎么说？维娜什么时候可以出院？"

戴倩说："我问了，明天就行了。"

郭浩然说："辛苦你了，戴倩。你很讲革命情谊，组织上感谢你。"

戴倩红着脸，说："我服从组织安排。"

郭浩然又说："我找维娜谈谈，你回避一下吧。"

戴倩知道是怎么回事了，半句话也没说，悄悄儿出去了。

维娜一直闭着眼睛，说："你要保证放过郑秋轮。"

郭浩然说："你答应了？"

维娜没有回答，又重复说："你得保证放过郑秋轮。"

郭浩然说："大丈夫言出，驷马难追。但是，得开个批斗会。要是那天你答应了，他只需写个检讨就行了。这几天，又挖出了很多问题，不开个批斗会，无法向群众交代。"

维娜再也不说什么了，闭着眼睛流泪。郭浩然却变得温柔起来，说："维娜，你还年轻，想问题不切实际，不懂得什么才是革命爱情。像你这么年轻漂亮，而又渴望进步的青年，就应该跟志同道合的革命同志结成伴侣。我参加革命十多年了，经受过种种考验，政治上是坚定的，工作上是扎实的，生活作风上是过硬的，能够成为你信得过的人，我俩会是一对有利于党的事业的革命夫妻。让我们消除误会，增强信任，手挽着手，肩并着肩，沿着毛主席指引的革命道路，昂首阔步，奋勇向前吧。"

维娜出院的第二天，仍下着大雪。全场知青顶风冒雪，站在球场里开批斗郑秋轮的大会。主席台是半露天的，平时开会、放电影，都在那里举行。下面是紧连着的三个篮球场。主席台的上方没有悬挂会标，也没有张贴打倒谁谁之类的标语口号。显然批斗会是草草开场的，或许郭浩然并没有想好给郑秋轮安个什么罪名，只是要整整他。郭浩然没有亲自主持会议，威严地坐在主席台后面。宣布将郑秋轮押上来的，是另一位场领导。

郑秋轮被五花大绑，让两个民兵揪着，从后面推了出来。到了台前，民兵踢了一脚，郑秋轮就跪下了。郑秋轮很犟，要挣扎着站起来。主持人就对着话筒严厉叫道："老实点！老实点！"

郑秋轮却不听，身子一直往上拱。民兵就死死按住他的肩，他怎么也站不起来。主持人又叫喊："把头低下来！"郑秋轮却将头高高地昂着。民兵就又去按他的头。

维娜站得很远，看不清郑秋轮的脸，只见他跪在飞雪中不停地挣扎。她强忍着，不让自己哭泣。可是没过多久，就感到脸上痒痒的。泪水已沿着脸庞哗哗直下。

主持人开始高声宣读对郑秋轮的批判材料。维娜仔细听着，发现他们把原来材料中所说的滔天罪行，改说成了严重错误。调子低些了，事情还是那些事情。主持人批判完了之后，宣布由群众自由揭发。沉默片刻之后，就不断有人冲上台去，指着郑秋轮大声叫骂。自由揭发的气势，比主持人更吓人。

维娜万万没有想到，戴倩突然冲了上去，大喝一声："郑秋轮，你低下头去！"

戴倩的揭发就完全是谩骂，其实就是将她自己平时对郑秋轮的爱慕反过来说，说郑秋轮总在女知青面前炫耀才华，实际上是贩卖资产阶级反动思想。戴倩的声音高亢而尖利，震得人们两耳发麻。维娜身子本来就很虚弱，只觉两眼发黑，双腿发软，倒了下去。

维娜被女知青搀着，回到了宿舍。她整整睡了两天两夜，才勉强起了床。其实大家嘴上不说，心里都看不起那些上台发言的人。觉得他们落井下石，不讲义气。没有人明着同情维娜，但戴倩却被大家冷落了。

戴倩有意装得很快活，成天哼着样板戏。她总是这样，只要心里有什么需要掩饰，就曲不离口，把革命样板戏翻来覆去唱。李铁梅、小常宝、阿庆嫂唱厌了，就老着嗓子唱李玉和、杨子荣、郭建光。

有天，戴倩正唱着"共产党员，时刻听从党召唤"，进了宿舍，见只有维娜一个人窝在被子里，立马就不唱了。她低着头，在抽屉里稀里哗啦翻一阵，突然停了下来，说："对不起，小维。"

维娜感到莫名其妙，抬头望着她。只见戴倩泪眼汪汪，望着自己的脚尖，说："我也没有办法。吴伟要我入党，我已交了申请书了。"

维娜低头不语。戴倩又说："吴伟同我说，我必须积极一些，快点入党，争取早日离开农场，同他一起进城。我实在不想在这里待下去了，过的日子同新岸农场的劳改犯有什么两样？"

维娜仍不作声，窝在被子里缩成一团。戴倩说："我劝你也想通些。郭政委人恶，谁都知道。他对你还是真心的好。就是年纪大些，其他条件也还行。他是领导干部，手中有权，会让你过好的。"

维娜冷冷地说："那我把你介绍给他？"

不料戴倩听了，呜呜地哭出了声。维娜以为自己刺伤了她，倒有些不忍了。戴倩哭了很久，直到有人进来，她才收住眼泪。维娜不明白戴倩为什么会哭成这样子。

维娜也有些破罐子破摔了，不按时起床，不按时上班，故意在郭浩然面前耍脾气。郭浩然不说她，也就没别人敢说她。不知谁放的风，现在全场人都知道维娜同郭浩然好了。有人背地里就说她仗着郭浩然的势，搞特殊化。维娜成了知青们眼里最不要脸的女人。

那些日子，维娜总是睡不醒，一天到晚只想睡觉，可以不吃不喝。只要挨着枕头，人就迷迷糊糊，浑然入睡。就像服用了安眠药。那年的雪，是维娜见过的最大的雪。站在办公室窗口，放眼望去，是漫漫无边的雪原。天蜡黄的，像已病入膏肓。维娜去了办公室也一事不做，总是待在窗口，望着茫茫雪原发傻。

郑秋轮放出来以后，不再来找维娜了。她仍是去找他。维娜一去他那里，寝室里的男知青就朝她点头一笑，一个一个躲出去了。

郑秋轮就像完全变了一个人，缄默起来，老低头沉思。脸瘦了，显得更黑。只有那双眼睛，仍是炯炯有神。她想劝他别这样，振作起来，却开不了口。两人老在宿舍待着，不多说话。外面雪太厚了。早没有农活干了，却不准放假。

有天在办公室，郭浩然进来说："维娜，你仍同他在一起，这是不行的。"

维娜说："郑秋轮是阶级敌人吗？既然不是，就仍是革命同志。那么，我为什么不可以同他交往？"

郭浩然说："那你为什么就不陪我坐坐？为什么不陪我散步？"

维娜说："谁规定的，我一定要陪着你？"

郭浩然说："我们将结成革命伴侣，就应经常在一起相互帮助，相互鼓励。"

维娜冷笑着，说："我才满十六岁，到晚婚年龄还有八九年。你等着吧，八年之后，我嫁给你。"

八

陆陀总把自己关在书房里，听着些哀婉的曲子，也不知是忧郁或悲伤。弟弟妹妹总来看望他，一定是老表姐告诉他们什么话了。他们不敢问他碰到了什么事，也不敢过多劝慰。他们欢欢喜喜地进门，让表姐做顿饭吃，又欢欢喜喜地出门了。

"你应该去旅行，这么好的季节。"大弟说。

二弟说："听些欢快的曲子吧，你的情绪需要调和。"

妹妹说："小时候真好，四兄妹总在一起打打闹闹。"

这几天，陆陀老给她打电话，她也老打电话过来。他们只说些琐琐碎碎的话，却谁也不说见面。今天陆陀实在耐不住了，说想见见她。维娜很高兴的样子，说："我来接你，你在楼下等着吧。过十分钟，你下楼来。"

陆陀刚下楼，维娜就到了。上了车，陆陀只瞟了她一眼，不怎么敢望她。

维娜说："你瘦了。"

陆陀说："你也瘦了。"

维娜驱车往西城方向走，陆陀也不问她去哪里。谁也不说话。出西城不远，是高级住宅区，散落些欧式别墅。在一栋两层的淡蓝色别墅前，维娜停了车。房前是青青的草坪，一树栀子花娴静地开着。黄昏将近，房子和草坪都笼罩在梦幻般的夕照里。维娜先让陆陀进了门，再去泊了车。

维娜沏了茶，打开电视，让陆陀坐着，就去了厨房。她没有多说半句话，一声不响地进进出出。一只漂亮的波斯猫怯生生走过来，凝视陆陀片刻，轻轻跳上沙发，偎在他身边。这时，听到了敲门声。维娜出来，开了门，门口站着一位年轻的姑娘。

维娜说："小玉，今天我自己做饭，谢谢了。"

那位叫小玉的姑娘没进门，点点头走了。她是维娜请的钟点工。

"阿咪比人懂事。"维娜望着他笑笑，又进厨房去了。

维娜说的是这只撒娇的猫。陆陀本是不喜欢宠物的，可阿咪实在太可爱了。你只要转过头向着它，它就瞪大了眼睛望着你，喵喵几声。陆陀靠在沙发里不动，它也就紧靠着他不动，闭上眼睛。真让人怜爱。

电视里播放着风光片。林海茫茫，流水潺潺。陆陀有个毛病，看电视不太喜欢看有人的片子，宁可看动物和山水。可是就在他欣赏云松流泉的时候，片中开始有人了。原来是西南某省电视台的一帮记者，跑到东北拍了个叫《松花江纪行》的风光片。记者们手牵手，围着一棵参天大树感叹道：好大的树啊，知道它长了多少年了？随行的山民说，得看年轮。于是，一位油锯手便动手锯树。浑厚的男中音便夸奖我们的油锯手如何技术高超。锯末飞溅处居然打出字幕：油锯手某某某。只眨眼工夫，大树轰然倒下。浪漫的记者们学着山民齐声高喊：啊呵呵，顺山倒了！记者们围了过去，七嘴八舌地数年轮。一位女士故作天真道：哇，一百多年了耶！

陆陀马上换了台，胃里堵得慌，直想呕吐。仅仅只是想知道这棵树长多少年了，就不由分说把树锯倒！"幸好我们人没有长年轮！"陆陀暗自想道，便感觉腰间麻了一阵。

维娜从里面出来，见着异样，问："老陆，你……怎么了？"

"没，没有哩。"陆陀掩饰着。

"我听着你叹息，以为你……"

陆陀笑笑，说："我真的没什么。"

维娜就问道："我们吃饭好吗？"

陆陀随她去了餐厅。两个人吃饭，餐厅就显得太大了。好在维娜将灯光调得很柔和，感觉倒也温馨。"喝点葡萄酒好吗？"维娜问。陆陀只是点头，像个没见世面的乡下少年。他不想多说话，莫名的哀伤总让他眼眶发酸。红红的轩尼诗酒，浓血一般。维娜的厨艺非同一般，菜都做得精致。可他总记不得吃菜，只是慢慢地喝酒，老望着她。维娜也老望着陆陀，目光忽而明亮，忽而迷离。他感觉自己的心跳越来越快，呼吸很重。他想吃完饭，马上离开。不然，今晚他会拥抱她，会亲吻她。

"你总不吃菜。我的手艺很糟糕是吗？"

陆陀说："哪里，很好。"

维娜便盛了碗饭，递过来，说："你先吃碗饭吧，不然，你什么东西都不吃。"

陆陀吃着饭，才仔细品尝了她的厨艺。真是不错。维娜说："菜凉了，我去热一下。"

陆陀说："不用了，真的不用了。"

维娜仍坐下了。陆陀吃完饭，她便收拾碗筷。她只将碗筷送进厨房，洗了手，就出来了。

"你洗把脸吧。"维娜说。

陆陀去了洗漱间，见水早放好了。一条浅蓝色毛巾，泡在水盆里，看着就觉得清凉。擦在脸上，有着淡淡的清香。他想着这是维娜用着的毛巾，心里就有些说不出的味道，很熨帖的。

两人洗漱完了，仍去客厅里坐。陆陀的情绪平静些了，抚摸着小猫阿咪。

"喝茶还是接着喝酒？我想喝酒。"维娜问。

陆陀说："那就喝酒吧。"

维娜端了酒杯过来，说："弄不清哪个是谁的杯子了。"

陆陀说："都一样吧。"

维娜脸便泛红，微微咬着嘴唇，递过一杯酒。两人坐在同一张沙发里，阿咪伏在他们中间。它也用过了可口的晚餐，这会儿正打着瞌睡，就像很会保养的美人。关了电视，只有音乐。

今天在家午睡，陆陀梦见维娜侧身而卧，望着他，目光幽幽的。他记不清自己是坐在她的床边，还是同她躺在一块儿，只是很真切地感觉着她的安静和清凉。他伸手触摸她的脸，却是暖暖的。现在，维娜就同他并坐沙发里，慢慢喝着酒。他内心有些尴尬，却又说不出的快意。

陆陀抿着酒，忍不住又叹息起来。维娜便问："你心里一定有事。"

陆陀自己的情绪确实不太正常，却又不好明说，就信口胡诌："我总想，人一辈子太玄妙了。就说我吧，十年前，我怎么也不会知道自己会成为一个自由写作者。今后会怎么样？我不知道。"

维娜点头说："是啊。我同你说过，我是越来越宿命了。人一辈子，好像一切都是事先安排好了的，你只管照着上天编好的脚本演出就行了。你们作家写小说，匠心独运，事先布设伏笔。真实的人生，伏笔早在上辈子就埋下了。我事先没有想到，自己十六七岁碰上的那些人，不光郑秋轮，还有郭浩然、戴倩、李龙、吴伟等等，都会同我终生的命运有关。有时候他们从我的生活中消失了，可突然有一天，他们就像从一条岔路上蹿了出来，拽住了我的肩膀。同所有人的故事，事先都不会知道要到哪一天了结。后来，社会环境变了，我的生活也变了，生意上很成功，我想把握和改变自己的命运。我主动设计自己的生活，却屡不如意。因为早年生活机缘的奇特，加上后来我有条件很自信地体验新的生活，我的经历就变得更加扑朔迷离，更加坎坷。有时候也想，也许是自己把生活弄糟了，可回头一看，原来都是命该如此。这都是后话，慢慢再说吧。"

维娜说着说着就长叹起来了。陆陀有些醉意了，他眼中的维娜面如桃花。阿咪像在做梦，闭着眼睛轻声叫唤，声音有些娇。陆陀心里怦怦儿跳，说："维娜，我们出去走走吧。"

"好吧……"维娜懒懒地起了身，望着陆陀，目光里闪过不经意的哀婉。

屋外是小区的花园，稍稍起伏的缓坡是人工垒成的，种着厚厚的草，散布着一些桃树和梅树。两人在草地里盘桓着，谁也不说话。头顶是清凉的月轮。

九

　　离过年还有三天，终于放假了。维娜去找郑秋轮，约他一块儿回荆都。郭浩然老家在荆西农村，太远了，回不去。他还得在农场值班，得时刻防止阶级敌人搞破坏。郑秋轮正好一个人在宿舍，歪在床上看书，见了维娜，就下了床。宿舍里冷得很，郑秋轮从被窝里出来，冻得直哆嗦。维娜刚从外面进来，倒不太冷。

　　"秋轮，你还是坐到被窝里去吧。"维娜说。

　　郑秋轮摇头说："不冷。"

　　维娜说："坐上去吧。我陪你一起坐上去。"

　　两人坐进被窝里，脚抵着脚，半天不说话。

　　他们回荆都，得赶到五十公里以外的湖阳站乘火车，又只有一趟凌晨五点多的火车，很不方便。横竖得在湖阳待一晚。知青们口袋里都没有几个钱，舍不得住旅社。大家都是大白天往湖阳赶，再在火车站坐个通宵。平时有汽车到湖阳，现在大雪封路，得走着去。

　　郑秋轮说："何必在车站苦熬一个晚上呢？打瞌睡是最难受的，又冷，弄不好就会感冒。我们不如今天晚上走，慢慢赶到湖

76

阳，正好上车。"

"好吧。"维娜想着自己要同郑秋轮冒雪走个通宵，有些兴奋。

她又怕郭浩然盯梢，又说："你等黄昏了，去蔡婆婆家接我吧。"

郑秋轮就沉默了。

维娜低着头，回到自己宿舍。她挨到下午，早早地就去了蔡婆婆家。蔡婆婆家没有生火，老人睡在床上猫冬。

"小郑没有来?"蔡婆婆问。

维娜说："他等会儿就来。"

"维娜你上床坐吧。"蔡婆婆也坐了起来，突然说，"女人哪，心里只有一个男人的。"

维娜坐到被窝里去了。她不明白蔡婆婆的意思，就问："蔡婆婆，您总想起死去的爷爷吗?"

"你听，它又在叫哩。"蔡婆婆说。

老人说的是亡魂鸟。维娜侧耳听听，只听见风声。"他对你好吗?"维娜问。

"人去了，就只记得他的好了。"蔡婆婆说。

维娜说："他本来很爱你的吧?"

蔡婆婆叹道："我们老辈人，哪说什么爱不爱的。是他的人了，心里就只有他。"

维娜说："蔡婆婆，你真好。"

"好人没好报啊。"蔡婆婆说。

黄昏时，郑秋轮来了。"蔡婆婆，我从荆都回来，给您老拜年啊。"郑秋轮说。

"受不得啊，受不得啊。"蔡婆婆说，"小郑啊，你们两人好就要好到底啊。是病都有药，只有后悔病没有药。"

郑秋轮支吾着。维娜缄默不语。屋里黑咕隆咚，谁也看不见谁的脸色。

出了门，弥天大雪正纷纷扬扬。这会儿没什么风，雪花曼舞着，好像还有些羞羞答答。维娜和郑秋轮都穿着军大衣，很时髦的。他们一件行李也没有，真正的无产阶级。路早被掩埋了，也不必沿着路走，他们只感觉着大致方向，穿行在茫茫雪原。不一会儿，天完全黑下来了，脚下的雪白里泛青。

两人一前一后，默默地走了好一会儿，手才牵到一起去。维娜却嫌不够，整个儿吊在他臂膀上。郑秋轮浩叹一声，便一手牵她，一手搂她。两个人就这么缠在一起，在雪地里慢慢地走。走着走着，维娜不走了。她拉住他，扑进他的怀里，头使劲地磨蹭。他的胸膛宽而厚实，体温带着他特有的气味。她很喜欢闻他的体味，那是一种不名味道，有时让她心跳，有时让她安静。

郑秋轮突然一把抱着维娜，把她扛了起来。他扛着她走，说："娜儿，我们还有很长的路要走哩！"

他叫她娜儿，维娜听着只想哭。他俩平时都叫名字，多数时候什么都不叫，只说哎！

维娜挣脱着下来，伏在他怀里，使劲亲他的胸膛。亲着亲着，维娜呜呜哭了起来。郑秋轮一边揩着她的泪水，一边亲吻她，什么也不说。

两人默默地往前走，紧紧搂在一起。天地之间，只有维娜和郑秋轮。有很长一段路是沿湖走的，湖面黑黑的，同天空浑然一体，似乎只要从雪野上往前跨一步，就能飘飘然遁入太虚。

维娜突然说："秋轮，要到天上去，这是最近的一条路。"

郑秋轮听着吓坏了，以为她想轻生，忙立住了，搂着她，端着她的脸，很认真地说："娜儿，我们什么时候都要珍惜自己的生命。越是生逢命如草芥的年代，就越需自珍自重。"

维娜没有解释自己的幻觉，只是使劲地点头。她想今后不管过得多难，都会想起他的嘱咐，珍惜自己的生命。

又默默走了好久，维娜突然说："我多想逃离这里，同你到一个没有人烟的地方去。"

郑秋轮说："离我们荆都最近的原始森林，就是神农架。"

维娜说："我们跑到神农架去。"

"做野人？"郑秋轮问。维娜说："我们就做野人。我们采野果子吃，还可以打猎。我们夏天住在树上，冬天住在山洞里。"

郑秋轮说："衣服破了怎么办？我们带不了那么多衣服去。"

维娜说："反正不见生人，我们就不穿衣服。"

郑秋轮哈哈笑，说："有意思，有意思。"

"我们赤身裸体晒太阳，晒得全身黝黑发亮。"维娜说罢想想，发现还是有问题，"但是，没有油盐吃不行。"

郑秋轮说："我下山去老乡家里偷。"

维娜说："那好，你顺便偷块镜子来，我们每天得照照镜子，不然日子久了，就不知道自己长得什么样儿了。我们生好多孩子，我们那里不搞计划生育。孩子们也不用认真取什么名字，就大毛、二毛、三毛地叫。只是……没有人接生怎么办？"

郑秋轮说："这个好办。我妈妈是妇产科医生，我从家里偷本书带去，看看就知道了。"

他俩就这么信口胡编，就像说真的一样。两人设计得很细很美，怎么在树上搭房子，用什么取水，怎么生火，拿什么盛饭吃。山洞的门，维娜说编个竹篱笆拦着就行了。郑秋轮说有野兽，那样不安全，得用块大石头做门，他会设计个机关，轻轻一扳就开了。维娜就说你还得替我设计一架床，放在水中央。我们住的地方应该有个清清的水潭，我们在水的上面睡觉。要洗澡了，按一下机关，床就沉下去了。我们就在水里游泳。

他们编着世外桃源，两人搂得越来越紧。郑秋轮的手指几乎要嵌进她的肋骨里去。维娜心里软软的，暖暖的。

突然，她傻傻地问："秋轮，那我们怎么做夫妻呢?"

她不走了，扑进他的怀里。她的身子绵绵的，想躺下来。她就真的躺在雪地里了。

郑秋轮也顺着她倒了下来，伏在她的身上。他那热乎乎的嘴唇和舌头，胡乱地咬着、舔着维娜，她的脸庞、眼睛、鼻子、眉毛、耳朵通通感到灼热撩人。

"秋轮，我……我……我……"维娜说不出话。

郑秋轮猛得像头雄狮，维娜几乎窒息了。她浑身燥热，双手颤抖着。慌乱之中，维娜脱光了，赤条条躺在一堆衣服上。她望着郑秋轮，又爱又怜，目光几乎是哀求的。

农场的人都知道，维娜要成为郭浩然的老婆了。她怕郑秋轮恨，怕他怨，却不能告诉他事情的真相。

"秋轮，秋轮，我……我爱你，我爱你，我只爱你。我不论做了什么，都是因为爱你……"

"我是你的女人，我是你的，你……你要我吧，你来吧。"

"秋轮，请你原谅我。我是你的，你来吧，你要我吧。"

维娜用力地吊着郑秋轮的脖子，像发了疯。郑秋轮大汗淋漓，喘得像头公牛。突然，他拿衣服紧紧裹着维娜，抬起头说："娜儿，娜儿，我们……我们走吧，我们走吧，我们……我们……"

郑秋轮突然甩开维娜，往前跑了几步，跪在地上，仰天狂号，像头愤怒的狼。

维娜抖抖索索地穿好衣服，哭泣着站了起来。

他们继续赶路。风越来越大了，刮得呜呜直叫。

走了会儿，维娜突然又是泪如泉涌，发疯一样哭喊起来：

"郑秋轮，我爱你！"

"我爱你，我只爱你，我永远爱你，郑秋轮，我爱你！我爱你，呜呜呜……"

"郑秋轮，我爱你！我爱你！我是你的女人！"

"你是我的爱人，郑秋轮，我爱你，郑秋轮……郑秋轮……"

维娜几乎失去了理智，歇斯底里地哭喊，声音都沙哑了。她这么哭喊着，好像郑秋轮正被狂风席卷而去，再也不会回来。郑秋轮也呜呜哭了起来。这是她第一次见他哭泣，也是唯一的一次。刚听到他的哭声，维娜被震傻了。那是男人的哭声啊，听着叫人肝胆俱裂。

维娜收住泪水，抱着郑秋轮的头，拍着摸着，像位小母亲。"不哭了，秋轮，我们都不哭了。"

郑秋轮点点头："娜儿，我们都好好的吧，不哭了，不哭了，我们不哭了。"

终于到了湖阳码头，乘轮渡过去，就是湖阳城了。运气真好，轮渡正停在北边。他们上了轮渡，却不见一个人。郑秋轮喊："可以开船吗？"

没人答应。又叫了几声，忽听得有人嚷道："喊你个死？再吵老子睡觉，把你掀到湖里去做冻鱼！"

没办法了，只得等有汽车过的时候才能开船。黑咕隆咚的，不知什么时候了。也不知要等多久，站着不动又冷。两人就下了船，不敢走远了，就在船下的雪地里跳着。干跳着很难受，两人又做游戏。两人背靠着背，你将我背起来颠三下，我将你背起来颠三下。维娜一会儿就没力气了，就只颠一下。郑秋轮却将她背着颠个不停。维娜就求饶："别颠了，腰要断了。"

隐隐听到对岸有汽车声，维娜欢喜得跳了起来。听得对岸司机大声叫喊："师傅开船！"

这边却不见任何动静。那边司机喊了半天，急了，就开始骂娘。船上的人听了一会儿，忍不住钻出船舱，回骂几句，仍回去睡觉。维娜和郑秋轮空喜了一场。

直到这边来了车，要过湖去，船上的师傅才哈欠喧天地出来，慢吞吞地开了船。

懵里懵懂跑了一夜，不知什么时间了。下了船，两人直奔火车站。跑进售票厅，一看墙上的挂钟，已五点半了。一问，他们要乘坐的那趟车，已开走二十多分钟了。

维娜和郑秋轮对视片刻，突然大笑起来。还得在湖阳待上一天一晚。两人嘴上不说，其实都巴不得误了车。

两人紧紧搂着，在街上闲逛。街上逛得没意思了，就去城外的湖边。湖里漂着浮冰。出太阳了，满湖的浮冰五彩缤纷，壮美极了。维娜头一次看到这么美丽的奇观，兴奋得像个孩子。

饿了，就买些东西吃。米糕七分钱一碗，面条八分钱一碗，油条一角钱四根。那葱花和酱油真香啊。吃过东西，维娜手上沾了酱油味，却舍不得去洗手。走在街上，忍不住过一会就闻闻指头，深深地吸一口气，舒服极了。郑秋轮口袋里从来没有余钱的，都买了书。维娜会打算些，总有几块钱揣在身上。没处洗脸，就抓着雪往脸上搓。维娜平生唯一一次体验到走路也可以睡觉。她走着走着，就瞌睡了。她让郑秋轮搂着走，人却半梦半醒的。

回到荆都，已是大年三十上午。两人仍不想回家，还在街上逛着，就像两个逃学的中学生。突然碰见戴倩，她像是吓着了，眼睛瞪得老大，跑过来说："你们跑到哪里去了？小维你妈妈急得直哭哩。"

原来，戴倩同几位知青想在春节期间组织活动，跑到维娜家去邀她。维娜妈妈说她还没回去，戴倩他们觉得奇怪，说她早应该回来了。

戴倩望望郑秋轮，再把维娜拉到一边，轻声说："我刚到邮电局，给农场打了电话，看看你是不是回来了。正好是郭浩然接的，他在电话里骂娘，说肯定是郑秋轮把你带到哪里去了。他说要等开年后，老账新账一起算。我才要到你家去回信哩。"

维娜脸都吓白了，妈妈有心脏病，一急就会背过气去。她马上同郑秋轮分手，飞快地往家里跑。她跑进荆都大学，头一次嫌校园太大了。她恨不得马上就站在家门口，大声地叫喊妈妈。她跑过宽宽的广场和教学区，下阶梯，上台阶，曲曲折折，弄得满头大汗，才到了家门口。

妈妈见了维娜，长长地舒了口气，一屁股坐在凳子上，手不停地抹着胸口，说："你爸爸眼睛都望长了。"

维娜拍着妈妈的背，说："爸爸？爸爸回来了？你们急什么？我又不是三岁小孩。我误了火车，在湖阳又待了一天一晚。姐姐下班了没有？"

妈妈说："爸爸也是昨天才回来的，见你还没到家，到街上打望去了。你姐姐今天还在上班，要下午六点才下班。"

维娜姐姐厂里每年大年初一就开新年誓师大会，三百六十五天不放假，一直要干到大年三十。他们厂长有句口号，叫什么：大干三百六十五，气得美帝眼鼓鼓。她姐姐很讨厌那个厂长，说那厂长姓龚，本是个大老粗，却老充文化人，在大会上做报告，喜欢编些狗屁不通的顺口溜，就说是"卿作小诗一首"。他把聊念作卿，卿念作聊。这个诗人厂长总在大会上批评男女青工，心思没有放在生产上，放在谈恋爱上，一天到晚"聊聊我我"。

一会儿爸爸回来了，望着维娜，笑眯眯的，说："娜儿，你急死你妈妈了。"

爸爸已经很黑很瘦了，像个农民，只是仍戴着眼镜。眼镜的框子旧得发红，挂腿的螺丝早没了，用细铁丝扎着的。怕摔坏了，就拿绳子系着，套在后脑勺上。望着爸爸这个样子，维娜就想哭，却只能笑眯眯的。过年了，不准哭的。维娜不知爸爸真的是个很达观的人，还是把苦水都咽到了肚子里了。爸爸过得够难的了，可她总见爸爸乐呵呵的，还曲不离口。爸爸喜欢唱京戏，时兴的革命歌曲也唱。

维娜觉得真有意思：妈妈说爸爸的眼睛都望长了，爸爸就说她把妈妈急死了。她记得自己小时候和姐姐淘气，爸爸总会说："你们要听话，不要惹妈妈生气。"妈妈却说："看你们把爸爸急得那样子！你们还要不要爸爸？"那时候她并不知道这是为什么。现在她明白了，这就是爸爸妈妈的爱情。

维娜总琢磨两个词：谈爱和相爱。后辈总把恋爱说成"谈爱"，好像爱情是靠两片嘴皮子谈出来的。爸爸妈妈似乎不谈爱，他俩只是默默地"相爱"。这个"相"字真是绝了，用得很切很切。两代人的爱情，就是不一样。

妈妈做饭菜，又快又好吃。维娜想要帮忙，妈妈不让，要她坐着别动。闻着厨房里飘出的菜香，她肠胃就呱呱叫了。农场生活太苦了，粗糙的饭菜刮得维娜肚里早没油了。她总有种很强烈的欲望，想抓着很大很大一坨肉，塞进嘴里，闭着眼睛，使劲嚼上一阵，满满的一口，囫囵吞下。记得有次在食堂打饭，有道菜是海带排骨汤。打菜的师傅边打菜边望望窗口外面是谁，抓勺的手不停地抖着。他的手是否抖动，抖多少次，就看你同他关系了。知青们都不敢得罪食堂师傅，当面忍气吞声，背后就骂他们打摆子，发羊痫风。有回，维娜前面还排着好几个人，她就看见师傅每次舀上一勺菜，都将一坨大排骨舀了上来。那坨排骨有很多肉。可是，每次师傅望望窗口外面，手就一抖，那坨排骨又掉

84

进盆里去了。轮到维娜打菜时，那坨排骨又被舀了上来。师傅望望她，手仍是不停地抖着。可那坨排骨就是不下去，很顽强地待在勺子里。维娜忙将碗伸了过去，师傅很不情愿地将勺子往她碗里重重一扣，啪！

维娜缩着肩，从队伍中间挤了出来，简直有些激动。她想着马上跑到郑秋轮那里去，把这坨排骨给他吃。她来打饭时，见郑秋轮蹲在球场边吃饭，就示意他等等。可是，维娜刚出食堂门，手不小心晃了一下，那坨排骨掉了下去，滚进阴沟里去了。她又气又悔，都快哭起来了。她怪自己的碗小了，饭菜垒起来像山似的，那坨排骨自然就会滚下去。她后来专门买了个大些的碗，却再也没有碰上那么好的运气了。她常常想念那坨排骨，总是后悔自己不小心。就算是碗小了，当时要是不光顾着高兴，拿饭勺将那坨肉压压，压进饭里面去，也不至于掉了。

妈妈飞快地就弄了好几碗菜，开始吃中饭。一碗腊肉、一碗腊鱼、一碗腊鸡、一碗猪血丸子、一碗筒子骨炖萝卜。妈妈只顾往维娜和她爸爸碗里夹菜，还要眼睁睁望着他们父女俩吃。嘴里又总是念着维娜的姐姐，说芸儿每天最多只有一餐在家里吃，厂里伙食也不好。

"芸儿这孩子，犟，我要带她看看医生，她就是不肯。她人越来越瘦了，血色也不好。"妈妈说。

维娜问："原来不是说，他们厂里要推荐姐姐上大学吗？"

"她又说不想上了。问她为什么，又问不出句话来。"妈妈叹了声，对爸爸说，"等过完年，你同芸儿好好谈谈。"

爸爸咽下嘴里的饭，摇摇头说："孩子大了，还听我的吗？"爸爸不怎么吃菜，吃饭却快得惊人。他一边扒饭，碗一边转着，一碗饭眨眼就光了。饭量很大，吃了五碗了还想添。爸爸望望妈妈，好像有些不好意思。妈妈抓过爸爸的碗，又满满盛了一碗。

望着爸爸那吃饭的样子，妈妈忍不住哭了起来，说："你们父女俩，太苦了。"

爸爸抬起头，嘿嘿笑着，说："苦什么？苦什么？"

吃完中饭，妈妈就开始忙年夜饭。妈妈这才让维娜帮她洗洗菜。妈妈一边做事，一边问些农场的事。维娜尽拣些好话说，忍不住就说到了郑秋轮。妈妈听了，只说："是个聪明孩子。"

爸爸在外面唱歌，唱的却是"人家的闺女有花戴，我家钱少不能买。扯上了二尺红头绳，给我女儿扎起来"。

妈妈听了，就喊道："你唱点别的嘛，唱这个，人家会抓你辫子。"

爸爸笑道："我随口唱的，哪想那么多？"

他接着就唱："天上布满星，月亮亮晶晶。生产队里开大会，受苦人把冤申。"

妈妈又喊："今天是过年，你唱点喜庆的嘛。"

爸爸就唱："'无产阶级文化大革命'，嗨！就是好！就是好哩就是好呀就是好！"

年饭做好了，就等着姐姐下班回来。维娜守在爸爸妈妈身边，围着火塘烤火。过年了，火塘烧得格外旺，祈盼来年有个好日子。

妈妈望着桌上的闹钟，说："芸儿下班了，正在脱工作服哩。"

过会儿，妈妈又说："芸儿出厂里大门了。"

过会儿，妈妈又说："芸儿这会儿正上公共车。"

又过了会儿，妈妈说："芸儿下车了。"

"芸儿该进学校大门了。"那闹钟就像妈妈眼里的魔镜，姐姐一举一动她都看得见。

妈妈望着爸爸，说："你胡子要刮一下，过年了。"

爸爸笑笑，说："好的。"

妈妈又说："你衣服也得换了，穿那件灰中山装。过年要精神些。"

爸爸拍拍旧得发白的蓝布中山装，笑笑说："这件衣，又没哪里破。"

爸爸那件灰中山装，就是周总理照片上常见的那种颜色，他总是舍不得穿。

妈妈拍拍维娜的膝盖，说："给你和你姐姐每人做了件新罩衣。"

维娜听了很高兴，只想马上试试。妈妈说："等吃过年饭，洗完澡，再穿。你爸爸就喜欢看两个宝贝女儿穿着新衣裳，漂漂亮亮的，崭齐站在他面前亮相。"

眼看着就六点半了，姐姐还没有到家。妈妈就急了，说："坐公共车最多二十分钟，早该到了的。"

爸爸说："不要急，再等等，公共车，哪有那么准时？"

快七点了，妈妈说："只怕快到了。"

妈妈说着就起身去热菜。菜早凉了。菜热好之后，就是七点多了，仍不见姐姐的影子。爸爸也急起来了，在屋里来回走着。

妈妈有些慌了，望着爸爸，说："你去厂里看看吧。"

维娜说："再等等吧。说不定爸爸前脚走，姐姐后脚就回家了。"

七点半了，维芸还是没有回来。妈妈就嚷爸爸："叫你去看看你不去，去了，这会儿早回来了。"

维娜说："爸爸别去，我去吧。"

维娜不让爸爸去，自己抢着跑出去了。正是大家吃团年饭的时候，公共车上没几个人。维娜选了个靠窗的座位，好望着对面开来的公共车，看姐姐是不是在那车上。车都很空，只要姐姐在车上，她一眼就会看见。

很快就到了维芸的工厂。大门敞开着，却必须到门卫那里登记才可以进去。一个样子很凶的男人，穿着军大衣，问："找谁？"

维娜说："找我姐姐维芸。"

门卫张大嘴巴，望了她一眼，夺过她正准备填写的登记簿，说："你进去吧，你姐姐在办公楼下面。"

维娜觉得好奇怪，他怎么不要她登记了呢？维娜也没多想，径直朝办公楼方向去。进大门往左，走过一片樟树林子，就是办公楼。顺着大门里面笔直的马路往里走，才是姐姐的车间。维娜还没出樟树林子，就隐隐看见那边远远地站着好些人，朝办公楼方向指点。再走近些，就见办公楼下围着些人，林子边站着的人好像不敢再往前面凑。维娜并没有听清谁说了什么，胸口就突突跳了起来，预感到不祥。她直往办公楼下冲去，有人一把拽住她，说："不准过去。"

她用力挣脱了，飞扑过去。她从人缝里钻了进去。天哪，地上躺着的是姐姐维芸！

维芸趴在地上，脚手朝四个方向怒张着，头边是一摊变黑了的血块。

维娜瘫倒在地上，往姐姐身边爬去，却被人拉着。她感觉眼前一阵一阵的黑，就像有人用铁锹铲着煤朝她劈头盖脸压过来，马上将她掩埋了。

维娜被几位女工送回了家。家里的门虚掩着，不见爸爸妈妈。女工们把她放在床上躺着，什么也没说，就准备走。她们刚走到门口，像是碰上什么人，叽咕了几句。她们又留下来了，坐在外面的屋子里。她们老在外面轻声嘀咕，就是没有人进来同她说一句话。她已无力哭泣了，只是不停地流泪，浑身发抖。她不知爸爸妈妈怎么样了，想起床去找他们，却四肢瘫软，两眼发黑。

直到天快亮了，爸爸鬼魂一样飘进维娜的房间，伏在女儿床头，号啕起来。维娜搂着爸爸的头，哭号着。爸爸的哭喊就只有一句话：娜儿呀！娜儿呀！

原来，妈妈被活活气死了。昨天晚上，维娜刚出门，姐姐厂里的人和公安的人就来了。妈妈眼睛一白，倒在地上。急急忙忙抬了妈妈往医院送，人在半路上就去了。爸爸跪在医院，哭喊着求医生抢救妈妈，闹了个通宵。

维娜弄不明白，姐姐为什么要杀死龚厂长。维芸用扳手砸死了龚厂长，然后从楼上跳了下来。案子不用破，这是阶级斗争新动向。第二天，汽修厂的新年誓师大会别开生面，维芸的尸体被绑在门板上，立在台中央，斗尸。

直到两年以后，维娜才知道姐姐真正的死因。

十

维娜酒杯摇晃着，分明是醉了。陆陀想拿过她的杯子，她躲了一下，酒洒了出来。她抬手指着陆陀，笑着说："好啊，你把酒往我衣上泼。这可是名牌啊，你得赔我！"

陆陀说："维娜，我不行了，我俩都不喝了，好吗？"

维娜举了杯，一口干了。她还要倒酒，陆陀抢过了酒瓶。她手有些不识轻重了，将酒杯打碎在地上。她像是没听见，直说："要喝就喝个一醉方休。"

陆陀忙去厨房取扫把，将碎玻璃清扫了。他送了扫把回来，却见维娜对着酒瓶在喝酒。陆陀一把夺过酒瓶，将她扶在沙发里靠着。他将酒瓶藏好，在她身边坐下。他手足无措，不知怎么办才好。维娜身子软软的，朝他倒了过来。他将她平放在沙发上，四处找枕头和被子。维娜却突然站了起来，摇摇晃晃要上楼去。陆陀忙过去扶着她上楼。她已不能走了，几乎是他扛上楼去的。

陆陀替她脱了鞋，再盖上被子。他搬了凳子，坐在她床头。听着她匀和的呼吸，知道她睡着了。维娜的睡态令他心动。长长的睫毛合在一起，像两弯新月；眉毛修长而舒展，看上去就像正往两边慢慢地生长；红红的嘴唇微微撮起，有些逗人。

"我想……我想……"维娜说着胡话。她翻了个身，手搭到了床沿上。陆陀将她手塞进被子里去。

后半夜，维娜醒来了。陆陀问："好些了吗？"

维娜点点头。她也并没有歉疚的意思，好像让陆陀这么守着是很自然的事。她不见外，陆陀心里便熨帖，他愿意通宵守着她。她醒了，他觉得还待在这里就不妥了，想告辞。维娜拉着他的手，说："太晚了，你就在这里睡了吧。"

陆陀就在维娜隔壁的房间睡下了。他睡得很沉，醒来时已是上午十点多。听见他的动静，维娜过来了。待他洗漱完了，两人共进早餐。她总是浅浅地笑，快活得像个孩子。她穿着很家常的休闲衣服，人放松得就像要散了去。她哼着小曲儿，在陆陀面前走来走去，收拾着家务。他没有走的意思，却不得不问她："你还有事要忙吗？我不能老赖在这里啊。"

"只要你想待着，多久都行。"维娜说着又补了一句，"这么宽的房子，有你睡的地方。"

陆陀胸口突突跳，说："那我就成食客了。"

维娜正经说："我不敢耽误你的写作。这样吧，吃过中饭，我俩一起出去。我下午得去银杏居看看，先送你回去。"

维娜带陆陀去楼上阳台喝茶。一个别致的露天阳台，有人又叫它屋顶花园。四十多平方米，置有石桌石凳，放着些花卉盆景。阿咪是不愿寂寞的，不声不响地跟了上来。阿咪简直有些恃宠称娇，居然跳到石桌上伏着，漂亮的大眼睛一张一合。维娜拿了两个布艺垫子放在石凳上，说是太凉了，怕感冒。阳光很柔和，奶油一样涂抹在维娜的脸上、臂膀上。陆陀望着她，瞬时间心旌飘摇。

她说："这个时段的日光浴是最好的，紫外线刚好适度。"

陆陀笑笑，望望她的眉眼，说："难怪这么漂亮。"

维娜笑着摇摇头，微叹着。那意思，是说自己老了。

听得门铃响，维娜说："你等等，我下去一下。可能是送报来了。"

维娜很快就上来了。陆陀说："今天是星期三吗？《荆都晚报》上有我篇豆腐干文章。"

"我得欣赏一下。你的短章也很有意思。"维娜边说边翻报纸，又问，"你的长篇怎么样了？"

陆陀说："快了。写个长篇，等于给自己判了个有期徒刑。完稿了，就刑满释放了。"

维娜翻到载有陆陀文章的那个版，低头看了起来。是篇小随笔，题目叫《说点别的》。

打开电视，但见林海茫茫，流水潺潺。有时候我不太喜欢看人片，宁可看动物和山水。可就在我欣赏云松流泉的时候，片中开始有人了。原来是西南某省电视台的一帮记者，跑到东北拍了个叫《松花江纪行》的风光片。不过解说词倒还过得去，那么有人就让他有人吧。一会儿，这帮记者手牵手围着一棵参天大树感叹道：好大的树啊，知道它长了多少年了？一位随行的山民说，得看年轮。于是，一位油锯手便动手锯树。浑厚的男中音便夸奖我们的油锯手如何技术高超。锯末飞溅处居然打出字幕：油锯手某某某。只眨眼工夫，大树轰然倒下。浪漫的记者们学着山民齐声高喊：啊呵呵，顺山倒了！记者们围了过去，七嘴八舌地数年轮。一位女士故作天真道：哇，一百多年了也！

我马上换了台，胃里堵得慌，直想呕吐。仅仅只是想知道这棵树长多少年了，就不由分说把树锯倒！我庆幸人类没有长年轮。此念一出，我全身发麻，体会到一种被腰斩的感觉。

正巧，次日看报，见了一则美国生态保护的报道：一位叫朱丽叶的女士，为了抗议木材公司砍伐一片红树林，在一棵树上待了一年多。朱丽叶得到了很多环保志愿者的声援，最后迫使木材公司让步，留下了这片红树林。

看了上面的文字，只怕很多人会说我迂腐可笑或惺惺作态；而朱丽叶在他们眼里，就更是大傻蛋了。行笔到此，我几乎无法将这篇小文章写下去了。

荆都人有句口头禅：讲点别的啰。那么我就讲点别的吧。当年尼克松的共和党想摸清民主党的竞选策略，竟然闯进民主党总部办公楼水门大厦搞窃听。这就是众所周知的水门事件，二十世纪美国最大的政治丑闻。本来政声颇佳的尼克松因此而下野。在美国公众看来，这是人人嗤之以鼻的龌龊事，当时一位中国伟人却以为没什么大不了的，还说：尼克松，我投他一票！真是开国际玩笑。

一位下岗工人因偷窃猪饲料被公安抓了。审讯之后才知道，这位工人一家几口好多天没开锅了，他偷猪饲料不是拿去喂猪，而是供家人充饥。听了这个故事，我背膛发凉，默然无语。事后，同一位官员一块吃饭，我说起这事，这位官员一脸漠然，说，这种事发生好多次了。他那意思，似乎是我好没见识，大惊小怪。我的脸居然不争气，红了起来，很是尴尬，好像我真的不识趣，坏了大家的雅兴。

有位旧时同事，在家乡做领导。有回见面，叙旧之后，老同事就感慨如今基层工作难做，老百姓不听话，特别是农民，被上面的政策惯坏了，动不动就搬着上级文件上访去了。我说，老百姓不怕政府、不怕领导了，可是社会进步的标志啊。这位老同事听罢愕然，几乎怀疑我是不良分子了。我哑然失笑，端了茶杯，扬手道，讲点别的吧，讲点别的吧。此等情状，不讲点别的，我又能讲什么呢？

维娜看完文章，人就怔怔的，就像灵魂出了窍，说："可真像。"

陆陀听着不明白，问："你说什么？"

维娜红了脸，忙摇摇头，说："没有哩。我是说，你总是想些大事。别人都看得平常的事，你一看就有问题了。"

陆陀说："有人说我爱钻牛角尖。上次在你家看电视，见着电视里那帮记者砍树，我心里堵得慌。当时你问我叹什么气，我不好意思说，怕你笑我迂阔。"

维娜注视着他，眼睛水汪汪的。她想起了郑秋轮，觉得陆陀同他真像！她怕陆陀莫名其妙，揩揩眼泪，说："其实这就是你卓尔不群的地方。说真的，我很敬重你，你是个很高尚的人。"

陆陀假装没看见维娜的泪水，笑了起来，叹道："维娜，现在这世道，没法一本正经了。很严肃地评价一个人，听着几乎可笑。但是，听你这么说我，我很感动。谢谢你，维娜。"

维娜听着竟有些不好意思了，岔开话题，说："这样的阳光，应到郊外走走。"

陆陀说："你哪天想去，叫上我，陪你去。"

"好的，哪天我俩钓鱼去。"维娜说着又低了头，"昨天晚上，我很失态吧？"

陆陀说："没有啊。只是我有点紧张，担心你若是吐了，或是头痛了，不知拿你怎么办。"

维娜说："还要怎么办？你扔下我不管就得了。"

陆陀说："你就把我看成这样了？还好，你醉也醉得可爱，很安静，只时不时说句胡话。"

"我说胡话？没说什么不堪的话吧？"维娜就像受了惊吓，紧张地望着陆陀。

陆陀说："你没说什么，真没说什么。不过我想，你以后还是不要喝这么多酒，伤身子啊。"

维娜望着陆陀，目光幽幽的，说："有的时候，真想喝酒。"

"通常是什么时候？"

"很高兴的时候，或是很难过的时候。"

陆陀怕她一个人喝酒危险，便玩笑道："我也馋你的酒喝。你要是一个人喝酒，叫上我吧。"

维娜点头笑笑，突然问道："我昨晚胡说了些什么？你告诉我一句吧。"

陆陀说："你说的那些话颠三倒四，我一句也听不懂。我只是看着急，想让你快些清醒过来。"

维娜不说话了，静静地品茶，望着大理石桌面上的山水图案出神。只要她不说话，陆陀多半不吱声的。他最初老怕尴尬，总搜肠刮肚找点儿什么来说说。现在他早习惯这么静静地坐在她身边了。陆陀有种无法明白表述的感觉，似乎维娜身上无时无刻不散发着某种不明物质，他渐渐被这种不名物质统率着、奴役着。

十一

正月初一，郑秋轮突然跑到维娜家里来了。他一把抱住维娜，脸铁青的。戴倩、李龙同几位知青也来了。大家都说不出什么话，男知青黑着脸，女知青抹眼泪。郑秋轮将几位男知青叫到一边，商量一阵，进来叫维娜爸爸出去了。爸爸已不像人样了，胡子长长的，面色黑得发紫。

爸爸同郑秋轮、李龙他们几位男知青出门去了，留下戴倩她们陪着维娜。维娜知道，男人们料理妈妈和姐姐的后事去了。

天天有人来看望维娜，都是她的同学和场里知青。那些知青伙伴平时同维娜关系好像并不怎么样。短短几天寒假，离开了农场，好像人都变了个样儿。似乎在农场，他们都想出人头地，知青之间难免争个上下。回到城里，他们之间的关系就近了。

郑秋轮每天一大早就来了，总要等到深夜才回去。

正月初六，维娜又要赶回农场。爸爸也是这天走。维娜往北走，爸爸往南走。郑秋轮早早地赶到维娜家里，接她去火车站。爸爸也同他们一道出门。家门被关上了，里面已空无一人。维娜呜呜哭了起来。爸爸也哭了，抬起衣袖揩眼泪。

走在校园里，维娜和爸爸谁也没哭。有人朝他们指指点点。他们也不同谁打招呼，昂着头走路。到了火车站，很多知青早到了。他们远远地同她点头打招呼。郑秋轮让维娜和爸爸等着，他跑去买车票。

爸爸背着个背包，里面乱七八糟，不知塞了些什么东西。维娜几乎是空着手，只提了个小袋，里面装着妈妈给她新做的衣裳。那是件水红色碎花罩衣，当时很少有女孩敢穿这么艳的衣服。姐姐已经穿着那件衣远行了。

爸爸的那趟列车先走。眼看着时间到了，爸爸拍着维娜的肩，说："娜儿，爸爸只有你了。"

维娜终于忍不住了，扑进爸爸怀里，哭了起来。爸爸撩着维娜的头发，说："娜儿，别哭了，别哭了。你要好好照顾自己，多给爸爸写信。爸爸有时间，就来看你。"

没有站台票，维娜没法送爸爸去站台。爸爸不停地回头张望，被混乱的人群挤得抬了起来。爸爸被潮水般的人流拥挤着抬了进去，眨眼就不见了。爸爸五十六岁了，已经像一个老人。

爸爸上车没多久，维娜他们坐的那趟车也到了。火车上人并不多，上车差不多都可以找到座位。维娜和郑秋轮刚坐下，李龙和几位男知青过来了。都是别的农场的，是郑秋轮常带她去见的那些朋友。李龙想把座位换到一块儿，一个一个去同人家说，请他们帮忙。没费多少口舌，坐在维娜周围的都是郑秋轮的朋友了。李龙只在维娜面前腼腆，办事很干练的。坐下片刻，李龙又站起来，说："我去去就回。"

没过多久，李龙提着一大包吃的回来了，有花生瓜子，有糖，有柑橘，还有乡下那种用油炸得香脆的红薯条。朋友们欢呼起来，却谁也不先动手吃。他们想让维娜先吃。维娜本没胃口，也只得抓了几根红薯条。

郑秋轮问："哪里弄来的？"

"这是战时共产主义，征集来的。"李龙笑道。原来列车上尽是回北湖农场的知青，李龙转了几节车厢，就满载而归。

维娜也没了任何顾忌，伏在郑秋轮怀里。她同郑秋轮这些朋友在一起，很自在，很温暖。北湖农场的知青从跟前走过，见郑秋轮搂着维娜，到底有些诧异。维娜并不躲闪，依然将头紧紧贴着郑秋轮的胸口。郑秋轮一边摸着她的头，一边和朋友们说话。他胸腔里的轰鸣声震得她耳朵嗡嗡响。她闭着眼睛，感觉他的胸膛就像一座深深的山谷，不时传来悠远的回音。

回到农场，雪还没有融化，没什么农活可干。天天政治学习，听完全农场的大会报告，就是营里开会，然后连队开会。当时年年讲、月月讲、天天讲的那些玩意儿，多年以后维娜什么都记不得了。

维娜本猜着郭浩然会雷霆大怒的，却平安无事。他没有找郑秋轮麻烦，也没有给维娜脸色看。只是对维娜说："你家里的事我知道了。"

可能有人同他说了，他就不好太做得出了。他也没有同维娜说半句安慰话，能说句"你家里的事我知道了"，就算很有人情味了。

大约过了两个月平静的日子，郭浩然有天到维娜办公室说："我俩要好好谈谈。"

维娜说："你谈吧。"

郭浩然说："你应明白我俩是什么关系。"

维娜说："同事关系，上下级关系。"

郭浩然说："你是我的未婚妻。"

维娜说："未婚妻不是法定关系。"

郭浩然说："怎么，你反悔了？"

维娜眼睛红着，几乎怒吼着，说："你自己也清楚，我是被逼的。你别逼人太甚了，不然……"

维娜话没说完，郭浩然冷笑道："你也敢杀人？"

"你是个畜生！"维娜被激怒了，猛地站起来。

维娜手紧紧抓着椅子靠背。心想只要他动手打人，她就抢着椅子砸过去。

郭浩然恼羞成怒，眼睛血红的，却没有动手，只瞪她一会儿，摔门走了。

郑秋轮马上遭到了报复，被定为重点改造对象。这是北湖农场的土政策，郭浩然发明的。他将那些政治上有污点的，调皮捣蛋的，得罪了领导的，定为重点改造对象，集中由场里派工。这些人并不多，全场二十多个。他们出工打破了营和连队界限，哪里有最苦最累最脏的活，就让他们去干。他们是事实上的苦役犯。

维娜仍是天天去找郑秋轮，邀他出去散步。她老带他往蔡婆婆家跑，总盼着蔡婆婆不在家，好同他独自待在那里。她一直很后悔，那个雪夜，为什么没有把身子给了他。只要碰着蔡婆婆家没人，她一定要让郑秋轮搂着美美地睡上一觉。她会要他，她会求他要她。

蔡婆婆是很难出门一次的，初春的天气还很冷。维娜同郑秋轮每次都陪老人家坐坐，听她说那死去的男人，说湖面上夜夜哀号的亡魂鸟。

郑秋轮一天天瘦了，眼珠子往里眍，样子有些吓人。这都是她的罪孽！维娜真是这么想的，她不知偷偷哭过多少回。最后，她只好背着郑秋轮，求郭浩然手下留情。

"你得答应我不再同郑秋轮往来。"郭浩然逼视着维娜。

维娜低头哭着，答应了。

郑秋轮马上被调回连队，他根本不知道发生什么事情了。他始终被蒙在鼓里。维娜再也不同郑秋轮往来，她最终都未能让他搂着睡上一觉。

有天下午，维娜见蔡婆婆拄着拐杖出门了，估计不会马上回来。她实在控制不了自己，想约郑秋轮去蔡婆婆家。郑秋轮出工还没回来，维娜站在窗前把眼睛都望长了。好不容易等郑秋轮收工了，却找不到说话的机会。维娜只好用英语写了个纸条，赶到食堂，偷偷塞给郑秋轮。

维娜饭也没吃，独自去了蔡婆婆家。蔡婆婆家里果然没人，维娜钻进被窝里躺着。被子暖和了，她就脱光了衣服。她很害怕，又很兴奋，浑身抖个不停。听得郑秋轮来了，维娜用被子蒙了头。

"维娜，你在哪里？"屋里漆黑的，郑秋轮轻声叫道。

维娜应道："你进来吧，我在里面房里。"

郑秋轮摸了进去，又喊："娜儿，你在哪里？"

"你过来，我……我在床上。"维娜说。

郑秋轮双手颤抖着，往床的方向探去。他的手刚伸过去，就让维娜抓着了。

"秋轮，我……我想你。"维娜掀开被子，拉着郑秋轮上床。

郑秋轮碰着了维娜滚烫的身体，几乎是哀号着"天哪"，就把头深深埋进了她的怀里。他嘴上已长着毛茸茸的胡须了，那些绒毛撩着维娜的胸乳，叫她的身子越来越软。

"秋轮，我只能是你的人，你要我吧，你今天必须要我。"维娜哭了起来。

郑秋轮舔着维娜的泪脸，瓮声瓮气说："好好，我想要你，你是我的爱人。"

突然，听到一阵乱喝，手电的强光直照过来。原来，郭浩然带着两个民兵，跟踪了他们。

维娜搂着衣服，遮住胸前，野兽一样嗥叫起来："郭浩然，我就是死了，也要变成厉鬼，喝你的血！"

那个晚上，维娜没有回寝室，通宵坐在办公室里。郑秋轮又被关进三楼，维娜头顶那个房间。郭浩然站在维娜面前，反复问她：你们是不是已经那样了？维娜嘴唇紧紧咬着，半字不说。郭浩然高声斥骂着，尽是粗话。没想到郭浩然最后扑通跪了下来，呜呜地哭了，哀求着："你就别同他往来了，我求你了。我想你想得心尖尖儿痛，不是为了你，我早把郑秋轮整死了。"

忽听得楼上桌椅轰隆隆响。维娜呼地站起来，要往楼上冲。郭浩然一把抓住她，不准她出门。她又是踢，又是咬，尖叫着说："他要是少了半根毫毛，我就杀了你！"

郭浩然猛地推开维娜，铁青着脸，说："你先别动，我上去叫他们别为难他。你得保证不动，不然我也顾不了那么多了。"

郭浩然上楼去，楼上马上安静下来了。没多时，郭浩然下来了，却不说话，低头抽烟。

维娜浑身无力，趴在桌子上，泪水哗哗直流。

过了好半天，郭浩然说："今晚的事，不会有人知道。这两个人，都是靠得住的同志。"

维娜说："我巴不得别人知道我和郑秋轮睡了觉。"

郭浩然气得不行，却只得忍着。他大口大口地吸着烟，呛得满脸通红。"你还年轻，背着个作风问题的名誉，不好。"

维娜突然冷笑着，说："我不怕。我就是要让所有人都知道，我是个破鞋，你是个王八。"

啪！郭浩然扇了一耳光过来。维娜抢起凳子，砸了过去。可是她身子是软的，没什么力气，凳子叫郭浩然接住了。郭浩然狠

101

狠地放下凳子，说："你别想同我斗，你斗不过我的。"

如果没有爸爸，维娜真会杀掉郭浩然。想着可怜的爸爸，她只好忍了。郑秋轮也需要她的庇护。她什么话都不说了，只是趴在桌子上哭泣。郭浩然没有离开她半步，也不再说话。

郭浩然整人不过夜，郑秋轮马上又成了重点改造对象。维娜没有在郭浩然面前有半句承诺，却暗自发誓，再不去找郑秋轮了。她以为郑秋轮所有的遭遇，都是她带给他的。

初夏的一个夜晚，有个女的跑到维娜宿舍叫她，说："有人找你。"

维娜想不起这女的是谁了，跟在她后面走了好久，才想起她是梦泽农场的知青。维娜曾在她那里搭过铺。她带着维娜到了农场外面，说："李龙找你。"

维娜不知李龙找她有什么事，胸口怦怦跳。女知青将维娜带到李龙面前，自己走开了。

李龙低着头，沉默好一会儿，才说："维娜，郑秋轮是个很高尚的人。"

维娜说："我知道。"

"他很爱你。"李龙说。

维娜说："我知道。"

李龙又说："朋友们都知道你也很爱郑秋轮。"

维娜说："我知道。"

"朋友们都羡慕你们，都为你们相爱而高兴。"李龙说。

维娜说："我知道。"

"那你为什么这样？"李龙质问道。

"是郑秋轮让你找我的？"维娜问。

李龙愤怒起来，说："他才不会这么无聊！"

维娜说:"我不能向你解释,也无法向郑秋轮解释。"

"你会后悔的!"李龙甩下这句话,转身就走了。

维娜没想到,李龙平时在她面前总是红脸,竟会这么硬邦邦对她说话。

维娜傻傻地站在那里不动,蚊子围着她嗡嗡地叫。她不能让郑秋轮知道,自己这么做,都是为着他的安全。这会伤害郑秋轮的自尊,说不定他会找郭浩然拼命的。她宁愿郑秋轮把自己看成水性杨花的坏女人。

转眼间,又是秋天了。郭浩然说:"维娜,我们结婚吧,我人都等老了。"

维娜冷冷地瞟了他一眼,说:"你本来就很老了。"

郭浩然说:"嫌我老你也是我的老婆。"

"我不会爱你的。"维娜冷笑着。

"只要你天天同我睡在一张床上,就是爱。"郭浩然说。

维娜说:"我离晚婚年龄还要六年,你等着吧。"

郭浩然说:"不行,我要马上结婚。"

郭浩然神通广大,居然做了假,将维娜年龄改成二十五岁,独自去扯了结婚证来。

维娜想永远忘记那个晚上。郭浩然喝了很多酒,像只饿狼,抱着她啃着。她连哭的力气都没了,衣服被扒得精光。突然,她感到一阵剧痛,好像郭浩然的手臂,脏兮兮的,顺着她的两腿间,伸进她肚子里去了。

郭浩然几乎惊恐万状,张大嘴巴出了半天神,突然说:"郑秋轮是条汉子。"

听了这话,维娜哇地哭了起来。愤怒、厌恶、鄙视。躺在她身边的男人,简直就是一头又丑又脏的猪。郭浩然原以为维娜早就同郑秋轮睡过觉了，他打算做王八也要娶这个女人。没想到维娜仍是处女身，倒把他吓住了。

郭浩然很得意自己完完整整得到了一个漂亮女人，可维娜并不顺从他。他变得暴烈凶狠，一边在维娜身上发泄，一边骂郑秋轮是他妈的傻鳖。

有次，郭浩然竟然可怜巴巴地说："我知道你心里只有他，你就闭着眼睛，想着他，只当就是他，和我好好玩一次吧。"

维娜气愤地扇了他一个耳光。郭浩然居然没有还手，笑着说："别费劲了，就你那点力气，打我不痛的！"

维娜常常独自陷入幻想。坐在办公室，她总做白日梦，想象自己在雪地里，同郑秋轮赤条条地纠缠在一起，雪地里留下深深的一个大坑。

想着想着，就跟真的一样。她甚至产生错觉，以为在茫茫雪原上，她真的同郑秋轮结合了。维娜总是想象，她和郑秋轮，最初应是什么都不懂，又向往，又害怕，动作蠢拙得可笑。他总是急得满头大汗，又生怕弄痛了心爱的女人。两人每次都会红着脸，胸口怦怦跳，浑身颤抖。他俩就这么共同成长，就这么一点一滴地成长。慢慢地，两人身体的各个部位都和谐了，天衣无缝了。她就是照着他生的，他就是照着她长的。

十二

陆陀外出参加一个笔会，游山玩水几日。他每天都会同维娜通几次电话，聊解他的思念。晚上老梦见她，总是同她在荆水河边的沙滩上走着。沙滩太松软了，走起来特别吃力。有次，他在梦中挽着她的手，可她越走越往沙里陷。他就拼命地拉着她。眼看着沙石要将她埋了，可她仍拼命抬着头，朝他憨憨地笑。他吓醒了，满脑子不祥的意念。

笔会完了，有几位朋友游兴未艾，邀他再跑几个地方。他婉言推托了，匆匆乘飞机往荆都赶。他从机场出来，手机响了，正是维娜来的电话。

"你刚到是吗?"

陆陀说："是的，刚到。"

"你正在出口，右手拉着行李箱吧?"维娜问。

陆陀说："你是神仙?"

"你穿着浅酱色长袖 T 恤，白色休闲裤，皮鞋是棕色的。"

陆陀很吃惊，说："你真是千里眼?"

维娜笑了起来，说："你往左边看吧。"

天哪，维娜接他来了。她正站在她的宝马车旁，朝他招手。他真想飞奔过去，一把搂着她亲吻！可他依然从容地走着，朝维娜微笑。他怀疑自己的这份冲动，是不是真的疯了。参加笔会的有好几位老朋友，他总留意他们的眼神，却没有发现什么异样。他想知道自己在他们眼里是不是越来越怪异了。陆陀越是认为自己没疯，就越担心自己疯了。就像醉了酒的人，老嘟嘟囔囔说自己没醉。

维娜没有同他握手，只伸手扯扯他的衣领，掸掸他的肩头，感觉他风尘仆仆的样子。她的这些动作一气呵成，十分自然。陆陀知道，她的这些动作通常是属于母亲或妻子的。

维娜问："你是不是直接回家？"

陆陀说："随便。"

她朝他笑笑，说："那就先请你吃饭吧，正是中饭时间了。想吃什么？"

陆陀说："找个地方吃海鲜吧，我请客。"

她说："今天我为你接风洗尘，还是我请吧。"

顺路去了一家叫蓬莱阁的海鲜楼。两个人吃不了太多，只点了基围虾、生鱼片、炒黄瓜，还有一份汤。陆陀说不喝酒，维娜坚持要了小瓶红酒。

菜还没上来，陆陀喝着茶，望着她说："好像一百年没看见你了。"

维娜说："你说去五天的，去了七天。"

两人都把目光躲开了。维娜举目四顾，挑剔这里的装修，又说音乐太吵了。陆陀知道她是无话找话。

陆陀说："你要是能抽身，我俩一道去云南走走，我很喜欢那里。"

维娜说："你去的那些地方，我都去过了。我倒是想往西藏走走。"

陆陀说："云南有个地方，保证你没去过。"

"哪里？"

"建水。"

维娜说："建水？从没听说过。"

陆陀说："那真是个好地方。建水古称临安，因为和浙江临安重名，民国时改称建水。据说是那地方缺水，就改了这么个名字。我总觉得建水这个地名不如临安有文化味。中国自古起地名都很讲究的，从民国开始，官员们的文化素质一代不如一代，新的地名就越来越寡淡无味。民国时起的很多地名，就同近几十年的什么解放、红旗、前进之类的地名，没意思了。不过建水倒真是个值得去看看的地方。"

维娜问："建水都有些什么好看的？"

陆陀说："可看的地方多呢，有保存完好的旧时民居朱家花园、张家花园，有雄镇西南的古城楼，有土司衙门，有亚洲第一大溶洞燕子洞。建水自古文气很重，那里的孔庙规模仅次于曲阜。科举时代，临安中榜生员有时要占云南一半，号称临半榜。那里的民族风情也很有意思，最叫我难忘的是哈尼族。有一年正月初，建水的朋友邀请我去做客，陪我在哈尼山寨过了一天。正逢哈尼族最隆重的节日铓鼓节。家家户户都把酒席端了出来，沿巷子摆成长龙，叫长街宴。头人举杯祭祀，祷告如仪，宣布宴会开始，全寨人齐声高喊阿毛坳姆！意思是过年好。席间，土坪里青年男女身着节日盛装，欢快地跳着铓鼓舞。喝着酒的男女老少兴致来了，随时站起来，抢过话筒就唱山歌。可惜我不会记谱，那歌真好听。那是个能歌善舞的民族。我不善饮，平时在兄弟民族家做客，都不敢端酒杯的。哈尼族人却是最善解人意的，你不喝可以，只是不要拒绝他们给你斟酒。你的碗本是满满的，仍不断有人过来斟酒，一轮又一轮。白酒、红酒、啤酒、饮料全往你碗里倒，我开玩笑说是哈尼鸡尾酒。多喝少喝随你，他们甚至可以替你喝掉大半碗，再同你碰杯。他们绝不为难你。我们要走了，全村人放下碗筷，载歌载舞，夹道相送，一直送到村外的公路上。我们上了车，他们扶老携幼地还在那里唱着祝福的歌。唉，我眼窝子浅，禁不住潸然泪下。"

维娜说："听你这么一说，我倒真想去看看。"

菜上来了。陆陀不让维娜喝酒，她要开车。她说想喝，就喝一小杯。陆陀给她酌了一小杯，再不酌了。他也只喝了一小杯，剩下的酒带着走了。

吃完饭，陆陀说："你还有事吗？我想再同你说说话。"

维娜说："我差不多是个闲人，有什么事？"

"我是真正的闲人。"陆陀说。

维娜说："那就到我家里去吧。"

两人便去了维娜家。

"我知道你中午必须睡觉的，你先休息吧。洗澡吗？"维娜递过一套没拆封的新内衣裤，眼睛瞟在别处。

陆陀心跳得呼吸艰难，腰都发酸了。

陆陀洗完澡出来，不见维娜，也许她已在房间里休息了。静极了，这是乡村的正午才会有的那种宁静。陆陀进了上次睡过的房间，见床罩已整整齐齐叠好，放在床头柜上。被子掀开一角，窗帘拉上了。房里弥漫着淡淡清香，原来书桌上的花瓶里插着一束洁白的栀子花。

睡了一觉起来，他下楼看看，仍不见维娜。没听见任何动静。他便去楼上的屋顶花园，却见橘红色太阳伞下，维娜戴着墨镜，睡在躺椅里。她身上盖着浴巾，露着雪白的手臂和大腿，光着脚丫，脚掌粉红色的。太阳照着，那脚掌的边沿几乎有些透明。她的胸脯匀和地起伏，像是睡着了。

陆陀胸口被扯得生生作痛。他突然间窘迫起来，不知她的眼睛是否正躲在黑色镜片后面望着他。

　　只见维娜微觉惊悸，手脚轻轻弹了一下，醒来了。她摘下墨镜，揉揉眼，望见他了。她微笑着，拍拍身边的另一张躺椅，示意他也躺下。

　　陆陀说："早知如此，不如就在这里睡觉。"

　　维娜笑笑，问："睡好了吗?"

　　"睡好了，却被梦惊醒了。"

　　"我也正做着梦哩。"

　　陆陀问："梦见什么了?"

　　维娜脸刷地红了，说："忘了。"

　　维娜梦见陆陀向她求婚。她答应了，陆陀高兴得像个少年，跳了起来。他们马上就结婚了，婚礼有些像古装戏。一个古老的大宅院，红烛高照，唢呐声声。维娜突然发现陆陀只穿着马褂，下身光着。她低头看看自己，也是赤裸着下身。她羞得没处藏，老往陆陀身后躲。一急，就醒了。

　　又想这梦有些怪，怕不吉利。

十三

　　维娜活得像只蝙蝠。郭浩然住的那栋干部楼，紧靠着办公楼。大白天，维娜不敢见人，低着头，从干部楼飞快地走进办公楼。只有到了黄昏以后，她才敢在农场里走动，去小卖部买油盐酱醋之类。

　　维娜最初没有把自己结婚的事告诉爸爸，怕他骂人。后来爸爸来信，说想过来看看她。她怕他过来，就写信过去，把事情原原本本说了，也说了她同郑秋轮的事。

　　爸爸迟迟没有回信，维娜知道他老人家肯定是生气了。后来，爸爸终于回信了。他没有责怪维娜，只嘱她好好照顾自己。而她的婚事，爸爸只字不提。维娜想，爸爸没有回信的那段日子，一定痛苦不堪。他不满意女儿的婚姻，却又无能为力。爸爸终于没有过来看望她。

　　第二年，维娜生下一个女儿。那孩子生下来很可怜，瘦得皮包骨。孩子名字是维娜起的，单名，就一个雪字。维娜永远忘不了那个雪夜，她同郑秋轮那么快乐。他俩差点儿在雪地里做成了夫妻啊。维娜从来没有叫过她郭雪，只叫她雪儿。她总梦想，雪儿若是她和郑秋轮那夜在雪地里要的，多好啊。

雪儿让维娜快活起来。她总是傻想，雪儿真的跟那姓郭的没有任何关系，她就是雪儿，自己的宝贝女儿。她甚至干脆就想雪儿是自己和郑秋轮的女儿。孩子很逗人疼，生下来没多久，就知道望着人傻笑了。维娜人很瘦，奶水却很多，也很养人。雪儿简直是见风长，到三个月的时候，就是个小胖子了。农场里有好几个同雪儿差不多大的孩子，就她长得最胖最高。

怀里抱着雪儿，维娜就像有了依靠，居然敢大白天在农场里走来走去了。农场里的女知青，见了雪儿就抢着抱。她们会招呼同伴，快来快来，看看维娜女儿，好漂亮啊。女孩子的天性，喜欢抱小孩。有时候，小孩让她们抱着，维娜站在那里同别人说话，眨眼工夫，雪儿就不知被她们抱到哪里疯去了。直要等到雪儿尿湿了裤子，她们才像抱着个炸弹似的，把雪儿送回她怀里。

维娜仍不敢去看望郑秋轮。有时远远地望见他了，她都避开了。有次，维娜在路上碰着戴倩。戴倩告诉她，郑秋轮病了，请了几天病假。维娜只问了几句他的病情，没多说什么。她回到家里，坐不是，立不是的。实在忍不住了，就跑到农民家买了只鸡，煲了汤，托戴倩送给郑秋轮。

不料这事让郭浩然知道了。他在家里大发雷霆，破口大骂："你这婊子，我们孩子都有了，还想着那个人。"

维娜凶得像头母狮子，扑了过去："你这流氓！"

吓得雪儿哇哇直哭。维娜见雪儿那样子好可怜的，又回来抱着孩子。郭浩然还在大喊大叫，维娜怕吓了孩子，只好忍让，说："你不要当着孩子吵。"

郭浩然却说："天知道这孩子是不是郑秋轮的？"

维娜也就大叫起来，故意说："雪儿就不是你的，是我和郑秋轮的，我经常瞒着你同郑秋轮睡觉，你就是王八，你娶我就得做一辈子王八。"

郭浩然面色铁青，抱着雪儿就要往地上摔。维娜也像发疯了，操起菜刀就要朝郭浩然砍去。郭浩然被震住了，放下雪儿，气呼呼地跑出去了。

郭浩然不知跑到哪里去了，没有回来睡觉。深夜，突然有人捶门，叫道："维娜，有电话找你。"

维娜吓得要死，战战兢兢穿了衣服，往办公楼的值班室飞跑。深更半夜来电话，准不会是什么好事。

维娜跑到办公楼下，老远就见值班室门敞开着，黑色的电话筒躺在桌上。

抓起电话，维娜的手止不住地抖。那边是个男人的声音，听上去是在大声叫喊，她却听不清。声音就像从地狱那边传来的，恍如游丝。好半天，维娜才隐约知道，她爸爸病了，要她马上赶到荆南去。

放下电话，维娜脚就软了。她太了解爸爸了，要不是病得很重，他不会让别人打电话来的。深更半夜的，怎么往湖阳赶？这时候，郭浩然来了。他总算在她面前做了一件好事，叫农场的手扶拖拉机送她去湖阳。维娜回家拿了几件衣服，背上雪儿就走。

郭浩然问："要不要我送送？"

维娜说："你睡你的觉吧。"

个把小时，就到湖阳渡口了。船停在对岸。手扶师傅就高声叫喊："开船哩，送病人哩。"

喊了好一会儿，船开过来了。手扶师傅交代维娜："要是他们问，你就说小孩病了，不然船上那些家伙要骂娘的。"

正好有趟往荆南方向的火车，她匆匆买票上车。雪儿一直睡得很沉，维娜的背早湿透了。幸好是夏天，不然雪儿会感冒的。

这是趟慢车，逢站就停，真是急死人了。太累了，维娜抱着孩子就睡着了。却梦见自己嫌火车慢了，自己跳了下来，推着火车飞跑。

火车好不容易到了站。维娜下了火车，还得问路，然后坐两个多小时的班车，再走三十多里山路，终于在天黑的时候，赶到了农场。

维娜没来得及问人，就听得喇叭正高声唱着"敬爱的毛主席呀，我们心中的红太阳"。循声望去，就见不远处像是搭着个棚子，灯火辉煌，围了好多人，很热闹的样子。

维娜走近一看，两眼直发黑。

那是爸爸的灵堂！

维娜哭得死去活来，呕吐不止。雪儿也哇哇哭喊，这孩子从来没有看见过外公。林场领导在旁边开导维娜，喇叭里在唱着"天大地大不如党的恩情大，爹亲娘亲不如毛主席亲"，竹棚上贴着"反对封建迷信，丧事从新从简"的标语。气氛十分热烈，像开庆功会。维娜从来没有见过这么热闹非凡的追悼会。

爸爸是上山伐木时被树压死的。当场就压死在山上了，没来得及送往医院。林场的人不知道这位反动学术权威家里还有什么人，左右打听，才知道他有个女儿在北湖农场。

场长首先学习了毛主席语录："今后我们的队伍里，不管谁死了，不管是炊事员，是战士，只要他是做过一些有益的工作的，我们都要给他送葬，开个追悼会。这要成为一个制度。"

悼词也是场上念的，说是对维娜她爹要一分为二地看待，听上去却像批判材料。维娜听着悼词，哭得更凶了。

场长致完悼词，请家属代表讲话。维娜哪里还讲得出话？只是哭个不停。

维娜实在讲不出话来，工人们开始发言。发言之前也得先学习一段毛主席语录。有个工人说："毛主席教导我们说，无数的革命先烈，为了人民的利益，在我们前面英勇地牺牲了，让我们每一个活着的人一想起他们就心里难过。难道我们还有什么个人利益不能抛弃，还有什么缺点和错误不能改正的吗？"

马上就有人站起来批驳："你引用毛主席语录不恰当。他是什么人？难道你不知道？他并不是革命先烈，只是个来农场改造的臭知识分子。我们给他开个追悼会，是革命的人道主义。"

大家就开始声讨这个用错了毛主席语录的人，顺带着批判维娜爸爸。有人说："这个臭知识分子死于人为生产事故，他自己应负主要责任。他人虽死了，但他制造了一起安全事故。所以说，我们对他既要追悼，又要批判。"

那位用错语录的工人低头认罪了，追悼会继续开始。工人们接着发言，照例先得学习毛主席语录。有位老工人，没有文化，只记得些简单的语录，就不管是否挨边，说："毛主席语录，下定哪个决心是不怕哪个牺牲，排除哪个万难是争取哪个胜利。"

这位老工人背语录，总喜欢加上'哪个……是'，不然一句都背不出。结果又倒霉了，他的罪名是篡改毛主席语录。这位老工人又成了新的批斗靶子。吵来吵去，追悼会开得无比冗长。雪儿一会儿哭闹，一会儿睡去，一会儿又被吵醒，继续哭闹。

维娜爸爸就葬在林场了，那是他老人家当了五年伐木工的地方。那年，爸爸五十八岁。

爸爸没什么遗物，就是几件换洗衣服，几个日记本。维娜将爸爸的衣服送了他农场的同事，只带走了日记本。

往回走，维娜才发现她先前晚上走过的山路原来相当险峻。窄窄的简易公路，顺着悬崖蜿蜒。山涧很深，打一望两眼发花。她已两天没吃一粒米了，虚得两耳嗡嗡叫。还得背着雪儿。雪儿也没好好吃过一餐饭，饿得哇哇哭。姐姐没了，妈妈没了，爸爸又没了。维娜一路上呜呜地哭，雪儿也哭。她只要往山崖跨一步，什么痛苦都没有了。可是她有雪儿。雪儿才学会喊妈妈，得让她好好活着啊！

坐在火车上，维娜想看看爸爸的日记。却发现这日记并不是爸爸的，而是姐姐的。翻阅了这本日记，维娜才知道姐姐为什么杀死了那个姓龚的混蛋。

原来，维芸想上大学，得由单位推荐。她找了龚厂长，厂长同意推荐，却提出了条件，就是让她嫁给他儿子。他儿子是个傻子，三十多岁了，只知道傻笑，涎水长流。维芸宁可不上大学，也不愿嫁给这个傻子。但厂长起了这个念头，说到就要做到。有天，厂长将维芸骗到他家里，将她强奸了。他那老婆更是无耻，居然帮着男人扯手扯脚的。他们那傻儿子也在旁边看着，流着涎水拍掌，不停地喊打仗仗，打仗仗。那老女人就对傻儿子说，儿子好好看着，爸爸告诉你打仗仗。

后来，厂长老婆私下找到维芸，想强迫维芸依着她男人。说是只要维芸同意，就去上大学，然后回来同她儿子结婚。老女人说她儿子是不行的，他男人可以让维芸生儿子，由他们两老当孙子养着，为龚家传宗接代。维芸没想到世上竟有这种下流的女人，抓破了她的脸。

维芸出事之前，有天中午，厂长在食堂门口碰见她，让她下午去他办公室。维芸不理他，想走开。厂长轻声说，你反正是我搞过的女人，嫁也嫁不脱了，不如跟着我。

维芸当时就生了杀人之念。她犹豫了好几天，下不了决心。想着爸爸妈妈会多么伤心，她就害怕极了。可是，她突然发现自己怀孕了。她绝望了，终于在大年三十那天，出事了。

维娜回到农场，已是黄昏，正好碰上戴倩。"怎么回事？你又瘦又黑，同鬼差不多了。听说你爸爸病了，好些了吗？"戴倩望着她，眼睛瞪得天大。

维娜眼泪扑簌簌地流。戴倩这才看见了维娜臂上的黑纱。雪儿哭了起来，戴倩接过雪儿，哄着："雪儿听话，戴姨抱。"

维娜走不动了，只想躺下来。戴倩说："先去我们寝室坐坐吧。"

回家还得走过球场和食堂，维娜实在一步都走不动了。戴倩抱着孩子，直往寝室里去。雪儿哭个不停，这孩子饿得不行了。戴倩那里也没什么吃的，泡了点儿糖水喂雪儿喝。雪儿喝了点糖水，就开始咿里哇啦学话说了。

维娜软软地躺在床上，头晕目眩。她那架床空着，没人睡。床上没有被子，垫着些报纸。

戴倩说："你在我床上休息一下吧，我抱孩子出去玩玩。"

维娜摇摇头，说："不了，我躺躺就走。"

戴倩沉沉地说："维娜，还有件事，我要告诉你。你一定要挺得住。"

维娜早被吓得坐了起来，问："什么事？"

戴倩摇了半天头，才说："郑秋轮被抓起来了。"

维娜脸一白，身子就往后倒了去。维娜的头碰着硬硬的床板，砰砰地响。雪儿吓着了，哇地哭了。

原来，维娜离开农场的第二天，有人向郭浩然报告，说黑板报栏里有条可疑的谜语。郭浩然跑去一看，见着几行粉笔字：

> 虽说不是王，
> 龙尾翘得长。
> 水深火热处，
> 威名震四方。
> 打一人名。

郭浩然看不懂，但他见了"水深火热"四字，就猜想肯定有问题。他是个政治嗅觉格外灵敏的人。他怕反动标语扩散，就抄了下来，马上就擦掉了。其实早有很多人看见了，谜语马上在农场悄悄流传开来。

郭浩然连夜向公安部门报告。公安部门层层上报，很快就报给了市公安局。市公安局也没人猜得出是什么意思，连夜请荆都大学中文系一位老教授去猜。老教授一看，吓得脸都白了。

公安问："是什么意思？"

老教授说："你们得先免我无罪，我才敢讲。"

公安就说："你说吧，保证没你的事。"

老教授说："虽说不是王，龙尾翘得长，是个'毛'字。"

公安听不懂，问："这怎么讲？"

老教授说："'王'字下面出头，像尾巴样的一弯，不就是'毛'字？"

公安脸就白了，说："你继续说吧。"

老教授接着说："水深为'泽'。东方为日出之地，也就是火热之地，火热就是'东'了。谜底就是伟大领袖毛主席的名字。"

当时在场的有好几个人，都吓得说不出话。这就是惊天大案了。但公安破案却碰到了难题，因为郭浩然政治觉悟太高了，居然没有想着保护现场。只好凭他的回忆确认字迹。

郭浩然摸摸脑袋，说："我看像郑秋轮的字。郑秋轮常给农场出宣传刊，他的字大家都熟悉。郑秋轮一贯表现不好，又喜欢舞文弄墨。这几天他正好装病休假，没有出工，有作案时间。依我个人分析，肯定是郑秋轮。"

戴倩说："今天一大早，郑秋轮被抓走了。"

维娜连眼泪都没有了，眼睛瞪得老大。雪儿又饿了，哇哇地哭。维娜不顾雪儿的哭闹，爬了起来，跌跌撞撞往外跑。

她跑回家里，见郭浩然正躺在竹椅里，悠闲地扇着蒲扇。维娜一句话都没说，抓起一张小板凳，朝郭浩然头上砸去。郭浩然头一偏，躲过去了。他如同猛兽，一跃而起，捉住了维娜的双手。维娜埋下头，咬住郭浩然的手腕，用力一撕，就是血糊糊一片。郭浩然尖叫起来，用力一推，维娜重重地倒在地上。

维娜再也没力气了，爬不起来。她想指着郭浩然怒骂，可手都抬不起了。她怒视着郭浩然，叫道："你公报私仇，你陷害好人，你坏事做绝，你……"

郭浩然恶狠狠地说："这个案子是钉子钉的还拐了弯，谁也翻不过来！"

维娜说："郭浩然，善有善报，恶有恶报。你会遭到报应的。"

郭浩然用舌头舔着伤，吼道："不看在孩子分上，今天老子踩扁了你！"

维娜再也没有回过郭浩然的干部楼。她带着雪儿，住回了单身宿舍。寝室里的女伴们也不像原来那么尖酸刻薄，对维娜很好的。雪儿就像是大家的女儿，姑娘们争着抱。

那是个肃杀的秋日，中级人民法院在农场召开了公判大会。高音喇叭尖厉地叫着，一字一顿宣布着郑秋轮的滔天罪行。全场知青都必须参加公判大会。戴倩悄悄留了下来，陪着维娜。维娜躺在床上，双手捂着耳朵。

警车恐怖地叫了起来，听得外面人声如潮。警笛越来越远，最后静了下来。维娜捂着耳朵，却又想听清任何一种细小的声音。偏是这时，什么声音都没有。好像整个农场都空无一人，连鸟叫都听不见。雪儿独自在寝室里玩，正夹嘴夹舌念着"天上星，亮晶晶，我站在大桥望北京……"

突然，听得四声枪响。声音并不大，就像小孩子放爆竹，却尖厉地刺破了她的耳膜，她什么都听不见了。

戴倩哇地哭了起来，紧紧抓住维娜的双手。两个女人的手捏在一起，不停地颤抖。维娜两眼渐渐模糊起来，人整个儿往地里沉，浑身满是窟窿，血流如注。鲜血如同洪水，越淹越高，轰地没过她的头顶。

十四

陆陀回到家里，整天关在书房不出门。他满腔的愤懑无法排遣，忍不住落泪。表姐叫了几次，他都不开门。他出门在外像个绅士，一回家就任性了。想哭就哭，想睡就睡，不想理人就不理人。

当年有多少郑秋轮白白地送了性命？没人记得他们了。郑秋轮的遭遇，很像陆陀的一位中学老师。那位老师姓武，匿名给北京写信，信中也有些表示对现实不满的打油诗。结果，案子破了，武老师很快就被枪毙了。也是一个肃杀的秋日，武老师躺在河滩上，脸是灰白色的，头发却梳得整整齐齐。

陆陀去河滩上看过。很久没人收尸，围观的人们不停地吐口水。武老师居然穿了双刷得很亮的皮鞋，很是稀罕的。皮鞋很快就被一位看热闹的老农民脱掉了。那位老农立马将武老师的皮鞋穿在自己脚上，腋下夹着舍不得丢弃的破布鞋，像是发了大财，笑眯眯的，兴奋得脸红耳热。有人望着老头脚上的皮鞋，很是羡慕，后悔自己怕鬼。

过了好多年，给武老师平反昭雪了。唉，人都死了，平反又有什么用呢？

不知郑秋轮认罪了吗？那谜语真是他写的吗？维娜没有说。也许再也无法弄清这桩千古沉冤。可是，照维娜的描述，陆陀推想郑秋轮是不可能玩这种游戏的，太小儿科了。

　　郑秋轮正好倒在他同维娜第一次拥抱的湖边。芦苇刚收割完，只有野艾蒿在秋风中摇摇晃晃。没有人来收尸，郑秋轮躺在那里，叫秋日曝晒了半天，夜里被湖水带走了。

　　北湖的秋天本来早过了雨季，那天夜里湖水不知怎么漫了上来。

　　"郑秋轮也成了夜夜哀号的亡魂鸟了。"陆陀想起维娜那悲伤的样子，心里又怜又痛。

　　最荒唐的是荆都大学那位老教授也遭了殃。后来有人要整那位老教授，就把他猜谜的事作为一条罪状。"为什么别人都猜不出呢？别人对伟大领袖无限崇敬，怎么也不会往那条思路上去想啊。你接过条子，眼睛都没眨一下，马上就猜出来了。可见你在灵魂深处是怎么对待伟大领袖的。"

　　表姐隔会儿又在门口叫，问他要不要吃点东西。他实在忍不住了，就开了门说："姐，我很累，想休息一下。你把电话线扯掉吧。"

　　他最怕表姐打电话告诉弟弟和妹妹。他们一来，又是半天安宁不了。他们都在等着他发疯，却装得那么体贴。他不想发疯了，他必须好好地活着。只要过了三十九岁生日，他就会向维娜求爱。他会求她嫁给他，做他永远的新娘。

　　陆陀疑心自己是不是个变态？夜里想的同白天做的那么不一致。夜里失眠时，他变得很勇武，相信自己敢对天下所有女人发起进攻。一旦天亮了，他的男人气概顿时没了，同黑暗一并消遁了。光天化日之下，他在女人面前彬彬有礼、温文尔雅，其实是在掩饰自己的胆怯吧。

维娜真是个好女人。他很希望在梦中同她再亲热些，可他总是失望。最近几个夜晚，他总梦见她和衣而卧，侧着身子，望着他。他离她很近，一伸手，却摸不着她。

陆陀等不到过三十九岁生日了，想马上对她说："娜儿，我爱你。"

他想娶她，同她生个宝贝孩子，好好过日子。"她爱孩子，我也爱孩子。我们一定要生个孩子。"他想道。

"可是她会爱我吗？她能接受我吗？要不要告诉她，说不定我哪天就会发疯？她是不是早就看出我已经疯了？天哪，我大概真的疯了。"陆陀突然发现自己只怕是一厢情愿。

深夜，电话铃突然疯狂地响了起来。陆陀刚恍恍惚惚睡去，一惊，醒了，心脏都要掉下来了。

"我……我……你来……"是维娜，含含糊糊说了这么半句，电话就断了。

陆陀呼地爬了起来，开灯看看来电显示。是维娜家里电话。已是凌晨两点了。

他飞身下楼，拦了辆的士。一路琢磨着维娜的电话，非常害怕。她声音沙哑，不知出什么事了？再一想，那声音又像刚睡醒的样子。他又有些心慌意乱了。

陆陀按了门铃，半天没有人应。他试着推推门，竟然开了半页，却叫什么挡住了。蹲身下去一摸，他浑身寒毛都竖了起来。门后躺着个人。

维娜出事了？陆陀感觉全身的血都冲向了头顶。

他麻着胆子，挤了进去。开了灯，见维娜躺在地上。他这才闻得冲天酒气。

"维娜，是我，你醒醒。"他推推维娜，手却摸到湿湿腻腻的东西。

原来她喝醉了，吐得满身污物。他稍微松了口气，又见维娜的手冰凉的。陆陀慌了，真怕出事。摸摸她的脉搏，也还正常。他也顾不得那么多了，先去洗漱间放了水，找好她的睡衣，再将她抱进浴池里。

他一放手，她就往水里沉。他只好搂着她，先洗了她衣服上的污物。再把她抱起来，重新放水。水放满一半时，他略微迟疑一下，就开始脱她的衣服。

他边脱边叫她："维娜，你醒了吗？你自己行吗？"

维娜不应，人软得像豆腐，在他怀里荡来荡去。

脱完她的衣服，他扶着她半坐在浴池里。头一次接触到女人的裸体，陆陀顿时眼冒金花。他拿毛巾轻轻地、仔细地擦遍她的全身。她浑身雪白光洁，丝缎一般；乳房丰满柔软，乳峰间有一粒小小的朱砂痣；腰肢略显浑圆，却并不觉胖；小腹平坦滑嫩，肚脐右侧有小片淡淡的花斑。

他自己的衣服也沾了污物，只得拿干毛巾擦擦，免得又把维娜弄脏了。他拿浴巾包着她，抱到床上去。然后掀开浴巾，替她穿衣服。

他突然间怔住了，喉咙发干。维娜赤裸裸地躺在他眼前了，乳房高高地耸着，手无力而随意地摊着，双腿微微叉开，小腹轻轻地起伏。

陆陀禁不住浑身发抖，哭了起来。他没有哭出声，只是眼泪不停地流着。他不明白自己为什么会哭泣，泪水滚烫滚烫地夺眶而出。他跪了下来，伏在床前，小心扶起她，替她穿衣。她就像个面团，听他揉来揉去。

他将枕头拍平了，再在中间按了个窝，让维娜平躺着，给她盖上一条薄毛毯。维娜总不见动静，像是沉沉睡去了。

陆陀在床边坐了会儿，就去冲澡。他不洗盆浴，想让水冲冲。他站在龙头下，让水流哗哗地击打在脊背上。脑子里嗡嗡叫，全世界的汽车都从他头上轧过。他真想躺下来，就这么冲着水，然后睡去。可他惦记着维娜，只好穿了衣服出来。他换了套干净内衣，是上次在这里换下的。

维娜还是那个睡姿，安静地躺着。他熄了灯，顿时什么都看不见了。过了会儿，户外暗暗的天光，透过窗帘，隐隐渗了进来。他蒙眬望见维娜的轮廓，那样的曼妙动人。周遭静得只听见自己的耳鸣。

陆陀就这么坐着，望着维娜。梦幻般的夜光中，他好像失去了距离感，她的身躯似乎忽远忽近，就像影影绰绰的山峦。

猛然间，他心头一紧，莫名地害怕起来了。轻轻伸手过去，试探她的鼻息。感觉到她微温的呼吸了，他才放心了。没过多久，他又会自己吓自己。维娜还有呼吸吗？弄得自己神经兮兮。他终于想了个好办法，将头侧贴着床，伏着，就可以望着维娜的胸脯轻微地起伏。

他这么伏在床上，不知怎么就睡去了。弄不清睡了多久，他突然间被惊醒了。抬头一看，灯亮着。他的眼睛火辣辣的痛。揉了半天眼睛，才看见维娜侧身躺着，泪眼汪汪地望着他。

"你醒了？"陆陀问。

维娜抓住他的手，说："你怎么来了？"

陆陀笑笑，揩揩维娜的泪水，没有答话。

"你真好。"维娜说。

"说傻话。"陆陀问，"你想喝水吗？"

维娜摇摇头。他这才看见床头柜上放着茶杯，原来她醒来多时了，自己去倒了水喝。

陆陀说："你真的不要喝这么多酒。你那样子，很吓人的。"

"对不起，辛苦你了。你怎么知道我喝醉酒了？"她真不记得自己给陆陀打过电话了。

陆陀就逗她说："我是神仙，掐着手指一算就知道了。"

维娜说："你太累了，好好睡一下吧。"

"好，你也再睡睡吧。"陆陀迟疑着起了身，仿佛感觉自己的衣角被维娜轻轻地拉住，然后又放开了。

陆陀真的很累了。但他总是这样，本是昏昏欲睡了，只要头一挨着枕头，就清醒了。衰弱的神经一直折磨着他。他闭着眼睛，感觉却是一片雪白。那是维娜赤裸的身子。他平日被强烈的情欲烧烤着，可又不敢对眼前这个女人有任何越轨之举。太难受了，这会儿太难受了。他甚至想马上到维娜那边去，搂她，亲她，抚摸她的乳房，然后……然后……

陆陀在小说里有过很多性描写，总被别人挑剔，说是不真实。他多想真实一回。可是他不敢，怕冒犯了维娜。

他使劲拍打着脑门子，压制胸中那团愚蠢的烈火。这团烈火是无法描述清楚的，它并不固守在胸中，而是周身流动，顺着血脉迸发。十个指尖都充着血，冒着火，不住地颤抖。

突然听见了轻轻的脚步声。他一惊，人顿时清醒了。竖着耳朵，感觉维娜到了他床前。他佯作沉睡，均匀地呼吸着。维娜站了片刻，微微叹息一声，蹑手蹑脚出去了。

他睁开眼睛，一片光明。看看床头的钟，已是上午十点了。

陆陀又迷迷糊糊地睡去了，却又听得脚步声到了床前。维娜抓着他的手，轻轻抚摸着。他胸口狂跳起来，喉咙又开始发干。他突然感觉维娜的头发撩着他的手背，马上就感觉到了她的嘴唇。维娜在亲他的手，把他的手放在脸上摩挲。他想睁开眼睛，却又胆怯。

十五

　　维娜后来的日子，看上去平静，却过得死气沉沉。场里所有领导都来说情，请她搬回干部楼住。她被磨得不行了，搬回去住了几天。实在过不了，又回到了单身宿舍。她同郭浩然怎么也过不到一块儿去。郭浩然经常不洗脸，不刷牙，挖出鼻屎就放在手指间搓，然后用力一弹，弹得老远。他也老得快，眼角上总挂着眼眵。维娜看不惯他，他也看不惯维娜。

　　维娜将地板弄得越干净，他越不舒服，故意大口大口吐痰，还说："怕脏是剥削阶级思想。我爷爷讲，当年美国传教士最讲卫生，告诉大家不要喝生水，却专门往井里放毒，残害中国老百姓。"

　　她的心很灰，好在有雪儿。雪儿长得很漂亮，又会逗人，谁都喜欢她。

　　维娜总觉得是自己害死了郑秋轮，她猜想别人也是这么看的。她能向谁去辩解呢？郑秋轮到死都不明白她为什么背弃了他。爸爸妈妈怪她不争气，死不瞑目。知青们把她看成攀附权力的人。只有戴倩隐隐知道个中原委，她们俩却从来不提这事儿。

她经常偷偷儿跑到郑秋轮行刑的湖边暗自流泪，却是阴阳两隔。有时太难受了，她就把雪儿托给戴倩，独自去蔡婆婆家。蔡婆婆的耳朵慢慢地聋了，已经分不清白天和黑夜。每次维娜得摸着她的手，她才知道来客了。老人家却说夜夜都听见亡魂鸟的叫声。

维娜就对着这位又瞎又聋的老婆婆说郑秋轮，她说呀哭呀，像个疯子。蔡婆婆什么也听不见，间会儿就会说："维娜，你听听，他在叫哩。"

有个深夜，维娜突然听到外面人声大作。开门一看，农场北边方向火光冲天。维娜吓得脑袋嗡嗡作响，她知道那个方向只有蔡婆婆孤零零的茅草屋。她顾不着雪儿，胡乱穿了衣服，提了个桶子就往外跑。很多人都带着提桶和脸盆，叫着嚷着飞跑。维娜出了农场大门，眼泪哗地流下来了。真的是蔡婆婆家。风助火势，呜呜地叫。没等大家跑到那里，火光就暗下来了。茅草屋，眨眼间就烧光了。只有立着的柱子还在燃烧，火苗蛇一样绕着柱子飞卷。

维娜跑到跟前，火已全部扑灭了。有人高声叫喊："看看人，看看人怎么样了？"

有人就说："不用看了，不用看了，人肯定烧死了。"

大家忙了一阵，居然没有找着蔡婆婆的尸体。大家七嘴八舌，说这事儿真怪。怎么就没人呢？

只有维娜作心地哭泣，大家见着觉得奇怪。非亲非故的，她哭什么呢？

人们一直没找着蔡婆婆。这事儿在北湖平原上一传，越来越玄乎。平时大家就觉得这孤老婆子有些神，瞎着眼睛，却知道远乡近邻的很多事情。慢慢地就有种说法，说是蔡婆婆前几辈子本是个恶人，又做了几辈子的大善人。老天爷想尽快超度她，让她瞎了眼，将她的罪孽一次消掉，就叫她上天做神仙去了。

只有维娜心里有数，猜想蔡婆婆一定是越来越牵挂她的那只亡魂鸟，自个儿去湖里找它去了。

雪儿五岁那年，大学又开始招生了。维娜学业荒得差不多了，好在她的英语没有放下过。多亏当初听了郑秋轮的话。人生总是因因果果，维娜跟郑秋轮两人学英语，从来没过想过这辈子还会用得上。

知青们暗自兴奋，总算看到一线希望了。维娜那个寝室的女伴们都在偷偷地复习。很少有人当着别人看书，怕遭人笑话，好像考大学是件丢人的事。只有维娜胆子大，天天大声地背单词。她的同龄人最多只能用英语讲"毛主席万岁"，记不了几个单词。维娜却能流利地朗读《英语九百句》，很让人羡慕。戴倩也是有空就躲在一边复习，却没有半点儿信心。她逢人就说："维娜肯定能考上大学。"

郭浩然却冷笑，说："学什么英语，洋奴思想。"

维娜觉得可笑，懒得理他。郭浩然虽然可恨可厌，却也可怜巴巴的了。他也是快四十岁的人了，满口过了时的政治腔。任何新的东西，都进入不了他的脑子。他仍然背着手，从农场里威风地走过。知青们不像从前那样怕他了。他脸上的肉就更显得横了，鼻子里老莫名其妙地哼一声。

维娜考得很不错，本来可以上个更好的大学。她要照顾孩子，就进了荆都大学外语系，学英语专业。

戴倩名落孙山了，在维娜面前哭得眼都肿了。

维娜劝她："好好复习，明年还有机会哩。"

戴倩说："我明年不想考了，我底子太差了。我打开试卷一看，只见一片黑。"

维娜说:"也不是只有考大学这一条路嘛。让吴伟帮忙,早些回城。"

戴倩说:"我想好了,同他结婚算了。帮不帮都是他的老婆,看他怎么办。"

维娜带上女儿,回到了荆都。她家在大学里有房子,就住在家里。维娜班上拖儿带女的好几位,这些做爹做娘的总开玩笑,叫那些小同学孩子们。维娜上课时,雪儿要么就在走廊里玩,要么就坐在妈妈身边看小人书。雪儿也调皮,那些小同学要她叫叔叔阿姨,她受妈妈怂恿,总叫哥哥姐姐。乐死人了。

雪儿七岁时,维娜大学还没有毕业。孩子就送到大学附小上学。郭浩然也调到了市农垦局,当个处长。知青们早已全部回城了,农场下放给当地管理。维娜同郭浩然仍是各过各的日子,互不相问。郭浩然在局里住了套两室一厅。他有时会跑到学校来看看孩子。雪儿看见他就怕,远远地躲着。维娜就拉过雪儿,说:"别跑,是你爸爸哩。"

这时候,维娜开始为郑秋轮的冤案上访。她不具备上访人资格,去找郑秋轮父母。两位老人都退了休,住在市防疫站的宿舍里。一个星期天,维娜提着些水果,敲开了郑秋轮父母的家门。开门的是郑秋轮的父亲,头发花白了,瘦得皮包骨。

"你找谁?"老人家的声音很干涩。

"老人家,我是秋轮农场里的同事,来看看您二老。"维娜说。

维娜进门一看,家里就只两间房,厨房是后面的阳台改的。也没什么家具,就只有一张床、一张旧饭桌、几张旧板凳。却收拾得井井有条,清贫而不显寒酸。

郑秋轮的妈妈也从里面出来了。两位老人请维娜坐,他们自己却坐不是立不是的。老爷爷倒了茶递上,说:"你看,家里没什么吃的。"

"不用不用，别客气。"维娜望着两位老人，秋轮的影子就在她眼前晃着。秋轮眉眼长得像娘，清秀润朗，身材和肤色又像爹，高大黝黑。

老太太手搭在眼眶处，打量半天，才问："你叫什么名字？"

"我叫维娜。"

"你就是维娜？"老太太说着就哭了起来。

老爷爷叹息一声，说："他人都死了这么多年了，你还来干什么？"

维娜无地自容。看来两位老人知道他们儿子的死同她和她男人有关。维娜哭了起来，说："您二老要怪我恨我都行，先请您二老容我把事情说清楚。"

两位老人不说话了，听维娜哭诉。维娜想让自己冷静些，可她实在控制不住自己的泪水。她说着说着，老太太就拉住了她的手，喊道："儿啊。"两人就搂着哭成了一团。

"儿啊，我们错怪你了。你的命也真苦啊。"老太太哭着。

维娜揩着眼泪说："秋轮不在了，可我一直把自己当作秋轮的人。您二老就把我当作自己的女儿，当作自己的儿媳吧。"

老太太哭道："我就知道，我秋轮孝顺，会给妈妈找个好儿媳的。"

维娜说："我必须去上访，替秋轮讨个清白。"

老爷爷长吁短叹："人都死了这么多年了，白费劲有什么意义？让他安安静静长眠九泉吧。"

维娜说："不还秋轮一个清白，我死不瞑目的。"

"好吧，我们跑不动了，你替我们上访吧。也算了却我们活人的心愿。"老爷爷说。

维娜便一边上学，一边四处奔走。案件的主要当事人，就是郭浩然。命运太捉弄人了，维娜得替被自己丈夫害死的人去申冤！法院本来就不想理这个案子，没有当事人的关键证词，根本翻不了案。当年办案的那些公安、法院的人，有的已做了大官，他们更不愿意把自己的丑事儿翻出来。其实当时就有人议论，说是因为上面追得急，抓着个替罪羊交差就得了，哪管什么冤假错案？而郭浩然正想整死郑秋轮，他们就一拍即合了。

维娜找到郭浩然，说："你自己知道，你我虽是夫妻，却是仇人。你毁了我的生活，害死了我的爱人。我的爱人永远只能是郑秋轮。但这么多年，我同你过日子，并没有对不起你的地方。就请你看着这一点，发一回善心，说一次真话吧。"

虽是时过境迁了，但郭浩然还沉浸在昔日的梦幻里。他不敢承认自己过去错了，那等于说他几十年的风光是个荒唐。他更不敢承认自己谋害了郑秋轮，那样他越发不敢面对今后的生活。

"我没有错，我捍卫毛主席，拥护共产党，没有错。"郭浩然说。

维娜尽量让自己平静些，说："你不要同我讲大道理，我们只谈具体事情。你凭什么说那谜语是郑秋轮写的？有什么证据？就凭你的记忆就可以定罪，你摸着自己的良心想想，说得过去吗？"

"我的记忆不会错。我是个军人，起码的素质是有的。"郭浩然固执道。

维娜气得喘不过气，说："你别吹牛了，这同你的军人素质没有关系。你敢指天发誓，你不是挟私报复？"

"我干吗要报复他？我革命工作几十年，狠斗私字一闪念，心中只有一个公字。"郭浩然说。

维娜冷笑道："你的脸皮真厚，敢在我面前说这种话。我告诉你郭浩然，你一天不说真话，我就一天缠着你不放，叫你永世不得安宁！我还要告诉你郭浩然，你的那套空洞的官话早过时了，听着让人觉得可笑，觉得恶心。你打开窗户看看，都什么时候了。你的那出戏早唱完了。"

"我就不相信，紧跟共产党和毛主席就有错！"郭浩然吼道。

"我不管你紧跟了谁，你的手里有血债！"维娜叫喊道。

郭浩然不是个可以讲道理的人，维娜只好有空就去找他吵，快把自己弄成个泼妇了。维娜同他争吵了一年多，他终于向有关部门递交了材料。但他只肯证明当年认定郑秋轮犯罪缺乏事实依据，并不承认他故意整人。

可是，当年的办案人员仍是从中作梗。维娜只好给市领导和北京写信申诉。上面层层批复下来，郑秋轮才被平反了。却并不是彻底平反，仍留着个尾巴。法院的裁定书，只承认对郑秋轮的死刑判决错了，仍然认为他思想意识不健康，犯有严重错误。

望着这份法律文书，维娜和两位老人痛哭不止。老爷爷几乎是干号着："我儿子只不过就是喜欢想问题，喜欢讲真话，错在哪里？他人都死了，还要说他思想意识不健康，犯有严重错误。我儿子还不到二十二岁啊，二十二岁的孩子，懂个什么？硬得生生地要他性命？"

秋轮的祭日，维娜瞒着两位老人，偷偷去了北湖农场。她提着酒水、供果和香火，跪在秋轮遇难的地方，大声哭喊。远远地围着好些农民，他们都摇头叹息。当地农民都还记得那位文质彬彬的郑伢子，别人都偷鸡摸鸭的，就他规规矩矩。

天一擦黑，亡魂鸟就哀号起来，维娜听着肝肠寸断。

从那以后，维娜一直照顾着两位老人的生活。两位老人把维娜当作自己的女儿，她却把自己当作他们的儿媳。维娜的孝顺和贤惠，却常常勾起老妈妈的痛苦，她总是流着泪说："要是秋轮那孩子还在，有你这么个好媳妇，多好啊！"

平反留下的尾巴，一直是秋轮爸爸的心病。维娜说再去争取，老人家又坚决不同意。他有些看破了，很灰心。多年以后，他还常常感叹："中国这些年，总是拖着落后的尾巴往前走，历史的进步极其暧昧。老百姓都知道，屙了屎不能老放在裤裆里兜着啊。"

维娜大学毕业以后，去了市外贸局工作。说起来像电影里的俗套。雪儿十三岁那年，一个很偶然的机遇，维娜的命运发生了变化。郭浩然说的那位被天主教毒害的姑妈突然回国省亲来了。

郭浩然的父母都已不在人世，他是那位姑妈唯一的亲人。据说他的姑妈是个克夫命，在美国四十多年，连续继承了五位丈夫的遗产，是位很富有的老寡妇，又无儿无女。已经七十岁了，不想再去克别人，就守着大堆遗产过日子。她这次回国，就是想找个至亲骨肉去美国，作为她未来的遗产继承人。

老姑妈是个虔诚的天主教徒，却又自小在中国生活，宗教情结和思乡情结都很重。她说本可以将自己遗产全部捐给教会的，因为是主赐福于她，才让她有缘去那个美丽而自由的国家。父母的养育之恩又时刻不能忘怀，年纪愈大，思乡愈切，就想着能有自己的亲人陪伴她的晚年。

有天，郭浩然跑去找维娜，搓着双手，很是拘谨。好半天，才叹息一声："维娜，你能原谅我吗？"

维娜平静地说："我们不谈这些吧。"

郭浩然说："我知道，你这辈子永远不会原谅我的。"

维娜说："我说了，我们不要谈这些。"

郭浩然说："我知道自己过去几十年，什么都错了。我们几十年听到的全是谎言。"

维娜奇怪地望着他，没有吱声。郭浩然摇头说："我姑妈把她在美国几十年的生活一说，我人就傻了。她一个孤老婆子，有洋房，有汽车，有大笔财产。她每年都出国旅游，我们去次北京都不容易。她说自己小时候要是不进教堂，不是被饿死，也会被人买走。"

维娜仍不说话，由他说去。郭浩然竟然哭了起来："我知道，你看不起我。就连雪儿小小年纪也看不起我。我活该。我脑子里只有一根筋，上面说了就是金口玉牙。我真心喜欢你，又知道自己不配你。我承认自己公报私仇，无法赎罪，可我当时也的确认为郑秋轮思想意识有问题。"

"你不配提他的名字！"维娜突然愤怒起来。

郭浩然被震住了，嘴唇微微发抖。

"好吧，我真不配。"郭浩然低头说，"维娜，你娘儿俩随我一道去美国吧。"

维娜冷冷一笑，说："美帝国主义手上不是沾满了你郭家的血吗？"

郭浩然说："我说过，我们上当受骗了，美国是人间天堂。"

维娜说："你去过你的天堂生活吧，我是不会去的。"

老姑妈也找上门来："维娜，浩然同我说了你们的婚姻。您是很不幸的。浩然他非常后悔，他说自己这辈子都无法洗清自己的罪孽。看在孩子分上，你们和好，同我一起去美国吧。"

维娜摇头说："姑妈，我非常感谢您。但我绝不能跟他去美国。我这辈子的苦难，都是他一手造成的。他不是说想赎罪吗？同我离婚，就算他做了件好事。"

"没有别的选择？"姑妈很是无奈，"您的英语好，您去美国，会有很好的发展。有您去，浩然也会好些。不然，他去美国就是聋子、瞎子。他没法在美国找工作。那是个很上进的社会，不工作自己都会有负罪感的。"

"我帮不了他。"维娜说。

老太太已像很正宗的美国人了,摇头耸肩,深表遗憾。

维娜就同郭浩然离婚了。她很感谢老天赐予了机会,终于同郭浩然了清这笔孽债。

老姑妈回国省亲后八个月,原本对美帝国主义怀着满腔仇恨的郭浩然,兴高采烈地到美国享清福去了。郭浩然带走了雪儿。维娜舍不得女儿,只想多看她一眼,一直送她到上海。他们父女俩是从上海乘飞机走的。郭浩然穿了几天西装,就找到有钱人的感觉了,总是宽厚地微笑着,要维娜好好过日子。

没过多久,维娜突然收到二十万美金汇款。随即就接到姑妈电话,说钱是浩然要她汇的,请维娜别介意。维娜也不多说,收下了这笔钱。

过去的生活交割清楚了,维娜蓦然四顾,自己在荆都早已是孑然一身,了无牵挂。她辞去了工作,跑到南方做生意去了。她把郑秋轮的老父母带在身边,他们两老也习惯跟着维娜了。维娜先是做外贸,这是她熟悉的行当。后来又投资建筑业、旅游业、餐饮业。她的生意很顺,几乎没做过赔本买卖。

生意越做越大,人也越来越倦怠。维娜后来感到精疲力竭,就把生意收缩了,只做室内装修。如果她后来不回荆都,会过得很平静的。荆都注定是她的伤心地。

十六

维娜突然接到戴倩电话，说是北湖农场的老知青要聚会，请她回去。维娜同戴倩多年不见面了，也没通过音讯。不知戴倩从哪里打听到了她的电话。

维娜便飞回荆都。她还没走到机场出口处，远远地就有个胖女人招手喊道："维娜，维娜！"

维娜取下墨镜，仔细一看，竟是戴倩。戴倩胖得圆鼓鼓的了，只有那双眼睛大而亮，还是原来的样子。记得当年在农场，女伴们就私下议论，这种身材的女人，中年以后肯定发福。果然如此。若不是她先打招呼，维娜根本认不出她了。

戴倩带着一辆奔驰轿车，司机对她很恭谨，口口声声戴姐。维娜便猜想：戴倩只怕也是个人物了。

戴倩仍是快嘴快舌："维娜，你是一点都没变啊，你戴着墨镜我都认出你了。"

"哪里啊，老了。"维娜说。

戴倩说："我是真的老了。你看我这身材，整个像门板了。"

维娜说："你这是福相啊。"

戴倩说:"唉,要说吃苦,你是够苦的了。但老天就是照顾你,让你永远年轻漂亮。我们多年不见面了,你的事情,大家都知道。郑秋轮的父母还健旺吗?"

维娜叹道:"都过世了。老爸是大前年去的,老妈是今年初去的。两位老人越到后来,越是想念儿子,天天念着。"

戴倩就抹起眼泪来,说:"维娜,你真好。老知青都说,你是他们两老的孝顺儿媳。"

维娜说:"要是他两老能多跟着我几年多好啊。"

戴倩径直将维娜送到黑天鹅大酒店,那里早住着很多从外地回来的知青了。知青们见了面,都亲热得不得了。有些人过去本来有点儿恩恩怨怨的,如今都相逢一笑泯恩仇。他们都叫戴倩秘书长,不知是什么意思。维娜后来才知道,大家叫她秘书长,既是调侃,又是真的一半,假的一半。她的先生吴伟如今已是荆都市政府秘书长了,大家也就叫她秘书长;这次聚会又是戴倩在联络,大家倡议成立老知青联谊会,推她当会长兼秘书长。戴倩自己在财政厅,也是个处长了。

戴倩将维娜送进房间,坐下来又仔细打量,说:"维娜,真的,别人都老了,就你一个人仍然年轻,同当年没什么变化。你的苦可是吃得最多啊。"她说着又流了眼泪。

维娜笑笑:"哪里啊,你也没老,看你的皮肤,多好啊!"

戴倩是个快活人,马上就笑了起来,自嘲说:"人胖,撑得皮薄了,就显得嫩。"

聚会共到了四十多人,无非就是些做了官的,发了财的。还有很多知青都联系不上,有些人联系上了也不肯参加。很多老知青生活都不如意,觉得没有面子同这些人混在一起。

活动了两天,喝酒、跳舞、叙旧、唱语录歌。有人提议,每人讲一个最难忘的真实故事。不论谁讲完,大家都眼泪汪汪地鼓掌。

维娜讲了那个雪夜，她同郑秋轮在茫茫雪原上往家里赶，然后误了火车，又在湖阳城里待了一天一晚。她说了每一个细节，说了当时的感受和后来每次回忆时的心情。老知青们都沉默着，有些女知青轻轻抽泣。她讲完了，大家忘了鼓掌，场面有些肃穆。

戴倩突然站起来说："我是最早清楚维娜遭遇的人，你们可能今天才完全明白。维娜一直被人误解着，她自己也从来不向别人解释。那些事情都过去了，也不必再说了。今天，我想同兄弟姐妹们说一句：维娜是我们的骄傲。"

维娜笑笑，打破了沉闷："各位兄弟姐妹，都过去了，都过去了。今天，我还想用郑秋轮一位朋友当年的一句话说：郑秋轮是一个高尚的人。"

这时候，掌声响了起来。维娜忍不住啜泣，她知道这掌声是给郑秋轮的。

戴倩带着吴伟来看了维娜。吴伟见面就说："维娜，当年我见过你们很多知青同伴，都忘了，只记得你。"

戴倩就笑话丈夫："当然啦，我们农场最漂亮的姑娘，你当然忘不了啦。"

吴伟已修炼得很像回事的了，举手投足都是高级领导干部的味道。他仍很干瘦，笑起来，脸上的皱纹就从嘴角慢慢绽开去。正是那种高级干部很有涵养的笑。

"可以抽烟吗？"吴伟问道。

他掏出烟来点上，优雅地吸着。戴倩同维娜在叙旧，他就微笑着，静静地听。他并不大口大口地吸烟，只有淡淡的烟雾在袅袅升腾。吴伟不再是当年那位拘谨的青年了，沉稳而儒雅。

戴倩说："维娜，你回荆都发展吧。你现在反正只做装修生意了，哪里不是发财？"

维娜说："发什么财？我早没发财的想法了，只是反正得有个事做。"

戴倩就说："你呀，尽讲有钱人的话。"

吴伟也说："回来吧，朋友们在一起，凡事有个照应。荆都这些年发展快，工程很多，你也只要每年做个把工程，不歇着就行了。这个好办，朋友们都会帮你的。"

维娜说："感谢吴秘书长，我会好好考虑您夫妇俩的建议。"

吴伟笑道："维娜你就别客气，叫我吴伟吧。我未必要叫你维总不成？"

维娜说："不一样，不一样，官场同商场不一样。"

吴伟夫妇还真把维娜说动了。她想自己反正不能老死外地，不如早点回来。她回南边打理两个月，就把公司开到荆都来了。公司挂牌那天，戴倩联络了好多朋友来捧场。吴伟也来了，亲自替公司揭牌。

吴伟说话算数，维娜回来没多久，他就帮忙介绍了农业银行办公大楼装修工程。按行规办事，维娜要给他中介费。

吴伟就生气了："朋友就是朋友，按江湖规矩玩，就没有意思了。"

维娜碰上了第一个不要中介费的官场朋友。吴伟真是个好官员。维娜想那戴倩真是笨人有笨福，嫁着了这么一个好男人。她就同戴倩开玩笑："你得感谢我，不是我生病，你哪有机会碰得着吴伟这么好的男人？"

戴倩佯作生气，说："女人夸朋友的丈夫，可不是好事啊，危险！"

戴倩是个麻将鬼，三天不上桌，就急得直搓手。她几乎天天缠着维娜叫人打麻将。维娜同荆都的很多有钱人，很快就有了联系。都是你认识我，我认识他，慢慢串联起来的。戴倩身边也有自己的交际圈子，差不多都是做官的、发财的，交际圈子就越来越大。想打麻将，随时可以叫上一桌。维娜烦死了打麻将，却碍着面子，硬着头皮奉陪。一般不在家里打牌。牌友们很自然地形成了规矩，谁主动发起，谁出钱去宾馆开房。他们通常是去天元大酒店，荆都最好的五星级宾馆。

麻将桌上无非是三类人：一类是那些要在牌桌上巴结人的，他们把输钱看作投资，他们打牌也有个说法，叫打业务牌；一类是只为赢钱，而且每次必赢无疑的，他们的牌也有个说法，叫打老爷牌，比如戴倩就是打老爷牌的；一类是不计输赢，赢了只当手气好，输了只当消费，这叫打消遣牌。维娜就是这类。牌桌上大家都叫戴倩秘书长，感觉吴伟的魂魄时刻附在她身上。只有维娜叫她戴倩。

有天，吴伟突然打电话来，说："维娜，我想去看看你的房子，欢迎吗？"

维娜刚买下一栋别墅，吴伟和戴倩都还没来过。维娜请人办了些菜，准备请他们吃晚饭。她听得门口喇叭响，开门一看，果然是市政府的车。吴伟从车里钻了出来，就把司机打发走了。没想到是他一个人来的。维娜有些吃惊，却没有表露出来。

吴伟参观了维娜房子，就开玩笑："你可是资本家啊。"

维娜也开玩笑，说："感谢领导，感谢政府。"

吴伟见维娜调侃他们政府，就诡里诡气地笑。他不提戴倩为什么没来，维娜就没有问。

吴伟坐下喝了几口茶，便说："我没什么送你的，请熊然先生写了幅字。这位老先生很有脾气，一般人很难得到他的字。"

维娜知道熊然先生的大名，一位国民遗老，手上那笔字近十几年越来越值钱。她打开一看，写的是"静女其姝"四字。款曰：题赠维娜女士。熊然先生签名钤印。

维娜隐隐记得这是《诗经》里的句子，印象不真切了。笑道："我不懂书法，看不出好歹。这么好的字送给我，真有些明珠暗投了。"

吴伟也笑了起来："维娜就是谦虚。你们老知青都知道你是才女啊。熊先生用的是钟繇楷书的笔意，风骨秀妍。这四个字送给你再合适不过了。"

维娜就说："秘书长倒很懂的啊。"

吴伟笑道："哪里，我只是鹦鹉学舌哩。"

"好好，谢谢你了，秘书长。"维娜说。

吴伟说："维娜，你就别叫我秘书长吧，多生分。"

维娜说："不好意思，我真的叫不出你的名字，太不尊重了。"

维娜从来不留小玉吃饭的，今天便想请那位姑娘一起吃饭。可她太讲规矩了，执意不肯。小玉走了，维娜不知为什么就有些紧张，几乎不敢望吴伟。从他进门起，维娜就觉得自己有些手足无措。小玉一走，吴伟也不太自然，只得让声音更响亮些。但他又好像巴不得小玉早点儿离开。

维娜去洗漱间洗了个冷水脸，匀和一下自己的心情。她想也许戴倩忙别的事去了，没空来吧。戴倩有些大大咧咧，知道男人独自上维娜这里来，也不会介意的。她想两人总不提戴倩的名字，也不太好。出去还是问问戴倩怎么样吧。

维娜出了洗漱间，话到嘴边又咽回去了。吴伟正望着她微笑，问："可以抽烟吗？"

维娜说："随便。秘书长，你不必客气，像个英国绅士。"

吴伟就笑着摇摇头，意思是怪维娜总叫他秘书长。

两人共进晚餐，喝了红酒，讲了些漫无边际的话。吴伟说的无非是官场不太好待，似乎他当这个官实在是勉为其难。维娜总是顺着他的意思，安慰几句。维娜见吴伟总不提起戴倩，她也就不好问了。这顿饭就吃得有些不是味道。

饭后，吴伟很自然地去了客厅，坐下来吸烟。维娜见他没有马上走的意思，就过来泡茶。她拿出个木雕的茶叶筒，拿出一个木茶勺，一个木茶漏，再取出一个紫砂带盖茶杯。先用开水将茶杯烫过，将茶漏放在茶杯上，拿茶勺舀出茶叶，倒进茶漏。端起茶漏晃了晃，这才拿掉茶漏，往茶杯里冲水。头半杯水，轻轻泌掉。再冲上七分满一杯，端给吴伟。

吴伟没想到维娜喝茶这么讲究。单看这套行头，就很烦琐了。维娜却是行云流水，举手投足好似带着股清风。吴伟感叹道："维娜，你这哪是泡茶？简直就是舞蹈。"

维娜说："你就别夸我了，不过就是一杯茶而已。茶倒真是好茶，这是上好的碧螺春。"

吴伟抿了口茶，叹口气说："这么好的茶，真是喝不够。"

"碧螺春第二道茶味最醇，你不着急，喝完第二杯再走吧。"维娜笑笑，"你什么好茶没喝过啊，我还在你面前显摆！"

吴伟忍不住笑了起来，暗想维娜真是个聪明女人，下逐客令都妙若天成，竟然还沾着些风雅。便打电话叫了司机。司机到了，他的第二道茶也喝完了。

吴伟走了，维娜就有种松口气的感觉。可是说不上为什么，她今天总觉得吴伟有些特别。望着"静女其姝"几个字，她心里竟突突儿跳。她去书房翻了半日，找到《诗经》，翻到《国风·邶风·静女》。诗曰：静女其姝，俟我于城隅。爱而不见，搔首踟蹰……

维娜禁不住耳热心跳。这是写情人幽会的诗，不知吴伟真的不懂诗的意思，还是有意为之？

过了两天，吴伟又来了，带了套茶具。说："朋友送的，我喝茶不像你那么讲究。还是宝剑送英雄，明珠赠美人吧。"

维娜接过来，一个深蓝锦缎裹着的木盒子，里面一个茶壶、四个茶杯、四个闻香杯。青花细瓷，造型古雅，绘的是缠枝莲花纹，甚是清丽。

维娜心里欢喜，说："哎呀，倒真是我喜欢的东西。我若是没看错，这是明慧佛院出的茶具，确是茶具中的珍品，很难得的。"

"难得你喜欢，我算是松了口气。就怕你看着我俗气。"吴伟玩笑着，又说，"不是我表功，真的维娜，我一看到这套茶具，马上就想着只有你才配用它。"

维娜心里一动，说得却很淡然："我只是喜欢品茶，知道些鸡零狗碎的茶道掌故。佛家最懂用茶之道，茶道见佛性。明慧佛院的茶、茶具和茶道久负盛名。"

"维娜真是个雅人。喝什么茶，配什么茶具，怎么个品法，都有讲究。"吴伟半真半假地说，"像你这么清雅漂亮的女子，就难得有好人相配了。"

维娜低头一笑："秘书长笑话我了。"

吴伟长舒一口气，像是叹息，又像感慨，说："维娜，我虽是玩笑，也是真话。你是个不寻常的奇女子。"

维娜笑道："一介草民，何奇之有！这么好的茶具，我们别光看着。我请你品茶吧。正好我有上好的台湾冻顶乌龙。"

维娜拿出个紫檀木的茶架，摆上吴伟带来的青花细瓷茶具。先用清水洗过，再用开水烫了。维娜今天穿了件宽宽松松的米色丝裙，式样简单，只在腰间轻轻束着根丝带。她头发梳得整整齐齐，额上没有一丝乱发，端端正正坐在茶架前。泡好茶，维娜端起茶壶，先将茶水注入闻香杯，把茶杯倒扣在闻香杯上，双手端起闻香杯，手腕一翻，闻香杯就倒扣在茶杯里了。她按住闻香杯，在茶杯里轻轻转了三下，再把闻香杯揭起，送到吴伟面前。维娜神色那样沉静，就像空谷幽涧的栀子花，自开自落，人间悲欢都不在心里。

吴伟不禁肃然，直起身子，双手捧过闻香杯，深深吸着，不由得闭上眼睛。维娜又将茶杯端到他面前。吴伟喝了口茶，说："维娜，你说怪不怪？好茶我也是喝过的，今天硬是不一样。望着你泡茶，就像宗教仪式，我是大气都不敢出。再拿闻香杯一闻，喝上一口茶，我真要醉了。整个人就像被清水洗过一样。我几乎忘记了自己是谁，真觉得自己在你面前就是个新人。"

维娜笑笑说："这就是喝茶的好处了。我是开心的时候喝茶，不开心的时候还是喝茶。有时不开心，独自泡上壶好茶喝喝，心里就什么事儿也没有了。"

吴伟说："维娜，你已活到某种境界了，常人做不到的。像我们官场中人，凡事都得中规中矩，其实又多少有些假模假样。有些官场中人总说难得潇洒，可事实上，他们要么是故作轻松，要么干脆就是荒唐。"

维娜就真相信茶道的神奇了，它可以唤起一个人纯良的天性。她颇为感慨："吴秘书长，你们官场中人，也真难啊。"

吴伟便说："维娜，真的谢谢你理解我。我们是很难有知音的，平时听到的也多是场面上敷衍的话。"

维娜心里隐隐明白了什么，不再顺着这意思说下去。两人静静地喝茶，好长时间谁也不说话。

后来，吴伟经常去维娜那里玩，总是独自来去。先是司机送来，后来就自己开车来。开的不是政府的车，说是问朋友借的。维娜就越来越害怕吴伟的到来了。可是他逢上哪几天太忙了，没时间来玩，她又会盼着他。事情就像她担心的那样，终于有一天夜里，吴伟留下不走了。

维娜没想到这位快五十岁的干瘦男人，猛起来像头野兽。在她面前，他完全不像什么市政府秘书长，甚至不像成年人，简直就跟孩子一样。他每次进门就要，像个馋嘴的小男孩。

维娜是个从来没有享受过真正性爱的女人，被他激活了，疯得像个情窦初开的少女。刚开始，两人整日整夜缠绵在床上，饭都懒得吃，只是喝水，弄得两个人眼窝子发黑。

吴伟总是搂着维娜说："娜娜，我会死在你手里，我会死在你手里。"

维娜听着，很开心，又好心疼，直想哭。她抱着他的头，摩挲着，发疯似的亲吻，嘴里语无伦次："我的宝贝，宝贝，你真是个好男人，好男人。"

两人再也不能回避说起戴倩了。维娜有时想着真的难过，说："我同戴倩毕竟算是朋友……"

吴伟说："维娜，有些事情，我们是不能想的。它是个死结，解不开的。"

"你想着她心里没有愧疚？"维娜问。

吴伟叹道："维娜你这话问得太残酷了。我心里没有她，只有你。可这话我不想说，太残酷了。真的，娜娜，我只爱你。"

维娜知道这话真假难辨的，却宁愿当作真话听。她越是痛苦，吴伟就显得越真诚、越执着。吴伟有时真像个顽皮的孩子，怎么能让维娜开心，他就怎么玩。吴伟最好钻到维娜下面去，衔玉弄欢，撩得她飘飘欲仙。每当维娜死去活来了，他便排山倒海而来。维娜想哭、想笑，又想叫，心想死也要跟着这个男人。

戴倩仍是老叫维娜打麻将。最初见着她，维娜还有些愧疚，慢慢地也就习惯了。见戴倩这么疯狂地打麻将，她也替吴伟难过。心想这样一个好男人，应该有女人好好陪着的。可戴倩却几乎夜夜在牌桌上。维娜这么想想，似乎自己同吴伟在一起，就心安理得了。她也知道这是自欺欺人。

很多次，维娜正同戴倩一块儿打麻将，吴伟电话来了。她就告辞，请别人接手。通常是四个人上桌，还有两三个人站在旁边观阵，总不至于三缺一。上桌的、观阵的，都是出来玩的，多是来打业务牌的。只要哪方出缺，他们就嬉笑怒骂，争着上桌。不论男女，通通豪情万丈。戴倩从来舍不得下桌的，头都不会抬一下，仍是望着手中的牌说："维娜，又去会男朋友？"

维娜红了脸说："没有啊。"

戴倩就笑道："听着是个男人声音，还不承认。又没有谁跟你抢，你瞒什么？"

吴伟知道戴倩又会在牌桌上玩个通宵，他在维娜那里也就玩得格外放心。他一个平日里满口套话，言行古板的官员，居然把性玩到了一种境界，成了一种艺术。维娜总是如痴如醉，头一遭觉得做女人是多么幸福的事。每次，她都在竭力往高高的险峰冲啊冲啊，然后就从悬崖上纵身飞翔，就像完成一次次惊险的蹦极。做女人的享受，男人是无法体会和想象的。吴伟总要问维娜的感受，她偏不告诉他。她觉得向他坦露自己的快感很害羞，又觉得这是属于她独自享受的秘密。

有次吴伟急了，孩子似的，说："你今天非得告诉我。"

维娜说："我反正很舒服。你呢？"

吴伟说："我得感觉着你舒服，我就舒服。"

维娜亲亲吴伟说："你真好，你是个完美的爱人。"

吴伟说："那你要告诉我，你是怎么个舒服？"

维娜笑笑，说："跟你讲个故事吧。古希腊有个叫提瑞西阿斯的男人，看见两条蛇在交尾，就打伤了其中的一条。宙斯神要惩罚他，把他变成了女人，同男人做爱。阿波罗神可怜他，悄悄告诉他，你必须找到另一条蛇，再打伤它，你就可以变回男人。提瑞西阿斯依照阿波罗的旨意做了，又变回了男人，又同女人做爱，重新享受男人的快乐。有一天，宙斯同妻子赫拉为男人和女人在性爱中谁得到的快乐最多而争吵不休。他们找来提瑞西阿斯作证，因为他男人女人都做过。提瑞西阿斯说，男人只得到十分之一的性快感，女人充分享受了全部的乐趣。赫拉大为震怒，叫可怜的提瑞西阿斯瞎了眼睛，因为他泄露了女人最大的秘密。"

吴伟笑说："是吗？过去都认为女人只是奉献，只是被动，男人才是在享乐啊。"

维娜笑笑，又说："阿波罗却在一旁轻声嘀咕：提瑞西阿斯扯谎。"

吴伟就笑了起来，说："维娜，你说故事也会卖关子啊。性爱中的男人和女人到底谁最快乐呢？"

维娜笑道："这就是古希腊神话故事的高明之处。这是解不开的谜啊。"

维娜仔细想想，想把自己的感受说出来，又无法言表。她想这就是女人幸福的爱情。他成了她的上帝，心想哪天他冷落她了，她会成为怨妇，她会郁郁而死。

维娜比任何时候都有生气，生意很红火。她走起路来，感觉世界就是一架小小钢琴，随便踩一脚就会弹出一个美妙的音符。驱车走在街上，看见红灯也好，遇上塞车也好，她都不急不躁，看什么都充满柔情，觉得自己是个满怀爱心的人。她给员工很好的待遇，员工们都说维总是世界上最好的资本家。戴倩老是捏她的脸，说她越来越白嫩，轻轻一掐就会出水，肯定是有男人了。

有天，吴伟很难为情地说："儿子要出国留学，手头急，我没地方借钱。"

维娜听着生气："你真傻，还扭扭捏捏。要多少？"

吴伟说："要三十万。"

维娜很高兴。能让吴伟花她的钱，真的是很高兴。而且是儿子出国留学。维娜说："培养好儿子，这是大事，误不得的。"

从银行取了钱出来，维娜说："你快去办事吧。"

吴伟本来说马上要去办事的，却说："不急了，我们回去休息一下再说。"

维娜知道他说的休息是什么意思，胸口就狂跳不已。在床上，他俩有时柔情万种，有时相当粗野。在床下，言语就含蓄些了。

吴伟进门了把维娜搂了起来，扛上了楼。他激动得哭了起来，说了很多疯话。"维娜，维娜，你是我的心肝，我的宝贝。"

十七

  罗依是位盆骨宽大，乳房丰满的美妇人。眼睛大，皮肤白，人也高挑。她年轻时肯定很漂亮。牌桌上，维娜老是琢磨这个女人，觉得她好有意思的。罗依性子像个男人，抽烟，说话声音很大。谁出错了牌，她就板着脸骂人。维娜当初同她不太熟，听着不太习惯。别的人都觉得她很好玩，总是笑着回道："我的老娘，你嚷什么？"

  罗依也就笑了，说："我会死在心肌梗死上的，一急就高声大气。"

  混得很熟了，罗依就高着嗓子说："我就喜欢维娜。"

  有人就开玩笑："维娜你也要不成？"

  罗依笑道："谁不让你们去找？我不像你们，关着门想得哎哟喧天，见了人又假充正经。"

  大伙就咯咯地笑。维娜见她们笑得很诡，不明白她们说的是什么意思。

  罗依又说："我要是个男人，拼着老性命也要把维娜弄到手。"

维娜就说："罗姐你干脆去变个性，我就嫁给你算了。"

有回，戴倩又想打牌，让维娜约人。维娜打电话给罗依，罗依说："维娜，我看你打牌也没兴趣，真是难为你了。今晚这样，我多叫几个人去，应付一下，让他们玩去，我俩就溜了。"

维娜自是求之不得。上桌打了两圈，罗依跑到卫生间给维娜打了电话。维娜接完电话，很不好意思地说："不好意思，姐妹们，我有事先走一步。"

戴倩就笑："我说维娜肯定是恋爱了，她硬不承认。"

维娜站了起来，笑骂道："戴倩一天到晚只知道恋爱。"

维娜出去，坐在车里，又给罗依打了电话。罗依也就借故出来了。

罗依说："维娜，我俩找个地方喝茶，聊聊天好吗？"

维娜说："行呀。你说去哪里哩？"

罗依说："不如就在这里吧，荆都找不出哪里的环境超过天元。"

两人去了一楼的茶屋，找了个僻静处坐下。一位身着白色晚礼服的小姐正弹奏钢琴。服务小姐过来问两位喝什么茶。维娜喝茶本是很讲究的，在罗依面前想随意些，就说："罗姐你喝什么？我来杯菊花茶。"

罗依说："我也来杯菊花茶吧。"

琴声梦幻般飘忽着，维娜的手不经意间轻轻敲击起来，说："这姑娘钢琴弹得不错。"

罗依笑道："我是不懂。"

维娜说："音乐没什么懂不懂的，觉着好听就听听，不好听就不听。"

罗依说："维娜，我们一起玩的这个圈子，就你与众不同。"

维娜说："罗姐说到哪里去了。我只是不太喜欢打牌，你眼尖，看出来了。我也很喜欢你罗姐，是个爽快人。"

罗依笑道："应该说是个粗人。"

"哪里啊。"维娜说。

罗依说："维娜，可不是我有意刺探你啊，听别人说到你，我就喜欢你了。"

维娜说："一定是戴倩了，她是个高音喇叭。"

罗依说："戴倩也算是心直口快。听她说起你的故事，我都哭起来了。"

维娜摇头道："都过去了。罗姐，可以同我说说你吗?"

罗依说："我有什么好说的? 你可能也听别人说了。有些人说到我，只怕当笑话。我才不管哩。我同我先生结婚二十多年了，没有孩子。我那先生没什么本事，人又懒。倒也是个好人。我就让他闲着，家里的事都听我的。"

维娜笑道："有你这么个好女人，我也愿意做你那位先生。百事不愁，闲云野鹤的，多好。"

罗依叹道："话从你嘴里出来，就好听了。哪有你想象的那么好? 慢慢地，我俩感情就淡了。想过离婚，仔细想想也没必要。我没有孩子生，他也找不到合适的。将就着过了一段，就各过各的生活。只是他的开支，都由我管了。我给他另外买了套房子，两人不住在一起。"

维娜说："不好意思，我不应该让你谈这些。"

罗依笑道："哪有那么多忌讳。戴倩说你是学英语的，学会了外国人的礼貌吧。"

维娜半开玩笑说："我要找戴倩麻烦去，她把我整个儿出卖了。"

罗依说："戴倩还算是位可爱的官太太。官呀，官太太呀，我见得多了。他们有些人我是烦死了，可还得同他们在一起嘻嘻

151

哈哈。有时我想着也奇怪，心想维娜这么个心性很高的人，怎么在生意场上混？我总觉得你不是在生意场滚的人。"

维娜说："别说你觉得奇怪，有时我自己也不明白。都说生意场不好混，我也在里面滚了十几年了。我也见识过很多人，自然很多是官场人物。不去多想，只按场面上的规矩玩，也还行。近些年，我感觉事情越来越难办了。好在毕竟还有些真正的朋友。不然啊，我早回家喝茶去了。"维娜说着脸上就洋溢着幸福感，她想起吴伟了。

罗依点头道："维娜，你是干什么心里都非常明白的人。我觉得同你很投缘的，今后你有什么事用得上大姐，你只管开口。姐姐我没什么本事，只是在荆都混得久些，比你多认得几个人。"

维娜感激道："我有事的时候会麻烦罗姐的。"

星期六，罗依约维娜去家里玩。罗依的别墅背靠荆山，面向荆水，喧闹的市声消遁在河的那边。屋前有个荷塘，莲花开得正好。按了门铃，开门的竟是戴倩。"维娜，你好大架子啊，我们可等你好一会儿了。"

戴倩声音大得夸张。维娜早望见吴伟了，他正坐在沙发里吸烟，望着她微笑。维娜马上惶恐起来，心脏跳得快掉下来，额上竟然冒汗了。吴伟没有站起来，从容笑着，同她打了招呼。

罗依这才从楼上下来，说："哦哦，维娜来了。你们是老朋友，我干脆将你们叫到一块儿。"

维娜没有坐下来，只道："罗姐，我先看看你房子吧。"

戴倩说："我们看过了，好漂亮。你去看吧。"

罗依领着维娜在楼下看了看，就上楼去。她见维娜背上湿了，就说："怎么回事？你又不是跑步来的，怎么弄得汗水直流？"

维娜笑笑，没说什么。上了楼，各处看看，维娜啧啧叹道："罗姐，你房子弄得这么漂亮，我倒不觉得稀罕。稀罕的是这块地方，现在天大的本事只怕也弄不到手了。"

"算你说对了。我房子周围这些地方现在已划给荆山公园了，天王老子也别想在这里修房子。我房子修得早，捡了便宜。"罗依望着维娜，突然觉得不对劲，"维娜，你脸色怎么有些发白？是不是病了？"

维娜掩饰道："我刚才在路上，突然觉得胸口不太舒服。我怕是空调开低了，就关了。结果倒出了汗。没事的，过会儿就好了。"

"可别大意啊。"罗依问道，"你犯过这毛病吗？"

维娜说："我平时挺好的。"

罗依牵着她的手，说："哪里不舒服，千万要去看医生，别硬挺着。看你，手都冒虚汗。"

维娜说："罗姐，我想躺几分钟，一会儿就好了。你下去陪他们吧。别同他们说我身体不舒服，戴情是个大炮，马上会跑上来的。"

罗依带维娜去了自己卧室，招呼她躺下。又在床边站了会儿，忧心忡忡的样子。维娜笑笑，让她下去招呼客人。

维娜独自躺着，眼泪忍不住地流。吴伟昨天夜里在她那里缠缠绵绵，今天就带着戴情双双对对地做客来了。她见着就难受。刚才望着吴伟的微笑，她猛然间浑身毛孔都闭上了，差不多要窒息。她没想到自己会这样，见不得吴伟同戴情在一块儿。流了会儿眼泪，长长地吐了几口气，人就轻松些了。本是明摆着的事，只是没逼到眼前来，就体会不到切肤之痛。

听得罗依轻轻进房来了，维娜忙爬了起来。

"没事的，你再躺会儿嘛。"罗依过来，抬手摸着她的头发，像个母亲。"怎么？你哭了？你得告诉我，是不是很难受？那就得上医院去。"

"没有哩，真的没有哩。"维娜便去了洗漱间。

罗依站在洗漱间门口，怜惜道："你这个样子，我真的不放心。"

维娜洗了脸出来，笑道："罗姐，你真像我妈。你看，我不是很好了吗？"

罗依牵着维娜的手拍着，说："你还别说，我只比你大两岁，感觉你就像我的女儿。你呀，看着就让人怜。"

维娜就玩笑道："妈妈看看我的眼睛红不红？"

罗依仔细看了看，说："看不出来。"

两人下了楼，戴倩就叫了起来："维娜，你洗个脸要这么久，真是让大家宠坏了。"

维娜没事似的笑笑，也不理她。罗依就骂戴倩："你说话不凭良心，维娜怎么就叫人宠坏了？"

戴倩笑道："我同维娜是几十年的老朋友了，还不知道？我有时就是嫉妒她。不论什么时候，不论在哪里，只要是朋友们在一起，好像她天生就有某种特权，大家都依着她，惯着她。"

罗依也笑道："你这么说我也有同感。我才认识她没多久，就喜欢她。刚才我还同她说哩，她呀，看着就让人怜。戴倩，我是不会疼你的啊，你有人疼。"

戴倩就捶了吴伟一拳，说："他呀，只知道干政府的事，哪知道可怜人？不是我喝着开水都发胖，不早瘦成旧社会了。"

说不上几句话，戴倩就吵着要打麻将。罗依就说："戴倩你打麻将比抽大烟瘾还重。"

戴倩笑道："不打麻将又干什么呢？"

罗依就笑了，问维娜："你说呢？"

154

维娜说："随便吧。"

罗依这才对吴伟说："我先征求女士意见，得罪秘书长了。"

吴伟笑道："听女士的。"

罗依说："那就等于说听你夫人的了。打麻将是你夫人提议的。你两口子可是一唱一和啊。"

戴倩就撒娇，头靠在吴伟肩上磨蹭着。吴伟始终不怎么说话，只是菩萨一样笑着。维娜低头理理衣裙，哪里也不看。

今天罗依倒像换了个人，只是憨憨地笑，打牌不用心思。戴倩老高声叫着，要么说吴伟出牌慢了，要么说吴伟乱出牌。吴伟只是笑，由她说去。戴倩越嚷越有幸福感，身子悠然地抖着，老说吴伟是头笨牛。维娜觉得脸皮子痒痒的，像有蚊子在爬。

突然听得门铃响。罗依开了门，进来的是位中年男子。罗依也不介绍，仍坐下来打牌。她递了支烟给吴伟，自己叼上一支，点上，嗞地抽了口，问："有事不知道打电话？"

那男人站在她身后，说："我想代领一下算了。"

罗依头都没抬，说："我说了的，按月到我手上取。"

男人说："人家不好意思。"

罗依笑道："不好意思，就做点别的呀。"

那男人支吾几句，就出去了。罗依头也不回，仍是打牌。大家听着不明白，却又不好问。过不了多久，门铃又响了。罗依说："戴倩，麻烦你开开门吧。"

戴倩开了门，进来三个女人。罗依仍是不抬头，说："好快啊，又是一个月了。"

三个女人都不作声。维娜抬头瞟了一眼，三个女人都在三十岁上下，嘴都涂得像鸡屁眼。

罗依语气很冷："我还是那句话，你们要是让他染上毒瘾，我饶不了你们。后面桌上有三个信封，你们自己拿吧。"

三个女人各自拿了信封，一声不响走了。罗依脸色不太好，大口大口抽烟。这时吴伟的手机响了。他接完电话，说："很抱歉，我得先走一步了。"

　　罗依笑道："一定要走了？"

　　吴伟说："我是身不由己啊。"

　　罗依说："本想今天约在一起好好叙叙，真对不起。"

　　戴倩娇嗔道："每次跟他出来玩都是这样，真是扫兴。"

　　吴伟笑道："你可以把我休了嘛。"

　　戴倩紧紧搦了男人的手，说："谁还稀罕你？"

　　吴伟带着戴倩先走了。罗依出门送他们，维娜也只好跟在她身后，却没有挥手。

　　回到屋里，罗依又点了支烟，猛吸着，烟雾大团大团地吐。维娜问："罗姐，你怎么突然不高兴了？"

　　罗依靠在沙发里，眼睛湿润起来。维娜不知说什么才好，只道："罗姐，你有什么事，愿意说说，就说说，别憋在心里。"

　　"刚才那男人，就是我的丈夫。"罗依眼泪一滚就出来了。

　　"那三个女人呢？"维娜问。

　　罗依说："他养的三个婊子。"

　　维娜听着背上冒汗，呼吸都急促起来了。

　　罗依说："他的生活费，全由我开支。我还得出钱给他养情妇。不止一个，养三个。他们四个人一起生活，三个女人每月到我手里拿工资，每人一千五百块钱。"

　　维娜嘴张得天大："这不是天方夜谭吗？"

　　罗依抽泣着："我已这么过了两年多了。"

　　维娜说："我就不明白了。不知你是爱那个男人，还是怎么的？"

　　罗依说："若是爱他，我也不会这样了。"

"那你何必这么依着他呢?"

罗依说:"我们早没感情了,只是名誉夫妻。毕竟还算是家里人,他的生活我就得负责。他愿意这么荒唐,就由他去了。但是,想着还是不舒服。"

维娜叹道:"罗姐,我就真不明白了。哪怕你就是依着他养情妇,钱从银行按月打给她们就行了,何必每月叫三个女人上门来呢? 你这不是自己找罪受?"

罗依说:"她们愿意拿这个钱,我就得让她们知道这个钱不是好拿的。可能我有些变态了吧。"

维娜也早已泪眼汪汪了:"罗姐,你也是个苦命人。"

罗依说:"我可能是自找的。原先我同男人感情还不错。结婚多年,没有生孩子。我去医院检查,是我不能生育。我提出离婚,他不肯。他心里是有我的。后来,我发现他在外面有人,就同他闹翻了。又提出离婚,他还是不肯。这个时候,就不是他心里有我,而是我有钱,他赚不到钱。"

维娜的手机响了。一看,是吴伟打来的。维娜不想接,掐断了,关了机。罗依就问:"你有事吗? 有事就忙你的去。"

维娜说:"没事。我今天就陪着你。"

罗依说:"我有时真的不想管他了,由他自己混去。又总想着自己不能给他生孩子,终究是欠他的。就由着他了。"

维娜叹惋道:"我的姐呀,都什么时代了,你怎么还三从四德呢?"

罗依说:"我就记他不怨我不会生孩子。"

"罗姐呀,你真傻啊。"维娜说着,眼睛就湿润了。

十八

　　维娜不想再见吴伟了。心想自己再怎么爱他，毕竟是水花镜月。人糊涂在一念之间，清醒也在一念之间。自从在罗依家里见了吴伟同戴倩为俦作对，维娜心就凉了。她没有理由恨谁怨谁，只是自己不舒服。只要想着就不舒服。凡事就怕逼到眼前来。

　　这几天，吴伟老是打她电话，她总不接。她知道，只要接了他的电话，她就管不住自己的。她不知是吴伟那张油嘴太会蛊惑人了，还是她自己太想他了。他是个知道怎样让她疯狂的男人。

　　今天，维娜早早地就回家了。随便弄些吃的，闲散地躺在沙发里。灯开得很暗，听着音乐。是首叫《神赐恩典》的英语歌。

　　　　神赐恩典，
　　　　赐我平和宁静，
　　　　如黎明时的森林，
　　　　绿光洗净我的心。

　　　　神赐恩典，

让我感知你灵魂，
如星空下祈祷，
银光闪烁你眼眸。

神赐恩典，
就像你我梦中相见，
青草沙沙，
我俩走在柔软草径。

　　她喜欢听这首歌，就翻来覆去听着。似乎有种宗教情怀从她心肺里升腾着，袅袅娜娜。她的灵魂需要安慰。

　　突然听到了门铃声。她猜着是谁来了，懒得起身。可是，门铃声不停地响着。没有办法，只好开了门。果然是吴伟，微笑着站在门口。门厅柔和的灯光照在他的脸上，他看上去慈祥得像位圣诞老人。

　　维娜不说话，身子往里面退。吴伟进来了，掩了门。他手轻轻地搭上她的肩头，然后抚摸着她的脸蛋儿。

　　"怎么了？你就这么狠心？"吴伟声音低沉着。

　　维娜只觉得某种冷而麻的东西从足底往上漫，先淹没了脚背，然后顺着双腿往上浸，很快没过了头顶。这种不知名的物质迅速从眼眶里出来了，成了泪水。

　　吴伟将脸贴了过来，揩着她的眼泪，说："娜娜别哭，我的娜娜别哭泣，我的好娜娜别哭。我知道你不会不理我的。我知道你不会不管我的。"

　　"娜娜，请你原谅我，我不是有意的。娜娜，你不高兴你就骂我，打我。你想怎么解气，就怎么惩罚我。我只知道，我不能没有你。"

"娜娜，娜娜，你别闭上眼睛。你望着我吧，你望着我吧。"

"娜娜，说真的，我有时甚至觉得自己可笑，一大把年纪了，居然像年轻人一样狂热起来了，说着这种年轻人才说的疯话。真的，娜娜，你让我燃烧起来了。"

"娜娜，娜娜，我的娜娜……"

吴伟不停地说着，就像梦呓一样。他边说着，边把她搂起来。先是站着，然后坐到沙发里。维娜眼睛不肯睁开，泪水不停地溢出来。她浑身软绵绵的，像去掉了骨头。气息也弱了，手脚发凉。吴伟便捏遍她全身，嘴里说着胡话。

终于，维娜胸脯高高地隆起，又慢慢地沉下去。她长长地舒了口气，嘴唇嚅动起来。吴伟忙将嘴贴上去，亲吻着。维娜就像离了水的鱼，嘴皮张开了。

亲吻越来越疯狂，两人几乎背过气去。维娜突然将头一偏，透了口气，说："真想不理你算了。"

吴伟就笑了，说："好吧，你就不理我吧。我签字同意。"

维娜扯着他的耳朵说："一天到晚就知道签字。我就要你。你是我的大麻，你是我的可卡因。"

吴伟将维娜扛了起来，说："我要签字了，我笔里面的水满满的，想马上签字。"

维娜嚷着流氓，捶打着吴伟的肩背，笑得全身发痛。

罗依喜欢带着维娜玩。两人一块儿逛商场，一块儿去健身，一块儿做美容，一块儿驾车兜风。她俩一块儿出去，总是罗依驾车。她会上门来接维娜，然后又把她送回来。哪怕维娜开车出去了，罗依也得让她把车存了。

罗依逢人就说："这是我妹妹。"有些很随便的朋友就开罗依的玩笑："真是你妹妹？怎么长得不像？你妹妹可比你漂亮多了。"罗依听着很开心，笑道："是啊，当然比我漂亮。你以为这样就刺激我了？我这当姐姐的，听着脸上有光。我这妹妹会讲几国外语，你得罪我了，我就让她用伦敦郊区土话骂你。"维娜就腼腆而笑，扯扯罗依，让她别乱说。罗依反而更来劲了，说："妹妹你怕什么？他们算什么？只认得人民币上几个字。"

她俩上体育馆跳了段时间的健美操，没兴趣了。罗依问："娜娜，你喜欢游泳吗？"

维娜说："随姐吧。"

罗依很是爱怜，说："娜娜就是乖，总是随姐。我只总随你啊。"

维娜说："真的，我听姐的。"

"好吧，我们就游泳吧。"罗依说。

"今天就去？我好多年没游泳了，不知还游得动不。"维娜说。

罗依说："游泳只要会了，就不会忘的，哪会游不动的？不见谁忘了走路。"

有天下午，两人跑了好几个游泳馆，觉得还是云庄度假村的游泳馆服务好些。

罗依说："娜娜，我们办月卡吧。只要有空，每天来游一次。"

维娜说："好吧，听姐的。"

更衣室里，望着罗依的裸体，维娜禁不住暗暗感叹：看这女人的身材，实在应该是位母亲啊。罗依的臀部宽而肥厚，却没有下垂；她的乳房大而浑圆，微微抖动着。

"姐，你的身材真漂亮！皮肤又这么白。"维娜说。

罗依低头看看自己，摇头道："姐漂亮的时候你没见过啊。现在老了，腰粗了。你看，肚子上开始有赘肉了。"

维娜说："你是个子大，并不显胖。坚持游泳，保证你肚子会平下去。"

罗依笑了，说："娜娜你只管望着我，还不快脱衣服。怕羞不成？"

维娜竟然真的红了脸，转过身去脱衣服。罗依在维娜的屁股上拍了一板，说："这个鬼妹子，还真害羞了。姐姐又不是同性恋。"

罗依说着就转到维娜前面，睁大了眼睛，说："娜娜，你这哪像四十多岁女人的身材？同少女差不多哩。你还是做过娘的，乳房还这么好看？挺挺的，像两个碗扣在上面。"

维娜忙穿上游泳衣，说："姐快别说了，丑死人了。"

听得外面有人说话，两人就不说了。几个女人，进门就脱衣服。罗依瞟了她们一眼，就朝维娜吐舌头。维娜只当没看见，拉了罗依的手，出了更衣室，往游泳池去。维娜穿的是粉红色泳装，罗依穿了件墨绿色的。

罗依轻声说："娜娜，看看她们的身材，我两姐妹还是要充满信心。"

有个女的，长得并不时髦，打扮却很前卫。头发束成个棒，高高地竖在头顶。罗依轻声说："娜娜，有个顺口溜说：老太太出门笑哈哈，你猜她是笑什么？姑娘头上长鸡巴，见了个小伙子像妈妈。"

维娜就追着罗依打："谁叫你说这些痞话？"

她俩追打着，正好抵了下水前的预备动作。罗依举手投降了，维娜才不追了。维娜试着下了游泳池，感觉水重得像堵墙，紧紧地往胸口挤。好久没游泳了，水感都很生疏了。罗依却是扑通一声跳了下来，溅起高高的水花。维娜被她掀起的水浪呛着了，又是咳又是笑。罗依从水里猛地钻了出来，哈哈大笑："天哪，不行了，不行了。刚才砰的一声，我肚皮都快炸开了。"

"游吧，这边人多，我俩游到那边说话去。"罗依说。

维娜是蛙泳，游得不太快，像只悠然自得的粉红色青蛙。罗依却是自由泳，动作轻快，三两下就游到前面去了。罗依先抵岸，喘着粗气，望着维娜笑。看着维娜近了，她伸过手，拉了一把，说："娜娜你游起来就像表演。告诉你，左边那几个男的，望得眼珠子都快蹦出来了。"

维娜并不回头往左边看，只道："姐，我俩是得天天游，身体不行了。"

"好吧，只要你坚持得下来，我天天带你来。"罗依说，"娜娜，同你商量个事儿。"

维娜笑道："选这么个地方商量事儿？"

罗依说："这叫襟怀坦白，坦诚相见。"

维娜掬水往罗依胸脯上浇，说："姐你那叫虚怀若谷。"

罗依低头看看，说："看得见山谷吗？"

维娜抿嘴笑道："你那山谷深不见底哩。"

玩笑会儿，罗依说："娜娜，我最近新揽了个工程，财政厅宾馆改造装修。我忙不过来，请你去给我做。"

维娜说："你是叫我帮忙，还是怎么个做法？"

罗依说："我想，就依我名义，由你做。说白了，姐姐送个工程给你。"

维娜说："这怎么行？姐对我够好的了。"

罗依说："娜娜你就别见外。我看你最近闲着，正好我手头工程顾不上。你今后再帮姐就是了。"

维娜说："姐，你让我想想。"

罗依说："还想什么？今晚我俩详细谈谈。现在不说了，游泳吧。我想试试自己还能游几个来回。"

维娜只游了一个来回，觉得很吃力，就伏在池边休息。罗依却飞快地游了两个来回。维娜说:"姐你真行。你的体质比我好多了。"

罗依张大嘴巴喘气,说:"你,你,是林妹妹,看着就让人怜。我呢,是傻大姐。"

维娜笑道:"哪有这么漂亮的傻大姐?我想天下男人都愿意娶傻大姐了。"

罗依突然按住胸口,苦着脸摇头。维娜忙问:"姐你怎么了?"

罗依只是摇头,想往岸上爬。试了两次,都没有爬上去。维娜又问:"姐你怎么了?"

罗依苦笑道:"我不该逞能,不行了。你扶我一把。"

罗依上了岸,坐了才几秒钟,就想躺下来。她仰卧在池边,闭着眼睛,摇头苦笑。

维娜伏在她耳边轻声问:"姐,没问题吗?"

罗依说:"心脏快跳出来了,想呕吐。"

"那怎么办?"维娜问。

"没事的,没事的,我躺躺就行了。"罗依眼睛仍是闭着,"娜娜,姐快要死了。"

维娜捏了下她的手臂,说:"不准乱讲。"

罗依说:"这地毯好臭,你拿什么给我枕吧。"

维娜四处看看,找不到什么可当枕头的,就说:"姐,你枕在我腿上吧。"

罗依枕着维娜的大腿,笑道:"娜娜,我睁不开眼睛。你看看,肯定有人怪怪地望着我们吧。他们会以为我俩是同性恋。"

果然有人朝这边看,还有人交头接耳。维娜说:"谁想看谁看去。姐,说真的,如果天下尽是些不堪入目的臭男人,我宁愿找个女朋友。"

罗依笑道:"好啊,娜娜,你只怕有同性恋倾向。"

维娜说："哪里。说归说，我对同性恋者在理智上是尊重的，情感上却接受不了。我很喜欢姐姐，该不是同性恋吧。"

罗依睁开了眼睛，太阳却很炫目。她抬手遮着阳光，说："娜娜，我俩真是一对好姐妹。你摸摸我的胸口吧，很不舒服，想吐。"

维娜轻轻摸着罗依的乳峰间的深沟，说："姐姐，他们更会以为我俩是同性恋了。"

罗依笑道："就让他们看吧，馋死他们。"

维娜扑哧一笑，说："姐，看你手搭在眼睛上面，我就想起个笑话。我说了，你别骂我。"

罗依说："肯定不是什么好话吧？好，我不骂你。"

维娜说："从前有两姐妹，都很有文采，常开些闺中玩笑。有回，妹妹在房里看书，看的是《后汉书》。姐姐见了，就说出个对子让妹妹猜。她说道，妹妹看书心思汉。妹妹听了，羞得面红耳赤，却一时对不上来。正着急，姐姐嬉笑着出门。一推开门，正好太阳当头，姐姐就手搭凉棚。妹妹马上说，姐姐怕日手遮阴。"

罗依哈哈一笑，坐了起来，一把将维娜推下池里。她指着维娜笑道："你快快招认，谁告诉你的？不然我不准你上来。"

这段子是吴伟在床上说的，维娜曾经笑痛了肚子。罗依又下去了，朝维娜脸上打水。维娜尖叫着求饶，说："妹妹不敢了。这是酒桌上听别人说的。"

罗依笑道："你这傻妹子，这个段子不把姐姐妹妹都说进去了？"

维娜问："姐，你好些了吗？"

罗依说："没那么难受了，但是没有力气了。"

维娜说："那我们就回去吧。今后慢慢地游，过段时间就好了。"

两人在水里说了会儿话，慢慢游到对岸，上去了。换了衣服出来，罗依说："娜娜，你开车吧，我没劲了。"

维娜替罗依放平了座椅，说："姐你躺着，闭上眼睛。"

维娜有意将车速放得很慢，怕颠着了罗依。到了家门口，罗依竟睡着了。

"到了，姐。"

罗依下了车，头有些晕。进屋去，罗依往沙发里一坐，就躺下去了。

"娜娜，你自己倒茶吧，我没力气招呼你了。"

维娜说："你上楼去吧，躺在床上舒服些。"

罗依摇摇头，没有搭腔。这时，听得有人从楼上下来。维娜傻了眼，下来的是位英俊的小伙子。罗依睁开眼睛，笑笑："你来了？"

小伙子望望维娜，有些拘谨，问罗依："怎么了？"

罗依说："游泳，游得太猛了，没力气了。这是娜娜，我的朋友。"

小伙子朝维娜点头笑笑，就蹲下身子，摸着罗依的脸，问："怎么会这样？不是病了吧。"

维娜突然觉得这小伙子好面熟。天哪！她想起来了。这不是曾侃吗？曾侃是荆都电视台的著名主持人，他担纲的娱乐节目《周末哈哈哈》，迷得一帮中学生发了疯。

曾侃拉着罗依的手说："上去睡吧，沙发上躺着不舒服。"

"傻孩子，你抱我不动的，等会儿我自己上去。"罗依笑着，"娜娜，他是曾侃，你应该认得。"

"认得，名人嘛。姐你好好休息，我走了。"维娜说。

维娜开车往回走的时候，脑子越来越糊涂，像喝醉了酒。她把车速放慢，怕出事。她怎么也没法把曾侃同罗依想到一块儿去。

吴伟搂着维娜美美地睡了觉醒来，突然有些神情不安，忍不住叹息。

维娜问："你怎么了？"

吴伟摇摇头，笑着说："没什么哩。"

吴伟的笑容有些勉强，维娜真担心他出什么事了。领导干部突然间出事了，很常见的。

"有什么事，你一定要告诉我。"维娜摇着他的肩头。

吴伟说："真的没什么。"

维娜越发担心了，缠着他问个究竟。吴伟怎么也不肯说，只摸着维娜的脸，说："没事没事。"

吴伟突然哈哈笑着，说起一件趣事儿："我有回同市长去北京，晚上没事儿，办事处的同志弄了个外国影片来看。是个艳情片，有很多的床上镜头。只要见着床上镜头，市长就嘴里啧啧啧啧，摇着头说，思想性太差了，思想性太差了。在座的都附和着，对对对。就是没人说不看算了。等影片放完了，灯光通明，你望我，我望你，都有些不好意思。市长又点头说，艺术性还不错。"

维娜笑道："你们这些人，就喜欢假模假样。心里想看，嘴上不说说思想性差，面子上就不好过。"又道："你可不要老看这些东西啊。"

"我看你都看不够啊。"吴伟捏捏维娜的屁股蛋蛋儿，幽默起来，"你思想性和艺术性都是上乘！"

维娜见吴伟轻松些了，就放心了。她知道人的情绪有时候莫名其妙的，不知怎么就会沮丧起来。

吴伟问："最近手头没做什么事了吗？"

维娜说："刚接了个新工程，朋友让给我做的。"

"有这么好的朋友？是谁？"吴伟问。

维娜见吴伟的表情有些怪，笑道："你别小心眼了，是女朋友。"

吴伟说："送工程就是送钱，女人有这么大方的？"

维娜说："本不想告诉你的。是罗依，你放心了吗？"

吴伟很吃惊："罗依干吗对你这么好？没什么条件？"

维娜说："要什么条件？罗依是真对我好。说真的，我有时也觉得怪，罗依很精的，满肚子算盘，对我却像对自己的女儿和妹妹一样。"

吴伟仍是不解，摇头道："这就怪了。罗依倒是个很有个性的人。朋友们都知道，她生活上很放得开的，养着个小白脸，还是电视台的著名主持。"

维娜说："你管人家这些干什么？"

吴伟就有些不好意思了，说："当然，这是人家的生活方式。但我还是不好理解。她就把一个工程给你了？可是少则几百万，多则上千万、几千万啊。她就不向你要一分一厘？"

维娜说："按规矩，她要拿下工程，至少也得花工程造价的百分之五。这笔钱是不能由她白垫的。可是她说，关键人物是她多年的朋友，没花着百分之五，只需给她百分之四就行了。"

吴伟摇头感叹："不管怎么说，罗依是个奇女子。我正想着哪里有工程，帮你说说哩。"

维娜说："你就不要再为我这些事操心了，怕别人盯着你。我回来这么久，也结交了些关系，自己撑得过去。"

"你真是个好女人。"吴伟刮着维娜的鼻子。

两人闲话着，吴伟禁不住又叹息喧天。

维娜便揉着他的头说："你望着我，是不是不想爱我了。"

吴伟捏着她的鼻子说："傻丫头，你想到哪里去了。"

维娜说："那你说，到底为什么？"

吴伟说："没事，真的没事。"

维娜说："你不想说，就是不想爱我了。你不想爱我了明说得了，我会很坚强的。"

吴伟摇摇头说："你总神经兮兮干什么？我在想，清官怎么这么难当？我一贯两袖清风，结果，别人都轻轻松松把子女送出国，我却得问你借钱。最近，我分了新房子，本来是喜事，我却发愁了。"

维娜问："你愁什么？"

吴伟苦笑道："没钱装修啊。"

维娜真有些生气了，重重地擂了他一拳，说："你也太见外了。"

吴伟揉着肩说："你打这么重，就不怕打死我？打死了不关我的事，这条老命又不是我的，是你自己的。"

男人撒起娇来更会让女人胸口生生作痛。维娜在他的肩头揉着吹着，说："你不把我当自己的女人，就该打，就该打。"

吴伟将手指插进维娜的头发里，柔情地梳理着，说："我不能总问你借钱啊。"

维娜生气说："谁说是借给你的钱？我是给你的。"

吴伟说："那我就更不能问你借了。"

维娜叹道："我要这么多钱干什么？再说了，钱是拿来干什么的？就是用来让自己和亲人开心的。"

吴伟只好说："好吧。但说好了，是问你借的。"

维娜说："借你个头，说得多难听。"

吴伟说："请你原谅，这是我的原则。不是说借，我就不要了。"

维娜无可奈何的样子，说："你这个人呀！好吧，就算是借的。"

吴伟说："只要十五万就够了。"

家里保险柜里正好放着二十万元现金，维娜说："你全部拿去吧。"

吴伟说："我说了，只要十五万元。"

维娜说："你听我的吧。房子要么不装修，要么就弄漂亮些，别搞个四不像。"

吴伟像个破涕为笑的孩子，脸上愁云顿消。他将维娜高高地举了起来，然后重重地往床上一丢。维娜在床上弹得老高，像个芭比娃娃。见他真的很高兴了，维娜才开心起来。吴伟又开始脱她的衣服。维娜闭上眼睛，任他摆布。他似乎不好意思，说："你不要说我坏好不好？"

维娜很兴奋，抱住他的肩头，说："就要你坏，就要你坏，我就喜欢你坏！"

吴伟趴在维娜身上，嘿嘿一笑，说："讲个段子你听。"

维娜睁开眼睛说："看你一脸坏笑，准不是什么好段子。"

吴伟说："那我就不说了。"

维娜撒娇道："偏要你说。"

吴伟捏捏维娜鼻子，说："你才坏。又想听，又要装淑女。"

"我偏要这样。"维娜要起蛮来了。

吴伟这才说："乡下结婚，有个风俗，深更半夜，小孩子和半大后生躲在新房外面偷听。这叫听房。有回，一对新人入了洞房，外面的人没听出什么名堂，只听得新娘先说，嗯哪，又说，不嘛。你猜猜看，那新郎说了两句什么话？"

"这算什么段子？又不像谜语。"维娜想了半天，猜不出。"你说嘛，新郎说了什么话？"

吴伟笑了老半天，才说："新郎问，痛吗？新娘说，嗯哪。新郎说，出来？新娘说，不嘛。"

维娜哈哈一笑，在吴伟肩上咬了一口，骂道："看你痛不痛！"

十九

维娜很久没有陪戴倩玩了。戴倩老是打她的电话，无非是约她打麻将。星期六，维娜正同罗依一起游泳，又接到了戴倩电话。

维娜说："我正在工地上，好忙的。"

戴倩说："你就不要吃饭，不要睡觉了？晚上一起玩玩嘛。"

罗依在一旁做手势，维娜会意，说："这样吧，我过会儿同你联系。"

罗依说："没办法，我见你也很难的。这样，今天晚上我俩一起去应付一下吧。"

晚上，照样约在天元大酒店。维娜去的时候，戴倩已早同几位朋友等在那里了。她见面就数落人："维娜，你是越来越不够朋友了。你是老板越做越大了吧？"

"哪里啊，的确太忙了。我是干苦力活的，事事都得自己到堂。"维娜说道。

她有些讨厌这个女人了，可场面上还得照顾周全。她不能离开这个圈子。维娜暗暗算了账，戴倩每周都要打三四次麻将，每次赢钱最少五六千，多的上万。一年下来，她光在牌桌上赚的钱就不得了。可是她家连装修房子都说没钱。莫不是这女人只知道攒私房钱？维娜心里越发怜惜吴伟了。

过会儿，罗依到了。维娜没想到，罗依竟然带着曾侃来了。小伙子没上桌，黏在罗依肩上看牌。罗依也不顾忌，这些朋友都是她约来的。她混到这个份上，早不在乎在戴倩面前打业务牌了。只是罗依从来不想着赢钱，由着性子来，喜欢谁就暗自帮谁，或是看谁输得太多了就私下里相让。

戴倩的精力不像平时集中，老是出错牌。原来那位曾侃总在罗依肩头磨蹭，戴倩见着有些眼热心跳。晚上一点多，曾侃打着哈欠说："姐你玩吧，我明天还要做节目，想回去休息了。"

罗依也就不想久玩，早早地散了。戴倩只赢了两千多，却显得特别兴奋。

后来，戴倩只要见着维娜，总说："罗依可真有手段，那小伙子好帅。"

戴倩的眼睛放着光，脸颊泛红。有回，她私下问维娜："你老实告诉我，你也有这么一位吗？"

维娜说："我都老太婆了。"

戴倩说："哪里啊，罗依看上去简直就像你老娘，她都能找这么年轻的帅哥。"

维娜敷衍说："罗依有罗依的本事。"

戴倩感叹说："唉，还是你们做老板的潇洒。"

维娜就明白戴倩的心思了。戴倩后来每次想打麻将，都嘱咐维娜，一定要邀上罗依。罗依有时带上那位小伙子，有时一个人来。罗依对戴倩的印象也还不错，觉得她心直口快。维娜自然不便把自己的感觉告诉罗依，这不是朋友之道。有时戴倩见罗依落了单，总会开玩笑："怎么了？你的小宝贝呢？"罗依很满足的样子，嘴上却说："那小祖宗，烦死人了，让他一边闲着吧。"

戴倩的心思，只有维娜明白。

罗依跟维娜说："戴倩有那意思，想让我给她介绍个男朋友。"

维娜望着罗依笑，不好表示惊讶，只淡淡地说："是吗？"

罗依又问："她跟自己男人关系怎么样？"

维娜说："我不知道。"

罗依说："要是她同自己男人关系很好，我就不能做这种造孽的事。"

维娜问："她自己怎么说？"

罗依说："戴倩同我讲，她同男人几十年在一起，两人都疲惫了，想换换新鲜空气。"

维娜笑道："那你就给她换换空气吧。"

罗依也笑了起来，捏了维娜一把，说："娜娜你也是个小狐狸精。"

没过多久，戴倩悄悄对维娜说："维娜，你也找个男朋友吧。"

维娜见戴倩那喜不自禁的样子，就知道罗依已玉成她了。维娜却故意装蒜，问："看你高兴得眼睛油光光的，是不是你有了？"

戴倩说："你可千万给我保密。是罗依介绍的，一个歌手。哪天我带来你看看。个子很高，一米八，是个靓仔。他每晚要跑几个歌舞厅，总要好晚才回去睡觉，烦死我了。"

维娜问："你家里一摊子事，哪有时间玩心跳？"

戴倩说："该辛苦的时候，我早辛苦过了。现在，孩子出国去了，吴伟总是忙得不归屋，我干吗要一个人守在家里？就兴我们女人守妇道？解放自己吧。维娜，你别太傻了，你是最自由的人，想怎么玩就怎么玩，为什么还这么拘谨呢？"

维娜敷衍道："我缺乏激情。"

戴倩眉飞色舞地说："激情是火山，埋在地下的。跟你说啊维娜，你别笑话我。我那小家伙说，就是喜欢姐姐这身白肉。我从来没这样疯过。西方国家流行什么春秋恋，有科学根据的。像我们这个年龄，生理上的需要其实比年轻时更强烈，可是老公不行了。找个小伙子，刚好套得上火候。我那位帅哥真是棒，每次我都喊着老天，心想这回我完了，硬要死在他手里了。他是不弄得我翻白眼不放手啊。唉，实在是基本国策不允许，不然真想为他生个儿子。"

维娜听着，心里怪怪的，几乎有些难受，甚至开始恨这个女人了，因为她伤害了吴伟。维娜暗自想道：一定要好好爱吴伟，这是个不幸的好男人。

过去从来都是吴伟找维娜的，现在维娜就老找吴伟。吴伟越发兴奋得像个孩子，见了维娜就手舞足蹈的。关起门来，两人就像连体胎，老是黏在一起。

有天，两人躺在床上，吴伟突然说："娜娜，曾经有两兄弟是连体胎，都结了婚。我不明白，他们怎么做爱？"

维娜想想，笑得气喘，说："你真是满肚子坏水，净想些乱七八糟的事。"

吴伟说："我是在报纸上看到的，哪里乱想了？他们两兄弟总得背着个人做爱，多难受？"

维娜哈哈笑，赤着身子骑到吴伟背上，说："我要你背，我要压死你。"

吴伟说："是有妻子压死丈夫的啊。报纸上登过篇趣闻，叫胖妻撒娇，压死丈夫。外国有个男的正坐在沙发里看报，他妻子过来往他腿上一坐，被沙发扶手卡住了，起不来，硬是把丈夫活活压死了。"

维娜说："你呀，看报净看这些东西。你当领导干部的，要看头版头条。"

吴伟笑笑说："我们要求干部多看报，就是要他们多看头版头条。但是谁都知道头版头条最叫人头痛的。如果把谁隔离起来，让他一刻不停地看头版头条，保证会让这个人变成傻子。"

吴伟还趴着，背上骑着维娜。他说："也怪外国沙发质量太好了。要是那老外坐的是我们国产沙发，早散了架，不至于把人压死了。"

维娜用力坐了几下，说："我就要压死你。"

吴伟却在下面拱了几下，说："我奈不何，要我驮着个人做爱，我奈不何。"

维娜笑道："其实背上那个人干瞪眼，还难受些。"

吴伟将维娜放了下来，哈她胳肢，说："你这小东西好坏，想得比我还复杂些。"

戴倩打电话，硬要请维娜去听歌："没有别人，我就请了你。"

维娜心里明白，戴倩是想让她见识一下那位小帅哥，推托不了，勉强去了。果然，见了面，戴倩就神秘兮兮地说："我去听歌，事先从来不同他说。他在上面唱啊、跳啊，并不知道姐姐我在下面看着，最有意思了。"

荆都的歌厅文化，据说全国闻名。唱歌、笑话、舞蹈、相声、杂耍，应有尽有，通通是搞笑至上。

维娜只要见着不帅的男歌手出场，就故意逗戴倩："是这个吗？"

戴倩总摇头："我就这水平？"

终于，戴倩拍拍维娜的肩，说："你看着。"

戴倩手微微发抖，不停地喝水。未见其人，先闻其声。小伙子唱的是首很流行的抒情歌，先是柔和而悠长地哼着。嗓子的确也好，维娜听着全身麻酥酥的，感觉就像水淋在烤热的石板上，嗞地一响，冒着白雾。但见舞台上方，徐徐垂下个大花篮，一身雪白西装的歌手，潇洒地跷着二郎腿，坐在里面。小伙子如痴如醉地唱着，慢慢站了起来，走出花篮。果然是个帅哥，眉眼之间的棱角就像刀削出来的。

罗依轻声说："他那双大眼睛，闪亮闪亮，又是双眼皮儿，女人们看了，恨不能把它偷了来，安在自己眼窝子里。"

维娜突然觉得小伙子哪地方不对劲。这首歌唱完了，掌声如潮。小伙子微微一笑，鞠躬致谢，一扭身，跳进去了。就在他身体起伏间，维娜见这位高头大汉原来女里女气，难怪她觉得不太舒服。

戴倩却很是得意，问："怎么样？"

维娜说："是个靓仔。"

戴倩说："他还有节目，很逗的。"

小伙子很快从后台出来了，"文革"时知青打扮，穿着黄军装，两肩交叉背着黄挎包和军水壶，扛着锄头。他唱了好几首"文革"歌曲，乐队将曲子一律处理成摇滚味道。什么"毛主席的书呀，我最爱读哇，千遍哎千遍哎读不够哇。"台下观众也跟着唱，歌厅差不多都要震垮了。

帅哥的节目完了，戴倩问："还看不看？"

维娜知道她的意思，就说："不看了。"

出了门，戴倩微觉羞涩，说："他今天说好去我那里的。他还要串两个场子，很快就回来了。他去了，要是见我不在，会要

176

小孩脾气的。"

　　维娜说："只怕都是你自己把他惯坏了。"

　　戴倩说："那小东西，叫我心疼，不由我不惯他。"

　　维娜说："戴倩你这么大胆子，把他带到家里去？"

　　戴倩笑笑说："你好傻，这种事，怎么好在家里？我在外面租了房子。唉，就看他铁不铁心，要是铁心，就买套房子。"

　　维娜听得不太真切，隐约记得戴倩这位帅哥名叫黑仔。其实他长得很白，故意唤作黑仔。就像京剧里的花脸偏要叫作净。一看就知道，黑仔是个艺名。

二十

　　吴伟每次进门，总是满面春风。越是见他踌躇满志，维娜心里越难过。她觉得戴倩在欺负吴伟。多好的男人，他的家里应该有位贤淑的妻子。她每每又会想到自己，似乎她让吴伟也变成了个坏男人。

　　有天，维娜忍不住问戴倩："你同吴伟关系怎么样？"

　　"怎么说呢？"戴倩欲言又止。

　　维娜怕她说他们关系很好，也怕她说他们关系不好。她便不再问下去了，把涌到喉头的叹息声咽了回去。

　　戴倩却埋头低叹："维娜，你还记得吗？在农场时，有回我劝你嫁给郭浩然算了。你生了气，说把郭浩然介绍给我。我听着就哭了起来。"

　　维娜说："记得啊，怎么不记得？"

　　戴倩说："你当时其实并不知道我为什么哭。"

　　"为什么哭呢？"维娜问。

　　戴倩仰天长叹一声，流下了眼泪："维娜啊，我同你遭遇一样，也是被郭浩然欺负过的。"

"啊?"维娜吃惊道。

戴倩说:"他先追我,要我嫁给他。我很傻,相信他了。后来你来了,他看上你,就不要我了。"

维娜鼻子一酸,眼泪也出来了。戴倩擦擦眼泪,故作轻松,说:"维娜,不要哭了。我这二十多年,别人总见我嘻嘻哈哈。我一个人流泪有谁看见?我早不会哭了。"

维娜忽生恻隐之心,说:"戴倩,你该珍惜自己同吴伟这个家啊。"

戴倩笑笑说:"你不知道啊,我同吴伟看上去和和美美,其实从结婚开始就有矛盾。他发现我不是处女身,几乎要杀了我。但那个时候,他不大不小是个领导,不敢离婚。后来有了孩子,就只好将就了。可他这二十多年,心里一直记恨这件事。这事儿噩梦一样缠着他,他想着就心里不甘。所以他一直就乱玩女人。他身边的女人一直没有断过。这些年,领导干部养情妇很时髦,他更是无所顾忌了。他常常整夜不归,我也管不了他。想通了,也就不管了。好吧,他玩他的,我玩我的。"

维娜听着头皮发麻,四肢冰凉。她从来没有把吴伟往坏里想过,总以为他一个正正派派的官员,终于碰着红颜知己了,便豁出去了,真真实实活一回。有时想着戴倩,她也会愧疚。但她总能找到理由,让自己安慰些。

突然知道吴伟是这么个人,维娜心如死灰了。她想,不管他荒唐的理由多么充分,都是不能原谅的。她固执地把人分成好人和坏人,认为坏人纵有千万种理由都不可饶恕。

维娜每天过问了工程上的事,就同罗依去游泳。吴伟老是来电话,她却死也不同他见面。维娜总是潜水,钻进水里就不想上来。直憋得两耳发胀,才猛地浮出水面。她真想就这么闷在水里不上来算了。罗依见着奇怪,说:"娜娜你怎么这么喜欢潜水了?

每天都弄得眼睛红红的。"

"锻炼肺活量。"维娜说着就眼泪直流，却叫满面的水掩饰着，罗依看不出来。

思念就像陈年老伤，遇着天气变化，就会隐隐作痛。维娜痛苦了好些日子，又想念吴伟了。那套青花瓷茶具，忽然让她胸口生生地痛。

维娜不敢再打吴伟的电话，怕戴倩接了不好说。吴伟没打电话来，她只好干着急。她感觉吴伟就像大海里的一条鱼，浮出水面了，她才能见到他；沉下去了，就不知他在多深的海底游弋，只能守在海边发傻。

有天黄昏，他突然来了。人更瘦了，脸黑黑的，很疲惫。维娜本是怨他的，见他这样子，就心疼了，摸着他的脸问："快告诉我，出什么事了？"

吴伟说："老娘病了，我在医院守了几晚。"

维娜责怪他："你怎么不告诉我呢？"

吴伟说："告诉你干什么？让你也跟着着急？"

维娜说："她前天都还让我叫人打麻将呀？我没有去。"

吴伟有些生气："她当然照打不误，又不是她的娘！"

维娜无权责怪戴倩，就问："你娘怎么样了？"

说到娘，吴伟眼圈就红了。他说："娘患的是绝症，拖不了多久了。娘自己心里明白，不肯用药，说是花冤枉钱。娘一辈子很苦的，却不得善终。我只想让她老人家多活几天，拖一日是一日。"

维娜忙问："你告诉我，需要不需要钱？"

吴伟低了头，说："每天得花两千多。"

维娜又急又气，说："你怎么不早说呢？"

天已晚了，没地方取钱了。维娜说："你先别急，安心休息，明天再说。"

吴伟深深叹了口气，说："我今晚不去医院了，她在那里守护。"

整整一夜，吴伟都在说她老娘。维娜听着很感动，心里便只有吴伟的好了。第二天，维娜早早地起了床，上银行去了。正好是星期六，她要吴伟睡睡懒觉。维娜取了十万块钱，要吴伟暂时用着，少了再说。

吴伟接过钱，泪水直流，说："这是我娘的救命钱啊。"

维娜送走吴伟，突然觉得不对头。她爬上屋顶花园，望着吴伟的车飞奔而去。她隐约察觉到了什么，非常害怕。她愿意相信是自己多虑了。她尽量想着他种种的好，她需要他宠着，娇纵着，时时刻刻想念着。维娜越是害怕自己受骗，就越是暗自念叨着："他是我的一日三餐，他是我的海洛因。"

吴伟怎么总有紧急情况需要用钱呢？他每次拿了钱，就满心欢喜，就要同维娜做爱。有次，吴伟接过钱，又一把抱住了维娜。她像是突然间醒悟过来，说："我身上不舒服。"吴伟有些恨恨的，叹息不止。他一出门，维娜的眼泪止不住哗哗直下。八个月时间，她总共给了吴伟八十五万元。她钱越来越多，就把钱看得越来越淡。心想能有心爱的人用她的钱，是自己的福气。可是，她发现自己肯定被欺骗了。想着那个男人每次钱一到手就要上床，维娜羞愧难当，伤心欲绝。

她想：他简直把我当作贪求肉欲的浪荡女人了，他是在恩赐。

维娜没有同任何朋友打招呼，独自旅行去了。她切断所有联系方式，等于从这个世界上消失了。她孤身飘零着，不认识任何人，也没有任何人认识她。不论何时何地，她想哭就哭，想喊就喊。哪怕别人当她是疯子，也由他们去了。坐在飞机上，她不知不觉间会泪流满面。空姐过来问她需不需要帮助，她摇着头道谢。

维娜在外逛荡了一个多月。珠海、海口、厦门、青岛、烟台、威海、大连……她跑遍了东部和南部所有的沿海城市。正是十月份，海风凉了。维娜几乎每天都在海边傻坐，整日整日地坐。涛走云飞间，总映现着郑秋轮的影子。夜里，维娜坐在海边，曾隐约听见了亡魂鸟的叫声。那是北湖地区特有的鸟，不会飞到海边来的。

维娜几乎患了狂想症，总想着要是郑秋轮还在，他会干什么工作？当干部？不适合。做生意？也不行。在企业里做技术工作？似乎又屈了他。也许他自己最乐意的是从事某方面理论研究吧。

那他就搞经济研究好了。他研究经济，可能自己的经济是经不起研究的。她不会让他为生活操半点心。她愿意他是个埋头书斋的书呆子。她会好好做生意，挣好多好多钱，他要什么就买什么。

哪怕清贫也没关系，她会持家，饿不着他，冻不着他。他一定会是中国出类拔萃的著名经济学家，也许他会经常提前给中国经济发展发出预警。他的话不一定有人听进去，却会屡屡应验。这又会让他常常浩叹不已？

他该是什么样子了？头发花白了吧，只怕还戴着眼镜。女伴都劝她："你让你老公把头发染一下嘛，都成老头子了。"她却很得意，说："我就喜欢他这样子，知识分子嘛。"

突然间，凉凉的海风让她打了个寒战。她猛然梦回，眼前只有风激浪迭的大海，海鸥在空中画着忧伤的弧线。郑秋轮早就不在人世了！恐惧顿如惊涛骇浪，朝她汹涌而来。她孤苦无助，抬着头望望天空。可那天空犹如张开的巨嘴，马上就要把她吞噬了。她很久没有这么想念过郑秋轮了。那种想念啊，叫她哀伤、绝望、万念俱灰、乱箭穿心。

维娜回到荆都，直接去了罗依那里。罗依眼睛睁得天大，说："我的祖宗哎，你跑到哪里去了？你也不管老姐急不急，我差不多要报警了。看你黑得瘦得，啧啧，你从非洲回来？"

维娜说："心里太闷了，到外面走了一圈。"

罗依说："你说得好轻松，到外面走了一圈。你这一圈走得工程无法验收交付，甲方老是找我，我到哪里去找你？你手机关了，你手下没一个人知道你的下落。你等着付违约金吧。"

二十一

维娜好些天不在荆都。陆陀打了她的电话，她只说在外地办事，言辞有些闪烁，好像还不太畅快。陆陀不便细问，只是隐隐担忧。今天知道她回来了，他便去了银杏居。

服务小姐站成两排，听维娜训话。她没看见陆陀，只顾自己说着。她语气很亲和，如此如此嘱咐一番，就完事了。突然回头，见了陆陀，笑笑，说："你来了？去，上去喝茶吧。"

她领着陆陀去了紫蓝包厢，小姐随后就端茶过来了。

维娜说："这个包厢从不对外，是我自己同朋友聊天的地方，沙发、桌椅都同家里一样。"

陆陀玩笑道："你神神秘秘地就走了，我怕你又是要出去走一圈哩。"

维娜说："我再经不起那种打击了。要是再那样出去走一圈，只怕回不来了。可以这么说，郭浩然让我觉得屈辱，吴伟让我觉得羞辱。"

陆陀没想到自己的玩笑触着了她的痛处，便想说些轻松话，问："你女儿回来过吗？"

维娜粲然一笑，抬起头，目光辽远起来："雪儿长大了，正在上大学。她是学医的，这在美国算是比较稳定的职业，很适合她。孩子每周都会打电话给我。她每年回来一次，陪我二十来天。雪儿很漂亮，哪天我让你看看照片吧。真的很漂亮。"

陆陀问："像你吗?"

"我自己觉得不像，别人看着都说像我。"

陆陀说："像你就更漂亮了。"

维娜有些不好意思，低头笑笑，又说："那孩子很有些美国味了，自强、自尊、宽容、善解人意、彬彬有礼。她在我面前也十分客气，开口闭口'可以吗''对不起'，我还有些不习惯，说她太见外了。她便又道歉，连说'对不起'。没办法，她接受的是那种文明的教育。"

陆陀想知道郭浩然的情况，又不便问。维娜自己却说了："郭浩然也回来过一次，我们见了面。他的生活习惯改了，言行举止同以前也大不一样了。他在那里找不到适合的工作，本也可以闲着的，可不到六十岁就无所事事，不是美国式的生活方式。他在一所大学里做花工，养活自己没问题。他的老姑妈仍很健旺，上帝真是保佑了她。"

维娜十分感叹地说到上帝，然后就沉默了。她慢慢地品茶，低头望着地毯。地毯是草黄色的，印着几何图形花格。陆陀也望着地毯，默然数着花格。横十格，顺二十格，共两百格。陆陀有个毛病，没事就数东西。坐在车上就数路边的行道树，望着房子就数窗户，蹲在厕所里就数地上和墙上的瓷砖。碰着数字太复杂了，手头没有笔，就耿耿于怀。哪怕回到家里，还要拿计算器算一下。陆陀从来没有把自己这个毛病告诉别人，怕人家说他神经病。

"想想他一辈子，其实也很可怜。"维娜突然又说起了郭浩然，"他的内心世界，也许是杂乱无章的，你用正常人的脑子无法替他梳理清楚。他现在很富有，上帝真会开玩笑。可他什么都不是，什么都没有，甚至没有自己的灵魂。我们见面时，他向我说了声对不起。他向我道歉时，望都不敢望我。我不是上帝的女儿，可是那一刻，我想上帝一定饶恕了他。他老了，见他那西装革履的样子，怎么也不像从美国回来的，倒像台湾回来的老兵。"

陆陀感叹道："我不能理解西方人的宗教精神。但是按照我们中国人的宗教情怀，维娜，你说的上帝其实就是你自己。是你在那一刻原谅他了。照佛教说法，人人心中都有尊佛。"

"也许是吧。"维娜点点头，"说说你吧，最近怎么样?"

陆陀苦笑道："我的神经衰弱越来越严重，很难入睡。睡着了，又不断地做梦。维娜你别笑话，我老是梦见你。"

维娜红着脸说："我有什么好梦见的。"

陆陀没想到自己会说出这话，禁不住心跳了。他怕弄得两人尴尬，就故作玩笑："梦又不归谁管的，要梦见你，我也没办法。"

维娜问："都梦着些什么?"

陆陀说："总梦见你憨憨地笑。"

维娜说："看样子，我在你心目中整个就是傻大姐，只知道憨笑。"

陆陀胸口突突跳了起来，他很想顺势把自己心里的话说了。但心跳越来越狂，心脏怕是要从喉咙口蹿出来了。他害怕了，想马上逃掉。他的害怕有时是莫名其妙的，并不知道自己怕的到底是什么。只是害怕。感觉大脑就像被洪水泡得疏松了的堤防，随时都会决堤。他怕脑子里的洪水泛滥起来。

他反复数着地毯上的花格，平息自己的情绪。过了好一会儿，他才缓缓说道："上午妹妹来了电话，说她才在报纸上读到一条消息，说是北方有位记者，专门披露社会阴暗面的，最近突然被人暗杀了。案子扑朔迷离，至今没有任何线索。妹妹没说别的话，可她的意思我明白，就是让我也小心些。其实我有位同学说得更直。他拍着我的肩膀，说：'老兄，你想铁肩担道义，妙手著文章？你不是迟生了五十年，就是早生了五十年。反正目前这一百年，用不着你。中国知识分子从来都是好论时务，不识时务。你还是识时务些，写点儿风花雪月吧。'"

"我同你说过，如果郑秋轮现在还活着，我会拼命护着他，不让他受半点伤害。"维娜停顿片刻，"老陆，我也正想同你说，收收锋芒吧。"

陆陀长叹一声，没有说话。维娜望着他，她的目光里渗透着哀愁。他不敢面对这双眼睛，又低下头去数花格。他忽然发现花格中间还有道暗暗的条纹，菱形花格就成三角形了。心里本来很明了，知道花格不再是两百个，而是四百个了。却仍是横二十个，顺二十个，一一数着。

中饭时间了，小姐端了饭过来。维娜知道陆陀的口味，又给他准备了红烧牛肉煲仔饭。陆陀闻着牛肉香，就笑了起来。

维娜抿嘴笑道："你是个牛肉宝。"

维娜不想吃米饭，要了一份牛排，一杯果汁。

"我是近墨者黑，也喜欢吃牛肉了。"她说道。

吃完饭，维娜请小姐打两盆水来洗脸。

陆陀说："我自己去洗漱间洗不得了？"

维娜说："懒得动了，让小姑娘走走，没事的。"

打水的小姐总抿着嘴笑，一定以为陆陀是她老板的男朋友了。维娜察觉到了，瞟了他一眼，目光就躲到一边去了。

陆陀同维娜郊游。突然，几个蒙面人将他按倒在地，往他身上注射一种针剂。他们将猫的基因植入陆陀的体内。一切发生在瞬间，维娜浑然不觉，仍是微笑着。蒙面人会隐身术，只有陆陀看得见他们。

蒙面人遁身而去，陆陀立即感觉自己正在变形，慢慢就成了一只硕大无朋的猫。他望着自己的指甲缓缓地长了，弯了，尖了，成了猫爪子。

维娜仍不察觉，两人手牵手走着。陆陀怕自己的利爪划破她的手，想挣脱，却叫她抓得紧紧的。

他早早地就被这噩梦惊醒了，再也睡不着。他很害怕，心跳如雷。他暗暗检验自己是不是疯了，看自己能够不间断地背出多少条成语。就以一字开头吧，于是在心里默念：一心一意、一筹莫展、一举成功、一蹴而就、一波三折、一马当先……似乎还没有疯。

再过一个月，陆陀就满三十九岁，上四十岁了。他不知道自己在生日之前会不会疯了去。

陆陀父亲三兄妹，他的叔叔最后疯了。父亲和姑妈每周都去精神病医院看望叔叔，两人轮着去。父亲有时也带着陆陀去。叔叔总是慈祥地笑，摸着他的脑袋。他知道叔叔是疯子，却又不敢躲，胸口怦怦直跳。后来叔叔就死去了。叔叔一天天发黄、发干、发呆，就死了。

陆陀从小就有印象，父亲和姑妈很爱那位可怕的叔叔。陆陀假若疯了，他的弟弟妹妹也会很关照他。他知道会这样的。他们会经常去精神病医院看望他。弟弟妹妹真的会很爱他，他们也会同别人讲起这位疯了的哥哥。别人就会说他们真是好人。他们也就有资格教育自己的孩子，让孩子孝敬大人。看望他，爱护他，想办法为他治病，等等一切，都做得很庄严。这种庄严又将笼罩家族几十年。整个家族又会和睦相处，享受亲情的温暖。等他死去了，他们这一代也就平安过去了。

维娜问："想不想出去走走？"

陆陀说："随你吧。"

维娜说："我们去郊外钓鱼吧。"

陆陀正好心情有些沮丧，出去透透气也好。郊外是一望无际的葱绿的禾苗，随风一荡一荡的。车窗紧闭着，听不见外面任何声音。万物生气勃勃，却像在演哑剧。陆陀便按下窗户。顿时清风拂面，两耳瑟瑟有声。维娜的长发飘起来，不时撩着他的脸。

他俩去了一户农家的鱼池，主人过来谈价。都有通例，不用多说。有人早来了，散坐在鱼池边。钓鱼的人不太多，不是周末。陆陀和维娜约隔三米远，各自放下钓竿。

维娜戴了副太阳镜，望着他笑。

陆陀说："你给我的感觉很阴谋，不知道那黑色镜片后面的眼睛是同你笑容一样，还是凶巴巴的。"

维娜就取下墨镜，笑道："让你看清楚吧。"

陆陀说："真的，我同戴墨镜的人交谈，总感觉吃力，好像他心不在焉，并没有听我的。"

维娜说："这都是你们作家的毛病，太敏感了。"

"其实这是种很好的心理测试。"陆陀说。

维娜问："怎么个说法？"

陆陀说："面对戴墨镜的人，人们大概有两种反应。一种如我；还有的人以为别人戴着墨镜，就看不见他了，他可以对着别人做鬼脸。这种人是很自我的，总忽略了别人的存在。我习惯望着别人的眼睛说话，说明我是个坦诚直率的人，看重同别人的交流。"

维娜就笑了起来："你真会自我表扬啊。你这么说有什么根据？杜撰的吧？"

陆陀笑而不答。钓竿枣红色的，在太阳下熠熠放光。

陆陀说："钓具越做越精良，钓鱼的乐趣反而越来越少了。记得我小时候钓鱼，用手竿，而且必须是在河里钓，眼睛盯着浮标眨都不眨。望着浮标，脑子里无尽的想象。那鱼是怎样成群结队地来来往往，鱼儿们在钓饵旁逡巡再三，怕是个阴谋。终于有条胆大的鱼张开了嘴。可钓鱼人太性急了，猛然起钓，落了个空。现在呢？多用这种海竿，还装个铃子。钓鱼的甚至可以放心打瞌睡，等铃子一响，再慢慢醒来也不迟。"

维娜笑得身子微微发颤，湿漉漉的牙齿在太阳下白得透亮。望着眼前这位可爱的美人，陆陀突然背膛发麻，却又说不出的悲凉。

"维娜，说不定，我哪天会离开一些日子。"陆陀说着，眼睛望着别处。

维娜问："哪里去？"

陆陀说："不知道。"

维娜脸色异样起来，说："你别吓我。"

"我哪天会突然来找你。那时你还是这个样子吗？"陆陀说。

维娜越发惊愕了："我不明白你的意思。你没什么事吧？"

陆陀不知道自己为什么说到了这些话，便拿话搪塞了："这个季节，北湖的芦苇长得正绿，湖水也宽阔，一定很漂亮的。不知划着小船，在芦苇荡里打野鸭、垂钓，是什么味道？"

维娜说："现在去北湖，高速公路，三个多小时就到了。不用再过轮渡，有北湖大桥。"

维娜说着，便抬眼望着遥远的天际。她曾经说过，很想念那次同郑秋轮一块儿钓鱼。她同郑秋轮仅仅钓过那一次鱼，那紫苏煮青鱼的味道叫她终生难忘。

偶尔传来鸡鸣狗吠，更显乡间的宁静。天空的白云像是睡着了，一动也不动。陆陀同维娜隔着些距离，可连她微微的叹息声他都听得很清楚。

维娜轻轻地说："你是作家，能够理解人性的最幽微之处，不然我不会如此细致地向你描述我的生活的。我也并不是祥林嫂，逢人就诉说苦难。天下那么多作家，我为什么单独同你说呢？也许你有一天会知道，也许永远不会知道。不过你真是个很好的听众，我在你面前说什么都无拘无束。"

"我从小就是个听讲很用心的规矩学生。"陆陀玩笑道。

维娜苦笑道："生活有课堂那么简单就好了。老师可以备课，生活没有给我备课的机会。一切都不由分说地发生了。"

太阳晒着，维娜的脸微微发红，透着些汗星子。陆陀觉得奇怪，这会儿让他怦然心动的，却是维娜眼角那细细的鱼尾纹。

维娜的钓竿响铃了。她慢慢收了钓，是条两斤多的鲤鱼，鳍和尾是暗红色的，很漂亮。他想帮忙，维娜孩子似的甩甩手，不让他靠近。维娜将鲤鱼放进网兜，浸到水里去。

维娜说："我回去给你做葱花煎鱼。这是我自己发明的一道菜，味道不错。"

二十二

维娜在罗依那里住了一个多月，才回到自己家去。她是下午回去的，请小玉来打扫了卫生。她远远地指着那套青花瓷茶具说："你把它拿去扔了。"

小玉疑惑地望着她，半天反应不过来。维娜说罢就上楼去了，往屋顶花园的躺椅里一坐，忍不住辛泪长流。

不知不觉间，已是日衔西山了。她迎着夕阳，闭上了眼睛。先是感觉灰色，然后橙黄，然后橘红，最后红色越来越浓，鲜血一样。浓稠的血在她脑海里弥漫，像是满世界流淌，充塞天地之间。

住在罗依家的这些日子，维娜隔几天就会见着曾侃。他比电视上见着的还要小些。观众眼里，他是明星派头。可他在罗依面前，温顺得像只小猫咪。一米七八的个头，撒娇起来像个孩子。罗依老要哄他，不然他就耍小性子。他俩亲热得像两个粘在一起的糖葫芦，也不避着维娜。维娜也见怪不怪，觉得他俩这样没什么不好的，只要相爱就行。

维娜再也没有见着吴伟。她猜自己离开荆都的那段日子，吴伟肯定找过她。他比猴还精，不会不知道她为什么不辞而别。维娜想着他就恶心。荆都电视新闻里偶尔有他的镜头，她马上换台。他那干瘪的身材，整个就是被酒色掏空了的样子。幸好他只是市政府秘书长，上镜率不是很高，不然她会砸掉电视机的。有人说中国老百姓手中最大的权力就是按电视遥控器，真有道理。

维娜又回到原来的日子，天天同罗依一块儿去游泳。天气凉了，这个季节游泳的人并不多，有时整个下午游泳池里就只有她们俩。工作人员也懒得打招呼，进去聊天去了。

有天，又只有她们俩游泳，罗依就玩笑道："娜娜，没人，我俩可以裸泳。"

维娜就说："打赌，你先脱光了，我马上跟着你脱。"

罗依真的就开始脱。她将泳衣背带往两边一扯，露出硕大的乳房。维娜哈哈一笑，她马上又穿上了。维娜就笑话她，说她说话不算数。罗依就过来扯维娜的衣服。维娜猛地潜进水里，游走了。

有天，罗依没来接维娜。维娜就打了电话去："姐，去吗？"

罗依声音沉沉的，说："今天我有点不舒服，不想去了。你一个人去好吗？"

维娜问："你哪里不舒服？我来看看你。"

罗依说："你还是去游泳吧，不用来看。"

维娜笑道："你不去，说不定就只有我一个人，碰着坏人怎么办？"

维娜没听见罗依笑，只怕她病得不轻了。她放下电话，直奔罗依家。维娜独自驱车，忽觉辛酸难耐。想着罗依同自己都是单身女人，一旦有个病痛，就可怜见儿的。

维娜按了半天门铃，罗依才开了门。

她倚着门嚷道："你这死妹子，就是不听话。叫你不要来的。"

维娜说："姐，我怎么放心得下？哪里不好？"

罗依摇摇头，没说话。她的情绪很低落。维娜从没见过她这个样子，却不好多问。维娜陪着她坐，尽量说些开心的事。罗依勉强笑笑，又苦着脸了。正是深秋，有些寒意了，开空调又早些。两人都快活不起来，屋子里就显得更加冷清。

维娜忍不住了，又问她："姐你怎么了？"

罗依摇摇头，没有开口。

维娜说："姐你真把我当妹妹，就跟我说。若是不能说的，你不说也行，那你自己就想开些。"

罗依眼泪一滚就出来了，低头说："那该死的，还是个同性恋！"

维娜倒抽一口凉气："天哪，怎么会这样？"

罗依说："我昨天才知道。"

维娜说："听别人讲，同性恋的男人，对女人没有兴趣的，他怎么会同你在一起呢？"

罗依说："他是个双性恋。维娜你知道吗？我是个什么感受你知道吗？只要想着他在我这里是个男人，回去又给别人当女人，我就难受死了。我是做梦也没有想到他会是这种人啊！他在我这里那么棒，简直凶猛，让我吃不消。可一回去，他就娘娘腔，就拱着个屁股让人家……"

维娜问："你是怎么知道的？"

罗依说："那男人居然同我争风吃醋，打电话给我了。那个男的是他的制片人，他得在人家手头混饭吃。"

维娜问："你想怎么办呢？"

罗依说："我不知道该怎么办。刚听说时，我真想杀了他。他昨晚来了，我很生气，要打他。他躺在沙发里一动不动，只说要打要杀由你。看他牛高马大的是这个样子，我心又软了。我很喜欢他，离不开他。想着如果没有他了，我日子怎么过？找个男人容易，找个自己哪里都满意的男人，难啊。他在我面前太好了，让我想着就心疼。他比我小这么多，如果我做了娘，他只怕比我的孩子都还要小。想着他小小年纪，跟着我两年了，我也就没什么不可以原谅的了。可是，心里还是难受啊！"

维娜说："那你怎么办呢？这不是个办法啊。爱他，恼他，又离不开他。这会磨死你的。你可以叫他离开那个男人吗？"

罗依说："我说过，我甚至说你不离开他，就离开我。他说死也不离开我，可是他要离开那个男人也麻烦。"

维娜问："怎么回事呢？"

罗依说："他们电视台人人都知道那个制片人是个同性恋，却不知道曾侃也是的。那个制片人对这事无所谓，毫不掩饰。可是曾侃生怕别人知道。那个制片人就威胁他，要是他敢背叛的话，就将他们的事散布出去。"

维娜愤然道："那是个无赖。"

罗依说："我求他大不了不在电视台干了，我可以养着他，他要什么我给什么。可是，他做不到。他说他喜欢对着摄影机的那种感觉，离不开电视。娜娜，我的好妹妹，你说，我该怎么办？"

维娜说："你陷得太深了，眼睛都花了，看不清了。依我说，你一咬牙，离开这个人。你肯定会痛苦的，你挺住，你打定主意让自己痛苦一阵。你闭着眼睛挺过这一段，就云淡风轻了。"

罗依瞪眼张嘴地望着维娜，非常害怕的样子，半天才说："娜娜呀，你说得轻巧啊！我想过，哪条路都想过。都不是路啊！我长到这么大年纪，从来没有这么爱过一个人，叫我怎么舍得放弃？别人是想象不出他的好的，别人是想象不出我俩的快乐的。我愿意把这条老命都赔给他，叫我又怎么放弃他呢？"

维娜说:"我无法叫你认了这个事实,叫你别管他同谁好,只要他对你好就行了。我不敢想象,也不可能这么劝你。姐,我只能劝你想开点,离开他吧。"

罗依说:"我实在做不到,我不能没有他。我真想干蠢事,出个几十万块钱,叫人杀了那个缠着他的混蛋。"

维娜吓得脸都白了,忙劝她说:"姐你千万别往这条路上想啊。万万不可,万万不可。你要想想,你是因为爱那个人,想同他好好地在一起,才这么痛苦的。如果你走了那一步,什么希望都没了。"

罗依非常绝望,目光怔怔的,说:"那我该怎么办呢?"

维娜说:"姐,我问句不该问的话,你别在意。他常花你的钱吗?"

罗依却突然笑了起来,说:"他呀,花钱的祖宗。他自己每年收入也都有十四五万,照说自己花也够了。不过是我愿意,我就爱为他花钱。他的车是我买的,他从头到脚里里外外的穿戴都得由我买,这栋房子,我也打算给他。可是,万万没想到他……"

维娜自然想到了吴伟,便说:"姐,我愿意相信你们是真心相爱,但我想你也得多存个心眼。他会不会图你钱呢?你不想想,天下有几个你这样的傻女人?好好儿养着他,为他大把大把花钱,如今都这样了还舍不得他。我说,你越是舍得为他花钱,越是离不开他,他越会放肆。不论男人女人,惯不得,越惯越坏。"

罗依说:"他是不是为了钱,我为他花多少钱,这都不是问题。花钱也是我的需要,我喜欢花钱。花在他身上,我更高兴。我就愿意看到他开开心心的样子。我没有什么牵挂了,没有什么负担了。我那不中用的死鬼,他不需要我,我也不需要他,就让他醉生梦死去好了。我要为自己活了，我要按自己的方式活。什么伦理道德，什么女人规矩，见鬼去吧。"

罗依说得气喘了，脸飞红云。维娜不禁想起了戴倩。罗依同戴倩几乎说着同样的话，都说要为自己活了。天下有多少女人会这样想？

罗依望着维娜，眼睛火辣辣的，说："我愿意这样生活，愿意为自己爱的人生活。他年轻，有生气，让我忘掉自己的年龄。他录节目很忙，我俩每周只有两三个晚上待在一起。没有他的时候，我会发慌，夜长得没了边。我做了几十年女人，从来没有过这种经历。这是什么？这就是爱啊。娜娜你说我没脸吧，我就喜欢让他搂着睡，让他揉遍我的全身，我夜夜都想同他做爱。他像个屠夫，每次都整得我死去活来，我忍不住像一头母猪一样叫。我越是叫他越来劲，像要杀了我。他越是凶狠我越兴奋，叫得越舒服。"

罗依说完，叹了口气，又想起那件不高兴的事了。维娜说了很多道理，罗依都不相信。其实说别人容易，落到自己头上，都糊涂了。为了爱一个人，女人傻起来，比男人更傻。维娜原先对吴伟不就是这样？她见过很多家常妇人，替男人买衣服、买皮鞋，为男人补身子，什么都舍得，而她们自己却掐着指头省钱，舍不得为自己多花一分一厘。像她和罗依这种女人，手头多了几个钱，就更大方了。她们愿意享受那种为男人花钱的快感。别人以为她们有了几个臭钱，抖阔气。她们已经够阔的了，还要抖什么？不抖也阔。维娜曾经很想带着吴伟去逛商场，为他买衣服、买皮鞋，买他需要的所有。可是他们不可能成双成对外出，吴伟出门太显眼了。维娜现在想到这些，悔恨得眼泪直流。

维娜说："姐，我真希望你能摆脱出来。我陪你去旅行，我们去最好玩的地方玩，挨过一段时间就好了。"

罗依替维娜揩揩泪水，自己使劲地摇头。她抬头望望墙上的挂钟，说："他快回来了。"

罗依说罢就起身去洗脸，化妆。然后满面春风地坐下来，有说有笑的。维娜知道她是想先酝酿自己的好心情，等待她的帅哥的到来。

维娜怕自己留在这里不便，就说："我先走了。"

罗依留着她："又不是没见过。"

过会儿，曾侃回来了。罗依迎了过去："哎哟，我的少爷回来了。"

罗依又是接衣服，又是递拖鞋。维娜见罗依那么殷勤、那么开心的样子，觉得很辛酸。

二十三

老知青们早早地就传着小道消息：当年梦泽农场的李龙要调到荆都来当副市长。

维娜是听戴倩说的。她想戴倩的消息一定准确。果然，过不多久，这年冬天，维娜就在电视里看见李龙了。

李龙仍是白白净净，只是不再单瘦，已是位略略发福的中年汉子了。维娜头一次看见李龙在电视里亮相，禁不住心跳起来。当年在北湖农场，李龙为着郑秋轮，专门约维娜出去说过几句话。从那以后，两人再也没有见过面。这些年，维娜就连李龙的音讯都不知道。他就像从天而降，成了荆都市副市长。

戴倩活跃得像只喜鹊，叽叽喳喳到处报信，要约些老知青请李龙聚会。

维娜说："你们去吧。我一个老百姓，不想同他们有什么联系。"

戴倩说："谁让你去耍巴结？老朋友了，见见面，有什么不可以的呢？"

维娜懒得同戴倩啰唆，嘴上答应着，临时却借故推托了。她不想见李龙，怕引得自己伤心。因为李龙的出现，她更加思念郑秋轮。李龙是郑秋轮最好的朋友。如果郑秋轮活下来了，现在该是怎样？她整天失魂落魄，公司也懒得打理，天天关在家里，像个孀居的寡妇。

星期天，戴倩突然打电话说："维娜，李市长说来看看你。"

"我有什么好看的？"维娜说。

戴倩压低了声音说："维娜你怎么了？我们已经在路上了。"

维娜慌忙换了衣服，洗了脸。不一会儿，门铃就响了。开门一看，李龙站在门口微笑着。他身后居然站着吴伟！吴伟也微笑着。维娜只觉一阵恍惚，几乎要倒下去。

她勉强支持住了，扶着门框，说："欢迎各位，请进吧。"

戴倩在后面叫着："维娜，你挡着门，我们怎么进去呢？"

维娜笑笑，闪开身子。随来的还有两位漂亮女人，维娜猜着是李龙的夫人和女儿。

"维娜，你真是没怎么变啊。"李龙握着她的手，打量着。

维娜说："你变了，变成大官了。"

李龙介绍道："这是我夫人，朱敏。女儿，梦泽。梦泽，叫娜姨。"

"娜姨好漂亮！"梦泽上来拉着维娜的手，盯着眼睛看。

李龙忙说："维娜你可别介意，我这女儿，不论生熟的。"

维娜说："哪里，我就喜欢活泼的孩子。梦泽长得真好，让我看看。个子像爸爸，高挑，脸蛋像妈妈，漂亮。十几岁了？"

梦泽说："都二十了。"

李龙说："孩子在清华上学，大二了。刚放了寒假。"

"清华呀，了得了得。"维娜赞道。

梦泽说："清华怎么了？我有些同学，蠢得像猪。"

李龙骂女儿："你的坏毛病真多。"

维娜笑笑说："梦泽，名字好漂亮。"

李龙感叹道："忘不了农场那些日子啊。"

戴倩喊了起来："维娜，只顾说话，泡茶呀。"

维娜不好意思了，忙说："我见着梦泽好喜欢，泡茶都忘记了。戴倩，劳你大驾，我想同梦泽说话。"

梦泽突然用英语轻声说："娜姨，我不喜欢吴叔和戴姨。吴叔阴森森的，像个克格勃。戴姨咿里哇啦，吵死人。"

李龙听懂了女儿的话，马上红了脸，掩饰道："维娜，我早同梦泽说过，你是我们知青里面英语最好的。梦泽，你别在娜姨面前卖弄英语。"

维娜也帮着掩饰："梦泽英语很好的，发音很准。"

李龙便望望维娜，有些尴尬。

维娜笑道："现在的孩子，英语都不错。不像我们那会儿，耽误了。"

戴倩调侃说："我们那个年龄，很多人 ABC 都认不全。维娜算是我们那批人中间的稀有物种。"

见戴倩浑然不觉的样子，梦泽就得意地笑。维娜想这孩子肯定任性，但也直率。

没有人附和戴倩，李龙就说："我是大学时拼命学的，现在简单的还听得懂，复杂了就不行了。维娜的口语很好。"

维娜说："我能讲几句英语，搭帮了秋轮。他不让我放弃英语。"

李龙显然有意回避着提起秋轮，怕维娜伤心。她自己说了，李龙就长叹道："秋轮，真是可惜了。"

"都过去了。"维娜说着就眼泪汪汪了。

李龙摇摇头，说："我们那会儿，也许有幼稚的地方，但我们是真诚的，热烈的，善意的。我们爱自己的国家，希望它好起来。我们不懂什么高深的理论，只是凭着良知和直觉，就知道哪些事情是不对的。其实判断对错，有时候并不需要多么高深的理论，只需要诚实和常识。可是，那是个诚实受压制，常识被模糊的年代。"

梦泽眼睛张得老大，望望爸爸，望望维娜，说："怎么回事？你们只要说到从前，就要流眼泪。说到高兴的事要哭，说到难受的事也要哭。能有多少眼泪流啊。"

李龙说女儿："你呀，安静些吧。"

梦泽又用英语说："这里有个最不安静的人，你怎么不说她呢？"

李龙惟恐戴倩听懂，忙说："梦泽你不听话，我今后就不带你出来。"

梦泽说："我找得着娜姨家了，我自己来。"

维娜护着梦泽："这孩子很乖的。"

维娜见朱敏老不说话，怕怠慢了她，就同她搭讪几句。朱敏只是微笑，不怎么搭腔。朱敏长着双漂亮的丹凤眼，怀里搂着外套。维娜说把她的外套挂上，她执意不肯。她那样子就像随时准备告辞。

维娜想朱敏可能不太熟悉，有些拘谨吧。又问李龙："李龙你这些年在哪里？"

梦泽抢着拍手笑了："好啊，我来荆都，头一回听人叫老爸李龙了。"

"我同娜姨一块儿玩的时候，你还在外星球。"李龙笑着说，"我大学毕业后，一直在北京工作。这次到荆都来，充军啊。"

戴倩插嘴说："用我吴伟话说，他是京官外派，镀金哩。"

吴伟总不说话，只是附和着笑笑。他一来心里窘迫，二来在李龙面前显得谦恭。朱敏也只是静静地喝茶，不停地打量维娜家的房子。

李龙说："维娜，我后来找过你，没有你的消息。只听说你自己做生意去了。我一直想着那年对你说过的那些话，太刺激你了。不知道你受着那么大的委屈。维娜，二十多年了，请你原谅。"

维娜听着心里又难过了，却微微一笑，说："哪里啊。我一直没有怪你，当时也没怪你。我听着反而感动，心想秋轮的朋友们对他真好。你真是他的好朋友。"

李龙说："那是因为秋轮他自己有人格魅力，他是我们那会儿的中心人物。斯人可贵啊！"

戴倩笑道："秋轮可是当时我们姑娘们心目中的白马王子啊。"

"黑马王子哩。他可长得黑啊。"维娜笑了起来。

李龙说："那时还没流行白马王子这么个说法啊。"

梦泽问："你们那会儿是怎么恋爱的？很好玩的吧？恋爱信中写毛主席语录吗？"

这话问得大家都笑了。李龙长长地舒了口气，说："好啊，维娜你现在过得很不错，我也就放心了。吴伟，你们也是老熟人了，维娜有什么事，你可要多帮忙啊。"

维娜忙抢先说了："李龙，你好好当你的市长，我保证不向你开任何口。官并不好当，我知道。记得我们这些难友，打个电话，有空走走，就行了。忙了，顾不上，也没谁怪你。先说好了，我是不会打搅你的。你太忙了。"

吴伟就没机会说什么了，含含混混笑笑了事。

李龙说："维娜，我今天特意安排了个饭局，就我们几个聚一下。"

维娜面有难色："怎么说呢？我这几天身体不舒服，就不去了。你们聚吧。"

李龙说："是专门替你安排的。上次老知青聚会，你没空去。"

戴倩早憋不住了，笑道："维娜你身价已经够高的了，李市长亲自上门看你，还要请你去吃饭。你却不领情。"

维娜不好再推托了，只好赴宴。出了门，李龙对夫人说："朱敏，你坐吴伟车吧，让维娜坐我的车。"

朱敏一直没讲话，这时却玩笑道："见了维娜，夫人都不要了。"

维娜不好意思，却又实在不愿坐吴伟的车，就说："不用了，我自己开车去吧，回来时方便些。"

二十四

罗依仍是天天同维娜去游泳，但她没有往日快活了。她也像维娜原先那样，老是潜水，闷在水里半天不出来。要么就是仰面浮在水面，动也不动。

维娜很佩服她这套功夫，也知道她心里不高兴，就故意逗她："姐，你睡着了吗？梦见自己嫁给龙王三太子了吧？"

罗依不理她，一翻身，又沉到水里去了。维娜想尽了法子，想让罗依高兴，就是不能叫她开心。

有天，罗依浮在水面，说："娜娜，过来，同你商量个事。"

维娜慢慢游到她身边，怕荡起的水花淹着她的脸。"姐，什么事？"

"我想把家产全部捐掉。"罗依说。

维娜吃惊道："你说什么？"

"捐掉全部家产。"罗依又说。

维娜问："你公司不开了？"

"不开了。"

"你自己的生活呢？"维娜又问。

"今后再说吧。"

维娜说："你不是还要照顾你丈夫的生活吗?"

罗依说："留给他一百万。"

维娜说："姐,这可不是闹着玩啊。你同我说,你是怎么想的?"

罗依说："不怎么想,厌倦了。"

维娜害怕起来,担心罗依做傻事。她反复劝着罗依:"姐,你想行善,这是好事。但也要实际一点儿。我们挣钱不容易,不是偷来的,不是抢来的,是自己辛辛苦苦做来的。可以捐一点,但一定要保证自己能过得下去。要是你听我的,适可而止,我也同你一道去捐。"

罗依摇头说:"你不要这么做,你今后的日子还长着哩。"

罗依这话听着更可怕了,维娜拿手托着她的头,说:"姐,你不高兴,我们就回去了。"

罗依慢慢呼出一口气,人就沉到水里去了。她慢慢沉到池底,四肢摊开,好吓人的。她慢慢蜷起身子,蹲着,用力一蹬,呼地蹦出水来。

"姐,我们回去好吗?"维娜问。

罗依不作声,仰泳起来。她双手不紧不慢地划,双脚不动,鱼尾一样拖着。维娜慢慢跟在后面游,像艘护卫舰。

"走吧。"游了好久,罗依停了下来。

出了游泳馆,维娜说:"姐把钥匙给我,我去开车吧。"

罗依笑笑,目光怪怪地望着维娜:"好妹妹,你姐还能行。"

"姐,我去你那里。"维娜说。

罗依不作声,径直把维娜送回了家。

维娜不放心,说:"姐,你别回去了,就住我这里吧。"

罗依说:"娜娜你今天怎么了?"

"你这样子我好怕。"维娜说。

罗依微笑着，伸过手拉拉维娜，说："娜娜，姐没事的。"

第二天，罗依突然失踪了。家里没人接电话，手机关着。维娜不敢弄得鸡飞狗叫的，只暗暗地找。凡是一起玩过的朋友，维娜都问了。没谁知道罗依哪里去了。实在没办法了，维娜想着找曾侃。她手头没曾侃电话，就四处打听。好不容易找着了曾侃电话，总关着机。她就不停地打，最后通了，却听得他冷冷地说："她到哪里去，我怎么知道呀。"

维娜听着很气愤，说："她不见了，你就不着急？"

"急什么？她又不是三岁小孩。"曾侃说。

维娜啪地挂了电话。心想这么个没心肠的人，罗依为什么陷得那样深。女人都怎么回事了？普天下的傻女人啊，醒着点吧。

维娜整整找了三天，没有罗依任何消息。她便开着车在街头乱转，幻想有意外的惊喜。冬天的街头，满是穿羽绒衣的男女，缩着脖子来来去去。今年冬天流行羽绒衣，感觉天气更冷了。

忽然接到罗依电话："娜娜，是我。"

娜娜哇哇地哭了起来："姐呀，是你吗？你在哪里？"

罗依却哈哈笑："傻孩子，你哭什么？姐好好的哩。我在荆南。"

维娜忙说："你快告诉我具体地方，我马上赶过来。"

"你过来干什么？没事干了？"

"我过来陪着你。姐，你把我急死了。"

罗依想了想，说："我在猛牛县。你就不要来了。"

"你在那里干什么？"维娜听着心里一惊，她爸爸亡魂的地方。

"捐款呀！"罗依说。

维娜问："你在那里还待几天？"

罗依说:"还有两三天。你不要来。"

维娜说:"姐,你先别管我来不来,只把手机开着好吗?"

维娜一边接着电话,一边就往荆南方向走了。荆都去猛牛县只有三个多小时车程,不算太远。维娜车开得很快,几次差点儿出事。她就在心里嘱咐自己:慢点,慢点,越是着急,越要沉着。可是开着开着又快了。每走半个小时,就打次电话,反复叮嘱罗依不要关手机。罗依并不知道维娜已经在路上了,说:"娜娜,你今天怎么这样婆婆妈妈?"

快到了,维娜才说:"姐,我已进入猛牛县城了。"

"什么?你这疯妹子,这么快,你是飞过来的?"罗依说。

"你在哪个位置?"维娜问。

罗依叹道:"你呀!好吧。你说你在哪里,我来接你。"

维娜抬头看看外面,说:"这里是县邮电局。"

"你别走了,就在那里等我。"罗依说。

维娜把车停在路边,四处张望。她不知道罗依会从哪个方向来。没等多久,一辆猛牛县牌照的车停在维娜前面。她正纳闷着,罗依从里面钻出来了。维娜忙下了车,眼泪一滚就出来了。她抓住罗依,一把抱着,呜呜地哭。

罗依拍着她的腰背,笑道:"娜娜,别这样,不好看啊。你看,别人都望着我们,见我俩拥抱着,还哭哭啼啼,以为我俩是外国人哩。"

罗依上了维娜的车,说:"我开车吧。"

"那是谁的车?"维娜问。

"是他们县政府的车。"罗依说,"我正在听县长介绍教育情况。你电话不停地打来,会都开不成。我先送你去宾馆,人家还在会议室等我哩。"

维娜问:"你真的捐款来了?"

罗依说："还会是假的？我已跑了两个县了，已捐出一千八百万。"

"你还要捐多少？"维娜问。

罗依笑笑，说："捐完为止。"

维娜独自在房里休息，胸口还在怦怦地跳。担惊受怕几天，终于见着大活人了。她心里还是平静不下来，罗依做的这些事太反常了。

罗依半天不回来，维娜歪在床上，就想起爸爸了。不禁又流起泪来。爸爸已走了快二十年了。十年前，她曾来过这里，想好好地修修爸爸的坟。可是，她让当年爸爸的老同事陪着，在林子里钻了整整一天，找不到爸爸的坟。早不知爸爸埋在哪里了。爸爸去世那会儿，不准立碑。那是深秋，天高风劲，万木萧萧，各种各样的鸟在林间啁啾。

门铃一响，罗依就进来了。后面随着一大帮人。罗依介绍了，都是县里的领导。县长是位白白胖胖的年轻人，很恭敬地叫维娜维总。

维娜同罗依手挽手走着，前呼后拥地往餐厅去。入了座，县长说："像罗总这样的爱国企业家，不多见啊。我们一定要在全县大力宣传罗总的爱国主义精神，无私奉献精神，以及这个这个啊种种精神。"

罗依忙摇手说："县长，请您一定尊重我的意见，不要张扬。我在西流县、东梅县都是这么说好的。"

县长变换一下语气，听上去更真诚："罗总，说实在的，我们有些干部，手中掌握着人民给予的权力，只知道捞油水，甚至搞腐败。同罗总这种精神相比，他们应钻地无缝啊。所以，我的意图，就是要用罗总的精神，教育全县干部。"

罗依又是摇头："县长，真的不要这样啊。如果弄得沸沸扬扬，我的朋友们怎么看我？请你尊重我的意见。"

县长感叹说："罗总真是这个真是不计名利，无私奉献啊。罗总，我请示了上级领导，上级领导给予我们优惠政策，允许我们将您捐修的学校一律冠名罗依学校。"

"不要这样，不要这样。县长啊，我罗依不是为名而来。我自己从小就是个苦孩子，知道不读书是不行的。我就是个大老粗，文化不高。我这位妹妹就不同了，大学生，能讲一口很好的英语。她当年在南方做生意，同老外谈判，从来不要带翻译啊。"

"啊呀呀！"县长望着维娜，"维总，真佩服您啊。我是连普通话都讲不好，别说外语了。"

说话间，开始上菜了。县长问："喝什么酒？"

罗依看看维娜。维娜不想在这里喝酒，就说："我不会喝酒。你们喝吧。"

县长说："做老板的，哪有不喝酒的？罗总是能喝几杯的。"

罗依又望望维娜，笑着对县长说："你说我喝酒，我妹妹会骂我的。"

"谁骂你？喝醉了又不是我难受。"维娜笑着。

罗依说："昨天我喝了几杯，可难受啦。今天就按我妹说的，你们喝你们的白酒，我们喝饮料。"

于是杯来盏往，说笑逗趣，弄了将近两个小时方才作罢。维娜和罗依各自回到房间，洗漱完了，凑到一块说话。

罗依说："娜娜，你明天回去吧。"

"我不回去。"

"你跟着我干什么？"罗依问。

维娜说："陪着你。"

罗依咬牙切齿地要揪维娜的脸，手却是轻轻捏着她，说："你是我祖宗！"

"谁是谁祖宗？一声不响地走了，不把人急死？"维娜说。

罗依说："还说我哩。我只出来三天，就打了电话给你。你呢？一走就是个把月。"

维娜笑笑："谁要你跟我学？我俩说好的，两姐妹生死在一起的。"

罗依苦笑着："娜娜，你到底怎么了？就好像我马上要死似的。我不好好的吗？你回去吧。"

维娜说："我来了，就想陪你待着。猛牛县对我也非同寻常。"

"怎么？你来过？"罗依问。

维娜便说起了爸爸，说着说着就抽泣起来："姐，你还记得我说的北湖的亡魂鸟吗？那年我去林场，让人陪着在林子里走了整整一天，想不起爸爸葬在哪里了。我真是个不孝的女儿啊。我只听得林子里各种各样的鸟在叫。有种麻背蓝尾的鸟，叫起来也是凄凄切切的，很像北湖的亡魂鸟。我就想，那是不是爸爸呢？"

罗依也流着泪，说："娜娜，你的命真苦啊。"

维娜说："姐，可能是年纪越来越大了吧，我现在越来越怀念死去的亲人和朋友。自己有高兴事的时候，会想他们若是还在，该多好啊。自己难过的时候，也会想他们若还在人世，我也有个安慰。爸爸、妈妈、秋轮、姐姐，还有蔡婆婆，我常常想起他们，心里生生作痛啊。有时也想，他们人死了，万事皆休了，痛苦留给了活着的人。"

罗依低着头，哭个不停。维娜怕自己触着她内心深处某种东西了，没有继续说下去。

"姐，你别哭了。"维娜拍着罗依的背，"姐，你要好好的。我为什么这么担心？因为你突然变了个人。姐，我已没有亲人了，你就是我最亲的人。你要好好的，一定好好的。钱捐了就捐了，这是好事。也要为自己的生活想想。不要再捐了，猛牛县就算最后一站，明天你跟我回去。"

罗依只是摇头。夜深了，维娜说："姐你好好休息，我也过去睡了。"

罗依有些不舍，拉着维娜的手说："娜娜，别过去了，就在姐这里睡吧。"

"好吧，我让服务员搬被子过来。各盖各的被子好些。我不会睡觉，老掀被子。"

维娜本想说别弄得像同性恋的，忍住不说了。罗依没提曾侃一个字，维娜也不说。想起曾侃那漠不关心的样子，维娜就有气。

服务员将被子送过来了。维娜有意显得高兴些，笑道："好啊，我姐妹俩联床夜话，通宵不眠算了。"

姐妹俩谁也说服不了谁。罗依还要走几个县，维娜不肯回荆都去。两人就形影不离，在外转了十来天。回到荆都，才知道新闻媒体已将罗依捐资助教的事炒得沸沸扬扬了。有些报道还把维娜说成罗依公司的副总经理。

罗依很生气，说："这些记者，像窝苍蝇！"

维娜也不得安宁了，老是有记者找她。她连家里都不敢住了，躲进了酒店，手机也成天关着。却突然在电视里看见了罗依。《爱心无限》栏目邀请她做嘉宾。罗依居然很合作，总是顺着主持人的提示说话，快把自己塑造成圣人了。维娜觉得好玩，一个人躺在宾馆床上，笑得滚。她想不管罗依说的是真话假话，好在她看上去高兴。她忙打罗依家电话，没人接。打手机，通了，也没人接。

维娜在酒店躲了几天，偷偷回家去了。想找罗依来玩，又打她电话，仍是找不着人。深夜里，维娜突然从梦中惊醒，十分害怕。记不得做了什么梦了，只是胸口跳个不停。她猛然想起了罗依，莫名地恐惧。她便起了床，驱车往罗依家去。

远远地望见罗依家所有房间都亮着灯。心想今天她家有朋友聚会？想想又不像，来了朋友也只会在一楼玩的，怎么连楼上的灯都亮着呢？再说罗依很少邀人去家里玩的。看看时间，已是午夜两点了。

按了门铃，半天不见人开门。维娜真的怕起来了，大声叫喊："姐，姐，开门呀。"

仍是没人答应。维娜站在门口又是按门铃，又是叫喊，磨了近半个小时。她想到了最可怕的事，只好报了警。警察半天没到，维娜在寒风中抖索着。心里越是害怕，就越是冷。牙齿敲得梆梆响。

忽然听到警车叫声，维娜忍不住哭起来了。警车的鸣叫太恐怖了，没事都让人觉着有事。警灯闪闪的，车上下来几位警察。有位警察很不耐烦，高声叫嚷是谁报的案，那样子就像要抓报案的人。

"是我。"维娜说。

"你怎么猜着怕出事呢？"警察问。

维娜说："我俩是好朋友，姐妹一样亲。本是天天通电话的，这几天都找她不着。"

警察说："你怎么想着深更半夜来找她呢？"

维娜支吾着说："我做了个噩梦。"

一脸黑气的警察忍不住笑了。他们不问了，开始按门铃，捶门，叫喊。

有位警察说："只好开门看看。"

一位年轻警察过来，从包里掏出个东西，往门锁里一插，只几下，门就开了。

维娜大吃一惊。客厅里插满了鲜花，弄得像个花店。餐桌上却摆着吃剩的饭菜，满满的一桌子。碗筷酒杯却只有两套。维娜忙往楼上跑，推开罗依卧室，哇地叫了声，两眼一黑，晕倒了。

罗依同曾侃并排躺在床上。罗依穿着雪白的婚纱，脸色惨白，只有涂了口红的嘴唇仍是红的。曾侃身着黑色西服，领带系得严严实实。两个人都穿着崭新的皮鞋。

维娜醒来时，已躺在楼下的沙发里。警察们在紧张地察看现场。见她醒来了，就有人过来问话。维娜顾不上回答，又要向楼上去。警察拉住她。

她问："人真的是死了吗？"

"死了几天了。"警察说。

"姐呀……"维娜痛哭起来。

罗依的死，不见任何报道，只有各种各样的传闻在荆都流行着。大抵是两种版本：情杀和殉情。

很多人百思不解：罗依这样一位富有爱心的企业家，怎么会自杀或杀人呢？

二十五

　　星期六上午，李龙带着女儿梦泽来看望维娜。已经十点钟了，维娜还懒在床上。她接了李龙电话，慌忙起床，稀里哗啦洗漱了。

　　李龙见面就问："维娜，你怎么回事？瘦成这样了？"

　　"哪里啊，不是老样子？"维娜说。

　　"你要注意照顾自己啊。"李龙说。

　　"没事的。"维娜又问，"梦泽她妈没来？"

　　李龙笑笑，刚要答话，梦泽噘了嘴说："休息天爸爸想出来走走，总是我当警卫。我妈呀，她懒得动脚。"

　　维娜便不多说了，问道："说好，在我这里吃饭吗？"

　　梦泽又抢着回答："吃，我们就在娜姨这里吃。"

　　李龙说："我原就准备在你这里吃饭的。"

　　维娜问："我是问客杀鸡。你们喜欢吃什么菜？"

　　李龙说："随便吧。三个人，也吃不了多少。"

　　"梦泽呢？你说，你说喜欢吃什么。"维娜问。

　　梦泽调皮地说："我喜欢吃西餐，娜姨肯定不会做。妈妈讲爸爸的胃是个潲水桶，什么东西都可以往里面倒。爸爸为什么肚皮越来越大？就是吃多了我的剩饭。"

维娜听了，笑出了眼泪水。

李龙摇头道："维娜你看，这孩子惯坏了。"

维娜便打电话叫来小玉，请她去买菜。

李龙见维娜嘱咐半天，忙说："维娜，你要弄个满汉全席？家常便饭吧。"

维娜笑道："你放心，我弄不出什么好菜的。"

时间还早，维娜说："来，我认真泡茶你们喝吧。"

她先去烧了水，再拿出那个竹雕的茶叶筒，还有竹茶勺、竹茶漏，再取出三个紫砂带盖茶杯。先用开水将茶杯烫过，将茶漏放在茶杯上，拿茶勺舀出茶叶，倒进茶漏。端起茶漏晃了晃，拿掉茶漏。水烧开了，取下来放了会儿，再来泡茶。头半杯水是不要的，用茶盖虚掩着杯口，轻轻泌掉，再冲上三杯七分满的茶。

"可以喝了吗？"李龙笑笑，说着就要动手端茶。

"不可以。"维娜微笑着说罢，双手捧了茶杯，递给李龙。

梦泽忙说："娘姨我自己端，我不配你如此大礼。"

"梦泽这下算是懂事。"李龙轻轻喝了口茶，晃了半天脑袋，"维娜，你称得上茶道专家了。"

维娜说："哪里啊。你是看我花架子像那么回事吧。"

李龙说："不哩，我真的从来没喝过这么好的茶。"

梦泽说："真的不错。娘姨，就连我这个平时只喝咖啡的假洋鬼子都说好，就真的好了。"

李龙笑道："梦泽，你这是夸你娘姨，还是吹嘘你自己？"

维娜笑笑，说："这是上好的碧螺春。但喝茶是要心境的，不然再好的茶都喝不出意思来。心境好，茶就好。茶是最灵性的，你爱茶，茶就爱你。"

梦泽问："这话怎么讲？娜姨说得好玄。"

维娜抬手搂一下梦泽，说："端上茶杯，不想别的，只想着茶。细细地品味，细细地咀嚼，就觉出茶的妙处来了。这就是说的爱茶。"

梦泽闭目凝神，慢慢抿了口茶，缓缓哈了气，再睁开眼睛，说："娜姨，真是这么回事哩。"

李龙哈哈一笑，说："你们一大一小两位雅人啊。粗人喝茶只图解渴，雅人就喝出茶道来了。据说乾隆就是个嗜茶如命的风雅皇帝。有人拍马说，国不能一日无乾隆。乾隆笑着说，乾隆不可一日无茶。风雅的乾隆皇帝轻轻的一句话，就弄得拍马的人没了脸面。"

维娜笑道："你们当官的，只怕没几个人不喜欢听人家拍马吧。我想你李龙应该是个例外。"

李龙点点头，欢然道："这个算你说对了。"

维娜就咯咯地笑了起来。

李龙忽然觉得不对头，问："维娜，你笑什么？"

维娜说："我才说你是个例外，马上就拍你马屁。看你高兴的样子。"

李龙恍然大悟，指着维娜笑道："维娜，你设套子整我。"

梦泽拍着手笑了起来："娜姨好好整整爸爸。不然啊，他不知自己当了好大的官，老是骂人，什么都是他的正确。"

李龙笑笑，不理女儿的话，正经道："说真的，维娜，你是故意奉承也好，设套子整我也好，这个算你说对了。当官的听不到真话，都怪自己。"

维娜说："只怕有些当官的根本就不想听真话。听真话有什么好处？听了真话就得认真地干事。听着假话，形势大好，什么都可以不闻不问。"

李龙笑着问："维娜你不在官场，怎么知道这些？"

维娜笑而不答。头杯茶喝得差不多了，维娜说："喝碧螺春，最醇的是二道。来，再斟上。"

小玉买菜回来了，维娜交代说："小玉，麻烦你把菜洗了，切好，我自己来炒。"

小玉没声没气就进厨房忙去了。

梦泽觉着没兴趣了，问："娜姨，有什么好玩的吗？"

"你喜欢玩什么呢？"维娜问。

梦泽想想，也不知玩什么好，就说："可以听听音乐吗？"

"好吧。那里有音乐碟，你自己选去。年轻人喜欢听摇滚，我这里可没有。"维娜说。

"那也未必。"

梦泽选了半天，选了张《神赐恩典》。音乐声一起，维娜就吃惊地望着梦泽。这是她自己最爱听的一首歌。梦泽闭着眼睛，头轻轻地点着。李龙也不作声了，静静地听歌。

维娜靠在沙发里，眼前一片空灵。她每次听这首歌，都感觉整个身子被一种似水非水的东西浸泡着。她想这种水绝非人间的，应是来自天堂。那天堂之水并不是汹涌而来的，而是慢慢漫过来。她被缓缓地浸透，然后漂浮起来。

"真是好听。"歌曲完了，梦泽叫道。

"原来听过吗？"维娜问。

梦泽说："头一次听。"

维娜说："你喜欢，送给你吧。"

"谢谢娜姨。"梦泽说，"再听一次。"

第二次听，梦泽就跟着唱起来了。维娜忍不住，也随着唱了起来。两人越唱越陶醉，都闭上了眼睛。李龙听着这歌，又见女儿和维娜如此沉醉，眼睛竟有些湿润了。怕维娜看见了，忙抬手揩揩。

"多好啊!"梦泽说。

李龙借题发挥起来:"梦泽,你看,除了摇滚,还是有你喜欢的歌曲嘛。你要多跟着娜姨,养点儿清雅之气。你就是太野了。"

"老爸哎,你多扫兴!逮着机会就做指示。才听了这么好的歌。"梦泽撒起娇来。

维娜笑道:"梦泽还算文静的。疯女儿,你没见识过。"

李龙叫女儿:"梦泽,你别只顾哼哼,全听懂了吗?翻译给爸爸听听。"

梦泽跑过来刮爸爸鼻子:"好意思,自己听不懂就听不懂,想骗我当翻译。"

维娜说:"你也太小看梦泽了,我看她的英语可好啦。"

李龙笑道:"梦泽,我承认我不行。你行,你翻译看看?"

梦泽就朗诵起来:

神赐福音,
赐给我平和宁静,
就像清晨的森林,
绿色阳光洗净我的心。

神赐福音,
让我们的灵魂相通,
就像在星空下祈祷,
银色光芒照耀着你的眼睛。

神赐福音,
就像你我在梦中相会,

青草沙沙作响，

我们漫步在柔软的草径上。

李龙听完，望着维娜笑。

维娜说："你还别说，梦泽的翻译还不错。她可是口译啊，没认真思量。"

梦泽有些得意，朝爸爸吐舌头，做了鬼脸说："娜姨，爸爸是他自己没见识，以为英语有如何了不起。这种歌词，现在的大学生随便哪个都能翻译。"

维娜却说："你们这代大学生再没有这个水平，书都白读了。不过，我还是觉得你了不起。光把意思翻译出来，很好办。要翻译得像你这么有文学性，就不容易了。"

梦泽又得意起来，望着爸爸笑。小玉在厨房收拾完了，打了声招呼，就走了。维娜就去弄饭菜。梦泽随在后面，说："我要看娜姨做菜。"

维娜说："我做菜需要全神贯注，有人在旁边，就做不好。"

梦泽调皮道："我就要看。"

维娜笑道："那我菜做得不好吃，别怪我了。"

维娜忙碌起来，梦泽站在她身后咿里哇啦不停嘴。维娜只是微笑着嗯嗯应着。梦泽突然操着英语诡里诡气问道："娜姨，你同我爸爸从前是不是一对恋人？"

维娜脸刷地通红，回头轻声笑骂道："你这孩子！"

梦泽就轻轻拍手，得意地笑着，说："我猜对了，娜姨你脸红了。"

维娜懒得理她，故意板着脸骂道："滚一边去。"

梦泽反而从后面搂着维娜，摇着："我就要黏着娜姨，我喜欢娜姨。娜姨真漂亮，你年轻时候，肯定很多人追求你吧？"

维娜拍着梦泽的手，说："傻孩子，别摇了，我手都不知道怎么动了。"

"娜姨是我妈妈多好！娜姨是我的妈妈，我就会更漂亮了。"梦泽说。

维娜反手重重拍了梦泽，说："梦泽，你再说疯话，娜姨真要生气了。"

梦泽忙求饶："梦泽不敢了。"

一会儿，饭菜做好了。主菜是老姜乌鸡汤，再就是葱花烧鱼，小炒牛肉丝，几样蔬菜。李龙直夸维娜神速，眨眼工夫就弄了这么多菜。

维娜说："今天菜口味一定不好。梦泽老是捣蛋。"

梦泽望着维娜笑道："人家只说了两三句捣蛋的话。"

维娜脸顿时绯红，忙低头进厨房取碗筷去了。碗筷杯碟都齐了，维娜问："喝什么酒？"

李龙说："酒就不喝了吧。"

维娜说："头一次在我家吃饭，还是喝杯酒吧。白酒也有，红酒也有，洋酒也有，喝什么？"

李龙只好说："依你。"

"依我，就喝点红酒吧。"维娜笑道，"我们喝爱国酒，就王朝干红吧。最近老看到洋酒的坏消息，不敢喝。"

酒斟好了，李龙不忙喝酒，先舀了碗鸡汤，一喝，哈了口气说："真鲜！"

"别夸了，都是家常菜。"维娜举了杯说，"来，先祝梦泽越长越漂亮，学习越来越好。再祝你爸爸平平安安，健健康康。"

"平安，健康。对，很好。谢谢。"李龙举杯道。

"爸爸，你快尝尝，娜姨做的鱼可好吃啦。"

李龙夹了点鱼，果然不错。"维娜，你哪里学的这套功夫？"

维娜摇头笑道:"哪有什么功夫?我都是自己瞎弄的。"

李龙赞叹道:"维娜,你是无论做什么,悟性都高。"

维娜嘴上也不谦虚,只是淡然而笑。梦泽问:"这红红的、香香的是什么?"

"紫苏。"李龙笑道,"维娜你看,现在的孩子,个个都像从外星球来的。"

"紫苏的香味很特别,真好闻。"梦泽吸气的样子做得很贪。

维娜说:"李龙,你还记得我们吃紫苏煮青鱼吗?就从那以后,我再也忘不了紫苏。"

"怎么不记得啊!"李龙十分感慨,"你们俩大老远骑着单车送了大半提桶鱼来。我们那会儿个个都像牢里放出来的,风卷残云啊。跟你说维娜,我同别人回忆知青生活,最爱讲的也就是这段故事。"

维娜笑道:"你们不知道,那天为了那条青鱼,我和秋轮差点儿被捕哩。"

梦泽不明白维娜的幽默,问道:"被捕?什么年代的事?革命战争年代?不对啊。"

维娜同李龙相视而笑,不停地摇头。

李龙问:"维娜,紫苏和紫笋是不是一回事?我们小时候紫苏就叫紫笋。郑板桥有两句诗,江南大好秋蔬菜,紫笋红姜煮鲫鱼。我猜这里说的就是紫苏。"

维娜凝神道:"是啊,我想起来了,我们小时候就叫紫笋啊。郑板桥可会吃哩。"

李龙说:"过去很多文人雅士都是美食家,比方苏东坡。"

李龙同维娜谈天说地,一顿饭吃了两个多小时。梦泽先还插嘴,后来就只是听。她那双漂亮的丹凤眼总在维娜和她爸爸脸上飞来飞去。又不时抿了嘴,望着维娜笑。维娜遇着她的眼神,就脸飞红云。

梦泽寒假还有十来天，李龙把她交给维娜，说："没人管着，她就满世界野。"

快过年了，维娜将员工放了假。她就没事了，天天带着梦泽玩。驾车兜风、逛商场、泡茶馆、游泳。维娜一连买了十几套衣服给梦泽，可把这孩子喜坏了。

梦泽愈加贴着维娜："娜姨比我妈妈好多了。"

那天在游泳馆更衣室里，维娜头一次看见梦泽的裸体，简直有些炫目。这小孩太漂亮了。皮肤白而光洁，似乎凝着层透明奶油。乳房发育得很丰满了，不像才二十岁的女孩儿。四肢修长而圆实，手感紧紧的。

"孩子，你会迷死人的。"维娜说。

梦泽说："哪有娜姨漂亮。我呀，充其量就是个狐狸精。娜姨可是长得高贵、典雅、大气。我这种女孩子，男人看了就心痒，就想动手动脚。你娜姨呢，男人见了先是敬，再是爱，再就没有自信心了。"

维娜想不到梦泽会说出这些话来，正色道："梦泽，你还小啊，别一脑子稀奇古怪的东西。"

梦泽吐吐舌头，穿上游泳衣出去了。梦泽先是沿着池子慢跑，做着各种柔身动作。然后站在深水区池边，凝神片刻，猛地腾起，跃入水中。维娜看着心里直喊了得，这孩子可是样样在行啊。梦泽就像条美人鱼，在水里或沉或浮，翻转自如，逗得满池的人都看着她游。

"是你女儿吗？好漂亮。"有位女士问道。

维娜点头说："是的。"

"多大了？"那女士又问。

维娜说："才二十岁，在清华上学哩。"

"清华？了得了得。没谁想到这么漂亮的女孩能考上清华啊。"那女士直摇头。

维娜陶醉得不行了，可等梦泽游了过来，她却指着深水区墙上的警告牌说："明明写着不准跳水，你没看见？就知道淘气！"

梦泽调皮地笑道："那是管旱鸭子的！"

梦泽跟着维娜玩了几天，晚上就不肯回家了。两人在家里，只用英语交谈。梦泽说娜姨口语太好了，得跟她好好儿学。维娜答应同她说英语，但不准在公共场合说，显得好卖弄的。

梦泽非得跟维娜睡，各盖各的被子都不行。维娜习惯光着身子睡觉的，只穿着短裤衩。梦泽也是这个习惯。两人总要睡在床上说好久的话，才慢慢睡去。梦泽睡着了，就直往维娜怀里钻，把脸紧紧贴在她的胸乳间。望着梦泽憨憨的睡相，维娜总会想起雪儿。雪儿比梦泽大五岁。雪儿小时候也是这样贴着胸脯睡觉的。雪儿早早地去了美国，她没机会疼那孩子。梦泽睡了去，雷都打不醒。维娜次日醒来，梦泽还在呼呼大睡，涎水流得维娜的乳房湿漉漉的。维娜会怦然心动，鼻腔发酸。她太喜欢这个孩子了。

很快就是大年三十了。李龙怕维娜一个人孤单，想请她一块儿过年。维娜婉辞了。李龙请不动，梦泽就来磨，说是娜姨不去过年，她也不回去过年。维娜说什么也不能依着梦泽。梦泽也磨不动她，很是失望。过年是自家人团聚的日子，有外人在场，气氛就变了。大家都会尴尬的。她没有去李龙家，心里却总挂着梦泽。想着梦泽失望得几乎要哭的样子，她心里也不好受。不知怎么回事，梦泽这孩子很让她疼。

雪下得很大。荆都很少下这么大的雪。除夕上午，维娜懒懒地起了床，推门一看，屋顶花园积了厚厚的雪。雪还在纷纷扬扬，天地有些昏暗。她不忍心踩坏地上的雪，只站在门口眺望。

风裹雪花一阵阵吹进来，灌进她的脖子，打了个寒战，人就清爽了。

难得这么美的雪，维娜想让自己好好过个春节。雪儿原来每年春节都回来的，今年她回不了。她爸爸最近身体不太好，她得陪着他。

维娜下楼洗漱完了，开门看看，屋前草坪里也积了好厚的雪。栀子花树压驼了，花圃也叫雪埋了。维娜怕雪压坏了那些花和树，又不忍心往草坪里踩，就取了晾衣竿来，远远地戳着树上的雪。过往的熟人笑话维娜："你干吗费那么大的劲？进去摇几下不成了？"维娜只是笑，好开心的。

然后上楼去，却见通向屋顶花园的门正渗着水。推门一看，原来积雪早高出了门槛，雪水就流进来了。维娜很是遗憾，只得找了铲子来铲雪。铲了会儿，背上就开始发热。进去松了外衣，照照镜子，脸红扑扑的。

忽然想起秋轮了。那年春节，也是好大的雪，她同秋轮在雪地里跑了个通宵。北湖的雪原真美啊。放眼望去，雪原起伏跌宕，好比银色的湖，浩浩荡荡，横无际涯。她同秋轮幻想着逃离尘世，去没有人烟的神农架大森林。他们冬天住在山洞里，夏天住在树上，生好多好多孩子。孩子也不用起名字，就只大毛、二毛、三毛地叫。一家人都不用穿衣服，全都晒得黝黑发亮。

维娜忘了铲雪，冰雕样地站在雪地里，头发让寒风扬了起来。冻得打了寒战，才清醒过来。她微叹一声，继续铲雪。铲完了地上的雪，又去抖盆景枝丫上的雪。这场雪来得有些突然，那些不耐寒的盆景只怕会冻死的。维娜喜欢养些花草，自己又不太在行。心想明年还是雇个花工，定期上家里来看看。还想跟花工学学手艺，老了也好有个事干。

维娜忙完了这些，才倒了杯牛奶喝。她不准备正经吃早餐了，得赶到超市去采办些年货。驱车出门，街上有些冷清。别人家年货应该早办齐了，正在家里忙着过年，又下着大雪，没事就懒得出门了吧。

超市里人也不太多。维娜找了辆推车，悠闲地逛着。她平时没事也喜欢逛超市，不管她要不要的，都拿起来看看。日子久了，心想自己也开得了超市了。她记得很多货物的品牌、质地、用途、价格、产地等等。她还会暗暗挑超市的毛病，包括货柜的设计和格局，服务人员的素质，货物品种，等等。总想自己开超市，就会怎么怎么地弄。李龙说她不论做什么事，悟性都很高。真是那么回事。今天维娜兴致更是好，见了喜欢的，也不管吃得完吃不完，就往篮子里丢。篮子里垒得老高了，她还有些意犹未尽。

维娜驾了车，慢悠悠地往回赶。进了家门，先将音乐开了，再去做事。听的又是《神赐恩典》。原先那张碟送给了梦泽，自己又去买了张来。她将买回来的年货分了类，有的进冰箱，有的进壁橱。她边忙碌，边跟着碟片唱。她原来只是听，不知听了多少遍，从来没唱过。自从那天同梦泽一道唱了，她就老是随着哼哼。她一边洗菜、切菜，一边哼着，十分沉醉。

一个人吃不了什么，她也弄了十个菜。过年图个吉祥，十全十美。不过用的都是小碗小碟。菜弄好了，先得祭祀故去的亲人。香蜡纸钱和供品都分作六堆，爸爸、妈妈、姐姐、秋轮、罗依、蔡婆婆，各一堆。她把秋轮、罗依、蔡婆婆都当作自家亲人。焚上香，双手合十，屏息静气，闭上眼睛。维娜默念着每位故去的亲人的名字，心里没有哀伤，只有一片平和宁静。

祭祀完了，维娜酌了酒，独自饮着。电话响了起来。竟是雪儿打来的："妈妈，你开始吃团年饭了吗？祝你过年好。"

"雪儿，妈妈正在吃团年饭哩。"维娜说。

"有人陪你吗?"

维娜忽觉鼻腔发酸,说:"有人陪哩。"

"哪些人?"

"都是妈妈的好朋友,好多人哩。"维娜声音发硬了。

雪儿说:"有人我就放心了。"

维娜终于忍不住了,哇哇地哭了起来:"雪儿啊,妈妈想死你了。"

"妈妈,我想你,我也想你……"雪儿哭了起来。听得出,她一直在强作欢喜。

维娜忍住了哭泣,说:"雪儿,我们都不要哭了。你也要好好地过个年。你爸爸他好些吗?"

"好些了。我替爸爸谢谢你。"雪儿压低了声音,"妈妈,要爸爸听电话吗?"

维娜迟疑会儿,说:"算了吧。"

维娜接完电话,感到莫名地不安。饭也不想吃了,闭着眼睛听音乐。安静了好一会儿,她打了雪儿电话:"我是妈妈。叫你爸爸听电话吧。"

过了半天,那边传来郭浩然苍老的声音:"维娜,你好。"

"你好。"

"维娜,谢谢你。"

"不客气吧。你自己要注意身体。哪里不舒服,就跟孩子讲。雪儿孝顺,你有福气。"维娜说。

郭浩然声音哽咽起来:"维娜,我这辈子……"

维娜说:"别的都不说了。祝你新年愉快,身体健康。代问你姑妈好。再见吧。"

雪花还在纷飞着。爆竹声震耳欲聋,焰火印得窗帘红红绿绿地闪。维娜斜躺在沙发里,收看电视。《春节联欢晚会》越来越没意思了，维娜已有好几年没看了。有个频道正播着京剧，《西厢记·拷红》。红娘正唱道：

> 我红娘将说是一声请，他就想今日做新人。夫人命亚赛个将军令，又好比君命诏，不俟驾而行。我从来是心硬，今日里一见也留情。

维娜喜欢听京剧。可是爆竹声太大了，唱词一句也听不清，就把音量调到最大。可是，窗外的爆竹声偶尔停下来，电视声音又太高了。又得把声音调下来。刚好听得几句，又是爆竹大作。维娜干脆把声音调到最小，看着唱词，自己学着哼，如同唱卡拉OK。

只是折子戏，一会儿就完了。接下来就是广告。维娜捺着性子看广告，心想广告完了，还会有京剧的。可是广告长得没了边。有个什么柔珠按摩胸罩的广告最恶心了。一位俗不可耐的女子，操着港台普通话，指着自己硕大的胸脯说："很多很多的细小柔桌（珠），不停地抚摸着我的乳房。它金（真）的会动也，就西（是）贱（这）样子，一下、一下，动也。我现在就西（是）不戴乳罩，也很丰满哦！"

维娜咔咔地按着遥控器，不停地换台。忽然在电视里看到李龙。原来李龙正在看望除夕之夜仍坚持工作岗位的邮电电信职工。李龙被前呼后拥着，在电信机房里视察，发表了几句讲话。维娜看看时间，已是零时了。心想李龙也够辛苦的。维娜关了电视，静坐会儿，没有半点睡意。窗外仍是爆竹声声，她却感到十分落寞。便又打开电视。虽然听不见声音，有些人影子晃着，也热闹些。维娜本是最能安静的，今天不知为什么，特别的孤独。

忽见电话指示灯红红地闪着，知道有电话来了。爆竹声太吵了，电话铃声根本听不见。过去一看，是李龙打来的。却什么也听不清。维娜喂喂了半天，只好说："李龙，我这里太吵了。不知你那里听见不？你就不要说了，就算我听见了。感谢你。我给你拜年，祝你新年愉快，时时开心，事事顺意。祝你全家平安、幸福。再见好吗？我放电话了。"

维娜放下电话，心想只怕有很多朋友打电话来的，她都没听见。翻查一下，光李龙就打了三个电话，还有好些朋友都打了电话，戴倩也打了电话来。维娜想反正听不见，等明天再一一回复、道歉算了。

隐约听见了门铃声。心想这么晚了，会是谁呢？开门一看，竟是李龙。李龙满头雪花，微笑着，拱着手，大声说："给你拜年啊！"

维娜把李龙迎了进来，笑道："我哪有这么大的面子？你刚才还在给电信职工拜年哩。"说罢便取了干毛巾来，替李龙拍着身上的雪花。李龙说："领导们都分了工。我负责给电信、供电、铁路等战线拜年。"

"太辛苦了。"维娜说。

李龙责怪说："你就是犟，请你一起去过年，你硬是不肯。一个人，我想着就放不下。梦泽那孩子边吃饭边念着你。"

"梦泽那孩子，我见着就喜欢。带了十几天，带亲了。"维娜问，"饿了吗？我做夜宵你吃？"

李龙说："肚子里腻腻的，什么都吃不下。不如你泡茶给我喝。"

"好吧。不如这样，我们上楼去。楼上茶厅临着屋顶花园，是我正经喝茶的地方。你先坐着，我准备好了再来请你。"维娜说。

李龙笑道："如此隆重？"

维娜回眸一笑，上楼去了。

李龙独坐在客厅里，禁不住摇头唏嘘。多好的女人啊，命运却如此不公。真是红颜命薄啊！记得当年，秋轮总是带着维娜去梦泽农场。他印象最深的是那年冬天，又总是在夜里，四五位朋友在荒原上漫无目标地走着。维娜很文静，眼睛张得大大的，听大家纵论天下。谁要是问她："维娜你说呢？"她就抿嘴一笑。脸一定是红了，只是夜里谁也看不见。秋轮是个很有魅力的人，大家都服他。朋友们自然就很尊重维娜，都把她当作嫂子。她年龄却是最小的。李龙回想着自己同秋轮当年的景况，很是感慨。

李龙现在想来，仍然相信青年永远是正确的，落伍的只会是老年人。一个民族，什么时候都要相信青年。

维娜下来了，微笑着："请吧。"

维娜刚才梳妆了一下，随意挽了个低低的发髻，有些颈坠乌云的意思。两鬓夹了几个发卡，露着宽而饱满的脑门子。衣服也换了，穿了件中式薄棉袄，黑缎的，滚着桃红色边。左手腕戴了个淡绿的玉镯子。

茶具早摆好了，通往屋顶花园的玻璃推门紧闭着，却拉开了帘子。维娜抬手开了花园的灯。灯光很柔和，刚好可以照见雪地里曼舞的雪花。雪本是白天铲掉了的，又是厚厚一层了。

维娜拿了个蒲团放在地上，隔了茶几，面对着李龙，跪坐在上面。李龙正襟危坐，望着维娜泡茶，不由得屏息静气。维娜却是微低着头，腕凝霜雪，指如兰花，手起手落没有半点声响。

维娜泡好了茶，双手捧给李龙："看你喜欢，就仍是喝碧螺春。"

李龙接过茶，细抿一口，哈着气说："维娜，太谢谢你了。我喝了几十年的茶，没享受过这么高的礼遇啊。"

维娜笑道："不客气。哪是什么礼遇？正经喝茶，就得这么喝。"

维娜自己也端了茶，细细品着。窗外大团大团的雪，上下翻飞着。飘落到门玻璃上的，马上就融化了。爆竹声一直没间断过，他们却像谁也没听见。

李龙说："这么好的雪夜，喝着这么好的茶，我会终生难忘的。"

维娜说："人一辈子，真正美好的回忆，并不多。有次，我们北湖农场知青聚会，每人要说件刻骨铭心的往事。我就说了那年冬天，我同秋轮迎着漫天风雪，走了个通宵，往荆都赶。知青们听了都很感动。这是我最美好的回忆。可是我平时从不向人说起，不然别人会说我是祥林嫂。"

"维娜，这世界有太多的遗憾。"李龙不禁叹道，"秋轮，就是我们永远无法弥补的遗憾。"

维娜低声说："我这辈子不圆满。我有时就像患了狂想症，想象自己怎么同秋轮结婚，生子，孝敬父母，和和美美过日子。猛然间回到现实，惶恐得心脏都要掉下来。"

李龙低头不语。过了好久，他才说："维娜，都过去了。我们怀念故人，敬重死者，但我们自己还得好好活着啊。维娜，你开开心心过日子吧。我想，这也是秋轮希望的。"

维娜点点头，脸上很平静。夜很深了。爆竹声开始稀稀落落，最后完全寂静下来。风也静了，雪花悄然飘落着。

二十六

春节之后，荆都市慢慢就有传闻，说罗依还是个同性恋，她的财产都落到那位女人手里去了。只是一般人都不知道那位女人是谁。戴倩却听到确切说法，罗依的那位同性恋伴侣就是维娜。她马上跑到维娜家，问："真是这么回事吗？"

维娜又气又急，嚷道："人都死了，还这么糟蹋别人，于心何忍？"

戴倩很是委屈："又不是我说的。我听别人乱说，就来问问你，好替你辟谣。"

维娜说："就算人家是同性恋，也没什么值得别人说的。这是人家自己的生活方式，关谁的事了？"

戴倩嘴张得天大："那么外面传闻都是真的？"

维娜骂道："谁告诉你是真的？你就算不了解罗依，也该了解我呀。"

戴倩说："人家可是越说越像。说罗依有老公，却不要，让老公住在外面。说你维娜漂漂亮亮的，宁肯单身，也不另外找。这不是同性恋是什么？有人说，还看见你们在游泳馆里搂搂抱抱，还说你摸罗依的奶子哩。"

维娜气得哭，找戴倩出气："戴倩，你去找个喇叭，满街喊去。"

维娜一哭，戴倩就慌了，坐立不是的样子。又像背了天大的冤枉，说："我真的是为你好，想问个清楚，到底是怎么回事。你朝我发什么气？"

维娜也不想向戴倩解释什么，只替罗依辩解了几句："罗依的生活方式别人不理解，有人还会说三道四。这是事实。她自杀了，也杀了人。这也是事实。但我敢说，她是个高尚的人，起码她活得真实，她做人做事都不掺假。谁也无权指责她。那些背后骂她的伪君子们应感到脸红。"

戴倩觉得维娜这话是冲着她来的，便说："维娜，我是个直性子，你不是不知道。你对我说这些干什么？我又没有背后议论谁。"

维娜只想早些结束会面，不说什么了。心想世上怎么会有那么多好事的人？她嚷了几句，气也消了，不再为自己难受。仍是替罗依叹惋。罗依把全部财产捐出去了，不见人们口碑相传，倒是只知道胡说八道。

戴倩渐渐就面有愧色，说："维娜，你也不要怪我。你我也不是认识一两天。我说，你这么老闷在家里也不是话啊。原先你还打打麻将，现在九头牛都拉你不动了。维娜，哪天我叫你出去打打牌吧。"

维娜忙摇头："戴倩你饶了我。我本来就不喜欢打牌，我这辈子再也不上牌桌了。"

戴倩再坐了会儿，就走了。她有时是司机送来，有时是打的来。一般都是维娜送她回去。今天维娜没有送她，只站在门口同她招招手，就关了门。

过了几天，维娜突然接到朋友电话，说戴倩被歹人捅了一刀，住在医院里。维娜吓得脸色发白。她想马上去医院看看她，可又怕碰着吴伟。她实在不想看到这个人。犹豫半天，还是去了医院。医院门口很多的水果店和花店。她买了个花篮，进了住院大楼。

正好李龙来看望戴倩。吴伟看见维娜了，尴尬地笑笑。维娜不便躲闪，只当没看见，站在一旁。

李龙看见维娜，只是点点头。他弓下身子，拉着戴倩的手说："小戴，你安心养伤吧。我们会责成公安部门尽快破案，一定要将凶手缉拿归案，严惩不贷。"

戴倩不说话，只是点了点头。

吴伟搭腔："感谢李市长关心。"

有人插话说："我想这不会是一起简单刑事案件，只怕带有政治色彩。一定是吴秘书长工作中铁面无私，得罪了人，别人报复行凶。"

李龙不便多说什么，只道："吴伟同志，你自己也要小心啊。"

吴伟忙点头说："感谢李市长关心，我会小心的。"

李龙寒暄几句，回头望着维娜："维娜，你好好陪陪戴倩。"

戴倩这才看见维娜，点了点头。戴倩面无血色，神情憔悴，目光很忧伤。

李龙告辞，吴伟送了出去。维娜这才走到戴倩床前，坐下。

"伤着哪里了？好些吗？"维娜问。

戴倩摇摇头，泪如泉涌。

"伤在背上。你怎么知道的？谁告诉你的？"戴倩声音很微弱。

维娜见她状态不好，拿面巾纸揩着她的眼泪，说："你好好躺着，别说话。"

戴倩仍是泪流不止，沙哑着说："维娜，你当初该劝劝我。"

"你说什么?"维娜莫名其妙。

"是黑仔……"戴倩痛不欲生。

"啊?"维娜面色铁青。心想当时戴倩那么幸福,好像天上掉了个宝贝下来,就算劝了她,她会听吗?维娜那会儿想法很复杂,也没想过要劝她。

戴倩说:"维娜,没人知道。我不想让任何人知道,我没脸见人。"

维娜忍不住流起泪来,点头说:"我知道。就怪我没劝你。事情都这样了,你也不要难过了。好好养着,以后再别这样了。"

维娜不想再碰着吴伟,就说:"我改天再来看你。戴倩,你自己一定要想开点儿。"

出门来,远远地看见吴伟在走廊那一头,正朝她走来。她转身避进了卫生间。她在卫生间里待了几分钟,才出来,匆匆下楼。坐进车里,她禁不住浑身发抖。眼泪怎么也止不住。她想镇静下来,却控制不了自己。

维娜关在车里哭了好久,才轻松下来。她驾着车往回走,眼里仍噙着泪花,窗外的行人模糊一片。她不明白自己为什么会哭,还哭得这么伤心。

没想到下午吴伟打了电话来:"维娜,对不起。戴倩情绪很不好,想让你陪着她。我知道你……你要是有空来陪陪她,我就离开。"

维娜一言不发,听完就放了电话。她本想出门办事的,这会儿动也不想动了,躺在床上,蒙头大睡。她将被子拉上来,盖过头顶。她不想看见任何东西,连一丝阳光都不想看见。两耳嗡嗡地响,脑袋像要炸开了。

不知睡了多久,维娜突然爬了起来,驾车往医院跑。她不愿多想,再多想想,只怕就不会去医院了。可是戴倩这会儿的确需要她陪着。

推开病房的门，又有好多人在探望。吴伟见了维娜，就低了头，只作没看见。维娜见着黑压压一屋人，就憋得慌。她去了医生办公室，同医生说："七床病人，能不能不让探视？"

"你是病人家属？"医生问。

维娜含混地点点头。

医生说："我们医生当然不希望经常有人探视。但要家属配合。有些人就是喜欢有人来看看。特别是领导和领导家属住院，看的人越多，他们越舒服。"

医生们都笑了，奇怪地望着维娜。

"我们不希望有人来看，吵得病人休息不成。"维娜说。

医生问："你希望我们怎么做？"

维娜说："麻烦你去病房说说，让他们快些离开，别影响病人休息。我下去打印张纸条贴在门上。"

维娜下楼，找了家打印店，打印张条子：

为了让病人尽快康复，谢绝探视。

维娜将纸条贴好，推门进去，病房里静悄悄的。戴倩睡着了，她太疲惫了。维娜轻轻地坐下来，望着戴倩。戴倩老了。她那原本小巧秀挺的鼻子，如今又肉又大，上面满是粗粗的毛孔。两个眼袋很明显，却并不饱满，就像半瘪的气球。戴倩嘴巴越张越大，最后整个儿张开了，可以望见白白的舌苔。样子有些吓人。维娜不敢看了，转头望着窗外。这个女人曾经也是北湖农场的美人儿。

走廊里的推车声吵醒了戴倩。

"维娜，你来多久了？"戴倩问。

维娜说："来了会儿了。你睡吧。"

戴倩摇摇头，说："不想睡了。我以为你不会来了哩。"

维娜安慰道："怎么会呢?"

戴倩说："不知怎么回事，我到了这个地步，不想有任何人在我身边，只想有你陪着。老是有人来看，脑袋都晕了。"

"不会再有人来打搅了，我同医生讲了，还在门上贴了条子。"维娜说。

戴倩又流起泪来，说："维娜，我躺在床上，心灰得想寻死，除了你，我想不到任何一个可以来陪我的人，想不到任何一个可以让我说真话的人。平时我并没有这种感觉，真正需要人关心了，就只有你了。维娜，你简直就是圣女。"

维娜说："别多说话了，我哪有那么好。你闭上眼睛，养养神也好。"

戴倩不听，仍说着话："真是一场噩梦。"

维娜也不问她，只望着她摇头，叫她不要再说。

戴倩很吃力地说："我不知在他身上花了多少心血，多少钱。没想到，他在外面养了女人。拿我的钱去养女人。他把我的钱不当钱花……"

快到晚饭时间了，吴伟来了。维娜没有望他，站起来说："戴倩，你休息吧，我就走了。明天我一早就过来。"

"维娜，你……晚上能来吗?"戴倩几乎是哀求。

维娜点点头："好吧，我吃了晚饭就过来。"

维娜刚出门，就见一男一女提了花篮看望戴倩来了。她回头一望，门上的条子不见。奇怪了，她拿胶水贴得紧紧的，该不会掉的。

维娜去问医生："我在门上贴了张条子，不知被谁撕了?"

医生听着不高兴，说："我们怎么会知道?"

维娜又回到病房门口，看是不是掉在地上了。

隐约听得吴伟爽朗而笑，说："感谢同志们关心啊。没事的，没事的。谢谢了。"

她生怕吴伟送客出来，马上离开了。看这景况，她猜那条子肯定是吴伟自己撕掉的。她忽觉胸口发堵，直想呕吐。

维娜朝电梯间走去，听后面有一男一女在说话。起初不太真切，慢慢就听清楚了。女的说："吴秘书长到底得罪了谁？别人如此狠心下手？"

男的说："难说。有人为他脸上贴金，说是他办事公道，得罪了人，别人报复。谁知道？只怕是做了对不起别人的事呢？不到忍无可忍的程度，谁敢行凶？"

女的说："真的难说。你猜这回他老婆住院，能收多少钱？"

男的说："别这么说，我们自己又想送，又要说。"

女的说："你是情愿送的？我是舍不得。你在人家手下，有什么办法呢？"

男女走得快，说着说着就走到维娜前面去了。她瞟了一眼，正是刚才看望戴倩的两个人。看来是两口子。维娜更加相信门上的条子是吴伟撕掉的了。他希望有人探望，川流不息才好哩。维娜故意磨蹭，不想跟他们同着电梯下楼。

维娜没有回去，就近找地方吃了晚饭。然后要了杯茶，慢慢地喝。挨到八点多钟，还不想去医院。她就驾着车满街乱跑，见着堵车就高兴，可以磨时间。驾着车，就觉得荆都太小了。转来转去，总在几条老路上跑。好不容易等到九点钟，维娜才去了医院。

吴伟正坐在戴倩床头，说着什么。见了维娜，吴伟起身了。

"辛苦你了。"吴伟点头说。

维娜怕戴倩见着多心，就摇摇头，却没有望吴伟。吴伟招呼一声，就回去了。

"戴倩，感觉怎么样？"维娜坐了下来，感觉吴伟坐过的凳子热热的，很不舒服，忙站了起来。

"坐呀。"戴倩说。

"站站吧，老坐着。"

维娜见那些花篮摆放得很难看，就去整理一下。略略估计，已有五十多个花篮了。就至少有五十多人来看过了。戴倩入院还不到二十四小时。平均每人送两千块，已进项十万了。难怪吴伟要撕掉门上的条子。

维娜整理完花篮，过来陪戴倩说话。

"感觉好些了吗？"维娜问。

戴倩说："很痛。"

没说得一句话，又有人敲门了。进来的是位中年汉子，笑道："戴姐，你好。"

戴倩招呼说："马厅长，你不要这么客气嘛。"

"我才知道。吴秘书长回去了？他太忙了。怎么会这样呢？我听别人说，都是吴秘书长平时办事太认真了，得罪了不少人。吴秘书长，就是人太正派了。如今啊，正派人吃亏。"马厅长无限感慨。

维娜怕自己留在这里尴尬，不声不响出去了。医生办公室有几位年轻医生值班。

维娜询问道："七床情况会怎么样？"

医生说："很难讲。最坏的情况是下肢瘫痪。"

"怎么？会瘫痪？"维娜没想到会如此严重。

医生说："没被杀死，就不错了。当然，治疗效果好，也不至于瘫痪，但下肢会有功能障碍。"

医生说话很不中听，维娜也不好说什么，还得求他："请医生一定帮忙，尽量不让她瘫痪。不到五十岁，就瘫痪了，后半辈子没法过了。"

医生笑道："所有病人家属都会这么说。其实是废话。医生哪有不尽力的？治病救人哩，又不是屠夫。"

维娜听着没意思，搭讪几句，就出来了。心想现在人都怎么回事了？见不着几个热心肠的。她在走廊里来回走了会儿，见那位马厅长出来了，就进厕所避避，再回到病房。

戴倩无奈道："住院比进监狱还难受，一天到晚都是人来人往。"

维娜不搭腔，坐了下来。

"卫生厅马厅长。"戴倩说。

"哦。"维娜随意应道。

维娜守了戴倩四天四夜，实在受不了那些探望的人，就说要出差，再也不去了。

大概过了二十多天，维娜突然接到戴倩电话："维娜，请你马上到医院来一下。"

维娜听戴倩的语气很是慌张，生怕她出什么事了。想多问几句，戴倩匆匆挂了电话。维娜飞快地赶到医院，只见戴倩孤零零一个人躺在床上，鼻子眼睛哭得红红的。

"怎么了？你怎么了？"维娜问。

戴倩失声痛哭起来："吴伟他……出事了。"

维娜心里惊愕，却并不追问他到底出了什么事。她拿了戴倩的毛巾，替她揩着泪水，说："别哭了，你自己身体要紧。"

戴倩说："他人已被隔离起来了。"

维娜仍不作声，木木地望着戴倩。

戴倩又说："吴伟知道快出事了，要我同你说说。他在你手里借了钱，一定会还的。请你不要说出这事。"

维娜马上说："他没有在我手里借过钱。"

戴倩目瞪口呆："怎么回事？"

维娜轻声道："他准是吓糊涂了，记错人了。"

维娜在病房里坐了三个多小时，再也不见有人来探望。那些花篮早枯萎了，维娜请人全部清理掉了。房间里早已散发着花草腐烂的气味。

"谁照顾你生活？"维娜问。

戴倩说："吴伟的妹妹。哥哥出事了，妹妹在我面前也没好脸色了。他吴家几十口，谁都在吴伟手上得过好处啊！唉，亲兄妹都是这样！"

维娜说："你干脆就不要她管了，交给我吧。我不能时刻陪着你，我去请个人来照顾你。"

"这怎么行？"戴倩说。

维娜说："都这时候了，你就不要讲客气了。身体恢复得怎么样？"

戴倩说："出了这么大的事，我都忘了自己的伤了。维娜，我永远站不起来了，这辈子算是完了。"

"什么？"维娜不敢相信。

"没办法，瘫了。"戴倩眼泪汪汪的。

维娜想来想去，怕劳务市场请的人不可靠，就请小玉来侍奉戴倩。维娜自己有空就去医院看看。好几次都碰着专案组的人在病房里问情况。弄得很神秘，外人一律不得入内。每次专案组的人一走，戴倩就浑身发抖。维娜就使劲抓住她的手，揉着她的胸口。戴倩好久才会平息下来，闭上眼睛，什么也不说。

有天下午，小玉突然回来了，告诉维娜，戴倩被抓起来了。维娜听了两耳嗡嗡作响。她不知道，戴倩早被立了案。等她出了院，坐上轮椅直接去了看守所。她事先没有向维娜吐半个字。维娜问小玉到底是怎么回事，小玉说不出个所以然。小玉只知道来了些戴大盖帽的人，个个黑着脸，把戴倩带走了。

二十七

深夜里，电话突然响了。维娜猛然惊醒，心脏跳到喉咙口了。这么晚了，谁来的电话？准不是什么好事。她万万没想到是李龙打来的电话。

"维娜，我是李龙。我已经在你家门口了，请你开开门。"李龙声音低沉着。

维娜穿着睡衣，下楼去。她心里怦怦地跳。这么晚了，李龙怎么会跑了来呢？她开了门，留意看看外面，没见着他的轿车。

李龙明白维娜的意思，就说："我坐的士来的。"

维娜关了门，一直没有说话，只是望着李龙。

李龙坐下来，手伸向维娜："请给我杯水喝好吗？"

维娜倒了杯冷开水递给他。她心慌意乱，不敢问半句话。李龙穿着黑色短袖 T 恤，有些汗渍。他呼吸急促，胸脯起伏得厉害。他没有说话，也没有望维娜，只是喝水。喝了一杯，又要了一杯。

"热吗？"维娜取了把羽毛扇子，替李龙扇风。深夜里，她早已关了空调。

"维娜……"李龙禁不住哭了起来，几乎是哀号着。

"李龙，怎么了?"维娜慌了，不知发生了什么事。她被吓坏了，立马想到了吴伟。吴伟原来任过市交通厅厅长，收受贿赂多达五百多万元，只怕脑袋都保不了。戴倩犯的是窝赃罪。领导干部的经济犯罪，总是夫妻双双进牢房的，有的还会牵涉子女。维娜全身发凉，心想凡是当官的都必须贪污受贿吗?

李龙埋下头，双手掩面，失声痛哭。他的哭声很恐怖，狼嗥一样。维娜不明就里，却早被这哭声感染了，鼻腔一酸，泪下如注。李龙哭了好久，想忍住不哭了，就拼命抽泣起来，肩膀一耸一耸的。

"维娜，我……我这辈子完了。"李龙哭道。

维娜寒毛都竖了，忙问:"到底发生什么事了?"

李龙说:"梦泽她……吸毒了……"

"天哪!"维娜两眼发黑，天旋地转。

李龙两眼肿肿的，绝望地看着天花板:"梦泽是我的命根子啊。"

维娜去洗漱间拧了手帕，递给李龙，安慰道:"事情已经这样了，你就不要太伤心了。我们想办法让她戒掉吧。她人呢?还在北京?"

李龙说:"我昨天把她接了回来，关在家里。我托人给她办了休学手续。"

维娜揩着泪说:"大学怎么成这个样子了?"

李龙说:"大学抓得还是很紧的，只是社会环境太复杂了。要怪只能怪我们做父母的。"

维娜说:"我是做梦也想不到啊。梦泽那孩子，那么聪明，那么漂亮，又那么乖。她常打电话给我，听上去她很快活的，不像有什么事啊。我不久前还给她寄了钱去哩。我太喜欢这孩子了。"

李龙说："她只是偶尔给我打打电话，从来不给她妈妈打电话。"

"这是怎么回事？"维娜问。

李龙说："我本不想在你面前诉苦啊，你没有义务分担我的痛苦。这次，我实在敌不过去了，快崩溃了，想找你说说。梦泽从小不亲她的妈妈，只跟着我。可是我一直很忙，也没多少时间带她。我只要回家，孩子就缠着我不肯放。孩子怎么会不亲母亲？朱敏不仅不检查自己，反而说梦泽是白眼狼。孩子很小的时候，朱敏就这么骂她。"

维娜说："孩子亲母亲，可是人的天性啊。"

李龙说："是的。但是朱敏把孩子的天性拧断了。她原本不肯生孩子，怕坏了身材。后来听人家说，假如没有孩子，可能失去丈夫，她这才勉强要了孩子。可她不肯给孩子喂奶，仍然是怕弄坏了身材。她是跳芭蕾的。孩子一生下来就没吃着妈妈一口奶。朱敏偏偏奶水很足，胀得她哎哟痛，宁可往地上挤。没几天，奶水就回去了。"

维娜说："这也不能怪她，也是为了事业。"

李龙摇头说："什么事业？我同她生活了这么久，我了解她。她没有爱心，她只爱自己，念念不忘自己的身材。见着孩子的屎尿，她会尖叫。她连抱孩子都抱得少。偶尔抱抱孩子，只要孩子流了鼻涕，拉屎拉尿了，她会马上把孩子递给我。记得孩子刚会走路不久，见妈妈回来了，高兴得直拍手，摇摇晃晃往她身上扑去。孩子刚到她身边，被她一把推倒了。孩子摔在地上，哇哇地哭。原来那天她刚穿了件新衣，孩子正吃着糖，手上脏兮兮的。"

维娜不便说什么，只道："她可能有洁癖吧，你应该理解她。"

李龙说："你说她有洁癖吗？她并不怎么讲卫生。有时清早起来迟了，她可以不洗脸，直接往脸上涂化妆品。脸脏没关系，化妆就看不见了。她要的只是自己那张好看的皮。"

维娜低头不语。记得那天朱敏进了她的家门，好像生怕别人挨着她，双臂紧紧抱着外套。眼睛四处打量，似乎总在防备着什么。维娜当时就感到这个女人不太对头，只是没往心里去。

李龙说："现在她一天到晚端着个市长夫人的架子，梗着脖子，昂着脑袋，忘乎所以，比我还气派。我猜，下面人肯定会说她的。官场上都说，夫人是领导的门面。有她这张门面撑着，我就是做得再好，也不会有好口碑的。做母亲的是最为女儿骄傲的，她却处处嫉妒女儿，甚至见不得女儿比她年轻，比她漂亮。真是不可理喻啊。"

维娜轻轻地扇着风，李龙说："不用扇了，不热了。"

维娜说："你额上还出汗哩。"

李龙伸手要扇子，说："我自己扇吧。"

维娜笑笑，说："没事的。"

"不想说她了，不想说她了，多没意思！"李龙靠在沙发里，身子发软。

维娜说："如果是这样，梦泽怎么在家里待？"

李龙说："梦泽本来就不愿同她妈待在一起。现在出了这事儿，我又不能把她送到戒毒所去。不能让别人知道我有个吸毒的女儿啊。"

"还有什么办法吗？"维娜问。

李龙摇头说："想过，想不出任何好办法。"

维娜说："可不可以让梦泽住到我这里来呢？"

李龙说："我想过请你帮忙，但是不现实。毒瘾发作起来，非人力能够控制。你对付不了她的。"

维娜说："总得有个办法呀！不妨试试吧。"李龙仍是摇头，说："不行啊。得时刻有人陪着，你自己公司的事也多。不行不行。"

维娜问："你找梦泽谈过吗？"

李龙说："她自己很后悔，恨自己染上毒瘾，也想戒掉。可是瘾一发作，就什么都顾不上了。"

维娜说："别管那么多了，送到我这里来吧。"

次日一早，维娜托朋友介绍，拜访了戒毒所陈所长。陈所长是荆都有名的戒毒专家。维娜不能透露梦泽的身份，只道她是自己的外甥女儿。

陈所长说："维总，您说就在家里戒毒，这不是我们主张的。戒毒带有很大程度上的强制性，而且过程复杂，也有一定危险性，需要必备的救急设施。家庭环境显然不适宜。"

"那怎么办呢？"维娜说，"因为某种特殊原因，她不宜到戒毒所里来。"

陈所长笑道："戒毒比治疗任何一种疾病都要艰难得多，我们一般要求对戒毒者的情况有所了解，因为还得配合心理治疗。"

维娜说："陈所长，真不好意思，详细情况我不方便同您说。我外甥女是专门从外地赶到荆都来戒毒的。她的家庭特殊，不宜对外公开。希望您能理解。"

陈所长似有所悟："您这么说，我好像听懂了。"

维娜问："陈所长，可不可以设家庭病床，派人去我家里？费用由你们提出来，我会接受的。"

陈所长沉吟片刻，说："我们这里人手很紧，忙不过来。这样，您稍等一下，我找他们商量一下，尽量想办法。"

陈所长出去老半天才回来，说："维总，让您久等了。我们反复研究，还是决定派人去您家里。费用比在所里就要贵些，请您理解。"

维娜忙说："没事的，没事的。只要你们有人去，我就非常感谢了。"

陈所长说："那就这样定了。我们去的医生姓王，护士姓刘。我有时间也会去看看。我已让他们在准备药物和器械，马上可以动身。"

"太感谢了，太感谢了。"维娜跑到洗漱间，给李龙打了电话，"我们马上就动身过来，到时候你回避一下。"

等了好久，王医生他们还没有准备好。李龙打电话来了："维娜，怎么样了？梦泽不行了，在床上打滚。她哭着求着要那东西，我不能给她。她求我把她绑起来，我下不了手。"

维娜说："你让她再坚持会儿吧，我们马上就到了。"

维娜在屋外就听到梦泽尖厉的叫喊声。路人奇怪地往她楼上张望，不知发生什么事了。维娜低头开了门，带着王医生和护士小刘上了楼。梦泽披头散发，被绑在椅子上。满脸的泪水和鼻涕，面目狰狞。维娜连忙绞了湿毛巾，替她擦洗。梦泽却像疯狗一样，咬住了维娜的手。幸好隔着毛巾，滑脱了。

王医生说："小刘，用丁丙诺啡吧。"

维娜双手按住梦泽的肩头，安慰道："梦泽，好孩子，听话，你听话，就好了，就好了。他们是医生，是戒毒专家，你放心，就好了，就好了。"

梦泽只有脖子可以扭动，张大着嘴，野兽一样乱咬。维娜的手腕被咬住了，挣脱不了。她强忍着疼痛，说："孩子，你咬着好受些，你就咬吧。"

慢慢地，梦泽松了口。她的目光柔和起来，脸上露出微笑。她的微笑却有些怕人，像刚完成了某种阴谋。

王医生说："松开她吧。她会睡一觉的。"

梦泽睡着了。王医生请维娜到一边说话。他说："维总，不是非常情况下，不要捆绑戒毒病人。这会使她对戒毒产生恐惧，增加戒毒难度。我们会有一套科学方案，请你们家属配合。"

　　"听你们的。"维娜点头应道，又问："请问王医生，有什么最好的戒毒药吗？可以尽快，又少些痛苦。"

　　王医生笑道："开句玩笑，维总说的这种药，只有江湖郎中那里有。"

　　维娜不好意思了，说："我是不懂，请您原谅。"

　　王医生很和善，说："维总，我说是开玩笑，您别在意。病人家属的心情都是您这样，希望有最好的药。我们见过很多。根据我的临床经验，目前最好的药就是丁丙诺啡了。等病人稳定了，我们同她好好谈谈，征得她自己的配合。"

　　维娜不知李龙是否走了，同王医生招呼一声，就下楼去了。她推开每个房间，都不见李龙。他准是走了。无意间推开厨房，见李龙蹲在里面，头埋在膝间。听得维娜进来了，他抬起头来。满头大汗，神情沮丧。

　　"躲在这里干什么？热得要命。"维娜说。

　　李龙说："听着孩子的叫声，我心都碎了。"

　　"会好的，你不用担心。孩子还算听话的。用了药，她睡着了。"

　　"你的手怎么了？"李龙突然看见了维娜手腕上的伤痕，"准是梦泽咬的吧？"

　　李龙抓起维娜的手，不敢触摸那伤口，只说："你要医生处理一下呀。"

　　维娜见李龙手臂上也是齿痕斑斑，摇头道："真是可怕，发作起来就像疯子。你这样子怎么出门？"

　　"穿长袖吧。"李龙说。

维娜开车送走李龙，回来请小玉做中饭。王医生和小刘也在这里吃饭。梦泽情绪稳定了，却没有胃口，见了饭菜就恶心。她勉强喝了点汤，又吐出来了。王医生嘱咐梦泽午睡，她说睡不着。

王医生说："你睡不着也得躺着，你得听医生的。"

梦泽听医生的，上楼睡觉去了。

下午，王医生找梦泽谈话。"梦泽，你自己愿意戒毒吗？"

梦泽点点头。

王医生说："这就很好。听你姨妈介绍，你是大学生。那么毒品的危害性，就不用同你多说了。你需要明白的是，戒毒过程是非常痛苦的。你得有这个思想准备。"

梦泽又点点头。

王医生说："首先是让你脱毒。脱毒会产生戒断症状，就是你刚才经历过的那样，有些人的反应比你更严重。总之非常痛苦。我们会用药，缓解你的痛苦。"

"可怕。"梦泽摇头说。

王医生说："的确如此。但是，脱毒尽管痛苦，更难戒除的是人对毒品的心理依赖，也就是心瘾。身瘾易戒，心瘾难断。安全脱毒之后，你还要面临更严峻的考验，就是同自己内心的敌人较量。"

梦泽目光茫然，不知怎么回答。

维娜急了，催道："梦泽，王医生同你说话啦。"

梦泽仍不说话，眼睛向着窗外，看上去有些呆滞。

王医生说："很多吸毒者，都是上当受骗，误入歧途，我想你也是的。梦泽，你多年轻，多漂亮，又是大学生。你会有很好的前途。可是吸毒最后会是怎样一副模样？形容消瘦、脸色灰黄、体虚无力、面青唇白、头发早白、牙齿松动、皮肤干燥、声音颤哑、未老先衰，最后，不是吓唬你，会早早地送命！"

梦泽浑身颤抖着，脸色发白。

维娜抱着她，哄着："王医生在同你说道理，你别怕，你听医生话，不会那样的。"

王医生说："主要靠你自己的毅力。张学良将军年轻时也染上过毒瘾，他硬是凭着自己的钢铁意志戒掉了。他是硬戒，俗称冷火鸡法，那种痛苦是常人不可想象的。你现在不一样，有药物，还有医生守着你，有家里人守着你。梦泽，你一定要坚强。"

"听见了吗？梦泽？"维娜问。

梦泽点头道："知道了。"

维娜问王医生："我可以同梦泽单独谈谈吗？"

王医生一走，梦泽猛地钻进维娜怀里，哭喊道："妈妈，妈妈！"

维娜抚摸梦泽的脸，说："想妈妈了？我去打电话，叫妈妈来好吗？"

梦泽摇头哭道："妈妈，妈妈，让我叫你妈妈吧，你应着好吗？妈妈！"

"好好，我应着，妈妈应着。妈妈爱你，梦泽，你是妈妈的好女儿。"维娜亲亲梦泽的额头，使劲搂着她，不停地拍着她的肩膀。

头两周，王医生同护士小刘都住在维娜家里。第三周，他们俩白天都在这里，晚上只留一个人值班。梦泽的症状慢慢消退了。王医生说梦泽的脱毒过程算是比较顺利的。

每天晚上，维娜都陪着梦泽睡。维娜和梦泽都是习惯裸睡的，如今同住在医院里差不多，医生和护士随时可以进来，就只好穿了睡衣。梦泽却必须将脸贴在维娜胸口，睡梦里老是糊里糊涂喊妈妈。维娜很心疼，总把孩子搂得紧紧的。

有天深夜，梦泽睡熟了，维娜悄悄起了床。李龙在楼下等着她。他只能深夜里过来，听维娜说说梦泽。

李龙坐在客厅里看电视，没有开灯，电视声音调到最小。维娜替他换了杯茶，然后在他身边坐下。

李龙问："孩子怎么样？"

"很好。王医生说，看样子梦泽一个月内能够戒掉。"维娜说。

李龙唏嘘道："万幸啊。维娜，真苦了你了。你瘦得不像人样了。"

维娜说："别这么说，只要孩子好，都值得。"

"孩子一直不肯说她是怎么染上毒瘾的。她不愿同我谈这些。"李龙说。

"这是她后悔的事，不愿提及，我们就不要再刺激她。"维娜说，"李龙，毒品太蛊惑人了。我天天陪着梦泽，她的痛苦让我不寒而栗。她向我描述吸毒的快感，天哪，也真令人神往。我不让她说这些，可她有时不说说就过不去。我怕听她说这些，我甚至害怕自己经不住诱惑。"

李龙说："有这么玄？听她说说就会走火入魔？"

维娜说："你不知道，梦泽陶醉起来多么动人！我问她那种快感是怎么样的。她说，没有上过天堂的人，是无法想象天堂的。她说那种舒服，那种畅快，那种自在，那种忘我，那种飘逸，是没法用语言描述的。只感觉全身无处不消受，就连指甲缝里，头发尖上，都舒服死了。深夜里，当她陶醉起来的时候，泥鳅样地满床钻。李龙呀，有时候我真受不了，害怕极了，只希望你在这里。我会马上跑到你那里去，求你救救我。"

李龙禁不住握了维娜的手："天哪，梦泽这孩子差点儿拉你下水了？"

维娜说："也不能这么说，她也不是故意的。听王医生说，有个女孩染上毒瘾，哥哥辞掉工作，在家守着她，帮她戒毒。结果，妹妹将哥哥也拉下水了，只好双双进了戒毒所。这种情况是有的。"

李龙直想抱着维娜，可他只是紧紧握了下她的手，放下了，说："太可怕了。维娜，你怎么不早说呢？早说我会每天晚上都过来。"

维娜说："我不想让你担心。好了，现在都好了，过去了。但是，听梦泽说起吸毒的快感，我怕她的心瘾很难去掉。"

这时，电视里《零点聚焦》栏目正播放吴伟案审判实况，戴倩作为共犯，一同受审。关了几个月，吴伟看上去胖些了，却分明是浮肿。他的头发已是灰白色的，长得盖住了耳朵。戴倩坐在轮椅里，由两位女法警推出来，抬进被告席。戴倩头发也花白了，人也瘦了，两边脸颊上坠着松松的皮肉。

维娜看不下去，说："不看了吧。"

李龙便换了台，叹道："放着好好的人不做，偏要做鬼。"

维娜说："我就不明白，三天两头听说哪个当官的又被抓起来了，为什么有些人照样胆大包天呢？烫手的钱拿不得啊。"

李龙说："腐败就同贩毒一样，攫取的都是暴利，而风险太小。我们经常在电视里看见贩毒的被抓了，其实抓住的只是微乎其微，而且抓住的都是小不点儿。真正大毒枭抓住了几个？"

突然听得梦泽尖叫起来，喊道："妈妈妈妈！"

维娜慌忙应了，匆匆上楼去。梦泽惊恐地站在房门口，浑身发抖。维娜搂着梦泽："不怕不怕，梦泽不怕，妈妈下去喝口水。"

值班的小刘睡在隔壁，闻声醒来了，问："怎么了？"

梦泽仍是浑身发抖，说："妈妈，我做了个噩梦，吓醒了，不见你在床上，吓死我了。”

“没事，孩子做梦。小刘你睡吧。”维娜说罢，扶着梦泽上了床，“妈妈不会离开你身边的，傻孩子。睡吧，好好睡吧。我把床头灯开着，光调小些。你先睡着，我去送送爸爸。”

“爸爸来了？那你刚才哄我，说下去喝水？”梦泽吊着维娜脖子，抿着嘴儿笑。

维娜知道梦泽怎么想的，也不生气，只道：“你刚才那样子，我马上说爸爸在这里，你不又要大声喊爸爸？不让小刘听见了？爸爸见你睡了，就不来打搅你。我俩在下面说你的情况。”

梦泽噘了嘴说：“妈妈没讲我坏话吗？”

维娜说：“傻孩子！你一天天好了，爸爸很高兴。告诉你，其实爸爸几乎每天都来过，有时是中午来，有时是深夜来。听着你痛苦地叫唤，爸爸心里在流血啊。梦泽，你是爸爸心头肉啊。”

“我想下去看看爸爸。”

维娜说：“算了吧，太晚了。”

梦泽说：“我想爸爸。”

“好吧，你睡着，我下去叫爸爸上来。你得答应我，小声点说话，别吵着小刘。”维娜说。

维娜下楼去，李龙正在客厅里不安地走着。

“梦泽想见见你。”

“你说我来了？”李龙又问道，“我听孩子喊你妈妈？”

维娜说：“梦泽后来一直叫我妈妈。这孩子，真叫人疼。”

李龙按住维娜肩头，叹道：“你真是梦泽妈妈多好。”

维娜将李龙的手拿下来，握着，低了头说：“梦泽这孩子，我早把她看作自己女儿了。”

一个多月过去了，梦泽终于戒掉了毒瘾。王医生和小刘嘱咐维娜细心照料，便撤走了。维娜一直顾不上公司里的事，放手让助手去打点。她放不下梦泽，不敢离开她半步。梦泽身体慢慢也恢复了，维娜就带她出去游泳、打网球、郊游。

有天维娜正陪梦泽在家说话，门铃响了。开门一看，竟是朱敏。

"朱敏呀，快请进。"维娜说。

朱敏冷着脸，没同维娜搭理，大声喊道："梦泽，你在哪里？"

梦泽从楼上跑了下来，吃惊道："妈，你怎么来了？"

朱敏冷笑道："奇怪，你和你爸爸可以来，我就不可以来？"

维娜发现来者不善，就说："朱敏，你有什么事？"

"接我女儿回去。"朱敏说。

梦泽忙往楼上退："不，不，我不回去。"

朱敏脸一横："你敢。"

维娜说："梦泽，我同你妈妈说几句话，你先上去。"

梦泽望望她妈妈，转身就跑上楼去了。

朱敏追在后面叫道："梦泽，你听谁的？谁是你妈？"

维娜轻声道："朱敏，你请坐吧。"

朱敏毕竟不敢追到楼上去，退了回来，坐下了，脸却偏向一边。

维娜泡了茶，摆在茶几上，说："梦泽现在是特殊情况，不要这样对她。"

"我怎么对待自己的孩子，是我的事。"朱敏说。

维娜说："梦泽是你的孩子，别人想抢也抢不走。只是孩子现在是在戒毒，刚好起来。我们不能刺激她，要关心她。"

朱敏转过脸来，逼视着维娜："维娜，自从那天见到你，我就知道你非等闲之辈。果然不出所料。李龙对我越来越不好，现在干脆话都懒得同我说了。孩子呢？自从见了你，连亲妈也不要了。她在家里一天到晚娜姨长娜姨短。她想戒毒，宁愿到你这里来，也不愿到家里去。你比她妈还亲。我的男人是你的了，我的女儿也是你的了……"

"朱敏！"维娜大喝一声，"你说话要讲良心。你不了解我，你把我想象成什么样的人，我都可以理解。但你了解李龙，请你不要侮辱自己的丈夫！"

朱敏突然哇哇大哭："维娜，我求求你，你就放过李龙吧，放过我女儿吧。我不会做妻子，也不会做妈妈，但我还是爱他们父女的。没有他们在身边，我不行啊。"

维娜说："朱敏，你别这样。说句不客气的话，你这样让我看不起。你不用求我，谁也不想抢你的丈夫和女儿。我敬重李龙，喜欢梦泽，仅此而已。如果我同李龙不是故旧，就碰不到一起，我也不会管你们家的事。"

"不，不，不，李龙和梦泽心里都只有你，早不把我放在眼里了……"朱敏哀号着。

梦泽突然跑了下来，指着她妈妈说："你这样子，真是丢人！娜姨为我所做的一切，你是做不到的。她身上满是伤痕，都是我抓的、咬的。娜姨没有半句怨言，由我抓，由我咬。你做得到吗？我哪怕弄皱了你的衣服，你都会火冒三丈。为了你的女儿，娜姨公司都不管了，人也熬瘦了，你没有一句感激的话，反而上门来羞辱人家。娜姨同我非亲非故，为什么要管我们的事？好吧，我不要她管了，我同你回去。你赶快滚吧，我收拾东西就来。"

"梦泽！"维娜脸色铁青，"你怎么可以这样同妈妈说话？她是你妈妈呀！你对妈妈都是这样，哪天会把我娜姨放在眼里？你走吧，我真的不想管你这孩子了。"

梦泽吓着了，一把抱住维娜，哭喊道："妈妈，你不要赶我啊！你赶我回去，我是戒不了的。爸爸没空陪我，妈妈她是没这个耐心的，我会死在家里的。妈妈，求求你……"

维娜拍着梦泽的背，说："你自己向妈妈认错吧。"

"妈妈，我错了，我不该这样同你说话，请你原谅。你就让我留在妈妈——娜姨这里吧。等我毒瘾没了，一定回来。"

梦泽边说边往维娜怀里躲，生怕妈妈过来拉她。朱敏惊愕地望着女儿，不相信自己的耳朵。她想不到女儿会叫维娜妈妈。但她没有再说半句话，揩揩眼泪，低头走了。

梦泽伏在维娜怀里，突然大哭起来。她刚才让自己的亲妈妈吓着了。维娜搂着她坐下，逗她笑："好啦，好啦，别哭了。哭多了，脸上容易长皱纹，就不漂亮了。"

梦泽破涕而笑，在维娜怀里撒起娇来。维娜刮刮她的鼻子，说："好好坐直了。大姑娘了，都要找男朋友了，还在妈妈面前撒娇。"

维娜话是这么说，却把梦泽紧紧搂着。

维娜说："梦泽，妈妈还要同你啰唆几句。你一定要好好待你妈妈。我不相信对自己父母都不好的人，会对别人好。"

梦泽面有愧色，说："我听妈妈的。但是，妈妈，我那位妈妈太怪了，我从小就怕她。长大了，我想接近她，总觉得她冷冷的，在拒绝我。你知道吗？我看见别的女孩挽着妈妈的手在街上走，我多羡慕啊。可我的妈妈从不让我挽她的手。她要一个人走着，昂首挺胸。她说我的手老出汗，捏着湿腻腻的不舒服，还把她的衣服扯皱了。去年寒假，我天天挽着你的手逛商场，感觉你才是我的亲妈妈。"

维娜叹道："你妈妈也许是个怪人，但不一定就说明她不爱你。你就把这些当作她的个人习惯，你尊重她这些习惯好了。谁都有个人习惯，这很正常。只是有些人的个人习惯太执着，比方你妈妈。你将就些，就没事了。"

梦泽仍觉着委屈，只得点头说："好吧，我听妈妈的。"

眼看着梦泽一天天好起来了，维娜想去公司看看。这些日子，她都是遥控指挥，没同公司雇员见过面。

她对梦泽说："妈妈想出去办点事，你跟我去吗？"

梦泽说："我不想去，就在家休息。"

维娜问："你一个人能行吗？"

梦泽说："没事的，能行。"

"妈妈让小玉过来替你做中饭？"维娜说。

梦泽忙说："不用不用，我想一个人待着。"

维娜说："好吧，妈妈相信你。有事，你马上打我电话。"

维娜去了公司，同几位主管见见面，听听情况。财务主管说该请税务吃饭了。有人又说工商局的也要请了。

维娜说："今天中午，先请税务局吧。"

维娜放心不下梦泽，打电话回去："梦泽，妈妈中午有应酬，在外面吃饭。你是出来同我一起吃，还是就在家吃？"

梦泽说："我就在家吃算了。"

维娜仍不放心，打电话给李龙。李龙说："没事的，该让她独自待待了。我在接待一位外商，也抽不开身。你放心吧。"

也只好这样了。可维娜总放心不下，吃饭时心不在焉。税务局的那些人都是熟人，老开她的玩笑，说她人在饭桌上，魂不知到哪里去了。维娜就开着玩笑搪塞。

好不容易应酬完了，维娜急匆匆往家里赶。远远地就见家门洞开着，心里觉得奇怪。她家的门从来没有这么大开过的。梦泽也没有这个习惯。维娜来不及存车，先进门看看。天哪，客厅里空空如也，家电一件也不见了。

"梦泽，梦泽！"维娜大叫。

没人应，她忙往楼上跑。"梦泽，梦泽。"

只见梦泽正在床上打滚，痛苦不堪的样子。

"你怎么了？又犯了？"维娜问。

梦泽眼泪汪汪，叫道："妈妈，你快杀了我，你快杀了我。"

维娜抱住梦泽，说："梦泽，你挺住，你挺住。你能行吗？"

梦泽用力咬住维娜的肩头："妈妈，你拿刀来吧，你砍我吧。"

维娜按住梦泽，问："有人来过家里吗？"

"不知道。我瘾发作了，瘫在床上起不了身。我听得下面有响声，以为是你回来了。我叫你，没人应。我就连喊人的力气都没有了。"梦泽说。

维娜心想，一定有贼光顾了。她顾不上报警，先打电话给陈所长："陈所长，梦泽又发作了。"

陈所长觉得奇怪："不可能呀。好吧，我自己过来一下。"

维娜说："梦泽，你要坚强，你再挺一会儿，陈所长马上就来了。"

梦泽哭道："不，不，我不要陈所长，我要天堂。"

维娜安慰道："孩子啊，世上并没有天堂。天堂是虚幻的。你要相信妈妈，相信爸爸，我们共同努力，你会好的。"

"我要天堂，我要天堂。我难受啊，全世界的蚂蚁都往我身上爬，全世界的蛆虫都在我皮肤里钻，我身上的肉在一块块掉，在化成灰，化成水，那些掉下去的肉，满地都是，掉在地上的肉也在痛，我仍能感觉到。妈妈，妈妈，我要死了，我要死了……"梦泽声音尖厉得令人发怵。

陈所长突然出现在床前，维娜吓了一跳。她这才想起家里的门没有关。她把梦泽交给陈所长，下楼去存了车，关好门。上去一看，梦泽情绪缓和些了，却仍是叫唤着。过不多久，梦泽就睡去了。

下了楼，陈所长说："维总，今天的情况有些怪。根据我们的经验，不可能的。她要复吸，也只能是慢慢来，瘾越来越大。不可能一下子就到这种程度。"

"有例外吗？"维娜问。

陈所长说："科学上的事，谁也不能说绝对。我只能说，我没碰上过。"

"好吧，辛苦你了陈所长。"维娜说。

送走陈所长，维娜打电话报了警。派出所马上来了人，勘查了现场。警察问："案发时，家里一个人没有？"

维娜说："没有人。"

"还有谁有你家钥匙吗？"警察问。

"没谁有。"

"还丢了其他东西吗？"警察问。

维娜说："就只丢了家电。"

警察问："大约值多少钱？"

维娜说："六万多。"

警察又说："我们可以上楼看看吗？"

维娜迟疑着，说："请吧。"

警察上楼四处查看了，见一间卧室里躺着人，就问："你家里有人？"

维娜说："我外甥女儿，刚到。她坐了十几个小时的火车，累了。"

警察查看完了，下楼了，临走时说："我们会尽力侦查的。"

晚上，李龙来了。他进门就看出了异样，问怎么回事？维娜怕李龙怪梦泽，掩饰道："我后来还是把梦泽接出去了。我们吃了饭回来一看，发现家里丢了东西。警察已经来过了。"

李龙问："还丢了其他东西吗？"

维娜说："我仔细看了，只丢了家电。"

"这就怪了。家里没人，人家要偷不偷个光？怎么会只偷家电呢？"李龙过去看看门锁，"你这种锁，没钥匙谁能打得开？"

维娜说："有人就是会开锁哩。"

梦泽总不作声，歪在维娜怀里。

李龙见女儿很安静，心情开阔起来："维娜，真得感谢你啊。你是梦泽的再生之母啊。"

梦泽却说："这就是我的妈妈。"

维娜立即红了脸，拍了梦泽屁股，说："梦泽你胡说什么？"

李龙也很尴尬，只好笑道："梦泽这孩子，不想事的。"

三天以后，派出所打了电话，请维娜去一下。维娜放不下梦泽，马上同李龙联系："我要去办点事，你来陪一下梦泽。"

"她不是可以一个人待了吗？"李龙说。

维娜不多解释，只说："哪怕你现在手头有天大的事，也要过来。"

李龙听着就慌了，忙问："是不是她又犯了？"

"你先别管，我等你来了再走。你快点儿。"维娜说。

维娜说不上为什么，只是慌得很。刚才警察没说什么，可那语气听上去就让人不安。

李龙很快就到了，进门就问："出什么事了吗？"

维娜说："没事。我要出去会儿，不能让梦泽一个人在家。"

李龙觉得奇怪，又不好多问。维娜临走，又交代说："我回来你才能走啊。"

李龙不知道到底怎么了，可他见维娜神情有些异样，只好留下来了。

维娜去了派出所，接待她的是李所长。他们很熟。李所长很客气，替她倒了茶，问："维总，你女儿没回来吧？"

"我女儿？她没回来呀！"维娜紧张起来。

李所长笑道："你丢的东西我们找到了。是在一个家电行找到的，人家说是你女儿求他们买下的。很便宜，你女儿只要了三千块钱。"

维娜明白是怎么回事了，脸色发白。

李所长说："维总，不是你女儿，你家还有谁呢？"

维娜只好说："我的外甥女。放暑假了，她到我这里玩。"

"多大了？"

"二十一岁了。"维娜说。

李所长说："我们得见见她，证实一下。"

维娜说："她走了，回去了。"

李所长说："那怎么办呢？我们得取证，不然不好结案。"

维娜说："李所长，算了吧。只要东西找到了，就行了。我非常感谢。我想肯定是我那不争气的外甥女干的。我会去教育她的。"

李所长笑道："维总，不好意思，我冒昧地问问，你了解你这位外甥女吗？"

"怎么？"维娜不知怎么回答。

李所长说："坦率地说，根据我们的经验，我怀疑你这位外甥女吸毒。"

"啊？"维娜吓了一跳。

李所长说："对不起，你听了肯定难过的。我相信我的猜测不会错。不然，一位二十一岁的有正常行为能力的女孩子，不会把价值六万多块钱的东西，三千块钱就变卖了。只有瘾君子才会这样做。"

若不是看着维娜的面子，派出所仍会追究下去的。已经是刑事案子了。维娜说尽好话，派出所说不管了。

维娜去那家电器店，还了人家三千块钱，请人把丢失的东西搬了回来。

李龙同梦泽闻声下楼。梦泽见有人往家里搬电器，脸色立即白了，拔腿就往楼上跑。维娜忙示意李龙，上去看着梦泽。李龙莫名其妙，望着维娜歪嘴舞手的，就像演哑剧。见维娜没工夫搭理，他就上楼去了。

维娜招呼着人家摆电器，故意磨蹭着，没有上楼去。她不知怎么同梦泽见面。她有些难为情，似乎自己做了对不起梦泽的事。打发走了搬电器的工人，维娜仍在楼下挨了会儿，才上了楼。

梦泽趴在床上痛哭。李龙铁青着脸，在房间里走来走去。看来梦泽把什么都同爸爸说了。李龙停下来，望着维娜说："很对不起，我不知怎么同你说。维娜，真是拖累你了。我还是把她带走吧。"

维娜没有马上说话，倒了杯凉茶递给李龙，说："你别难过，喝口水吧。你不要意气用事，冷静些。你坐着，我俩一起同梦泽谈谈吧。"

维娜坐在床头，摸着梦泽的肩背，说："梦泽，你不要哭了。妈妈不怪你，你坐起来，我们好好谈谈。"

梦泽坐起来，靠在床头，没脸望谁。

维娜说："为了帮助你戒毒，我躲在一边看了些这方面的书籍，也咨询过陈所长和王医生，知道毒瘾发作起来，人的毅力是无法抗拒的。我理解你。但是，要戒毒，除了科学的方法，关键还在于人的毅力。你本来差不多快没事了，又抵制不了诱惑，往后退了。梦泽，不怪你，就怪妈妈不该把你一个人放在家里，使你需要帮助的时候，身边没有人。”

"不，不！"梦泽突然跪在床上，"是我不争气，我不是人，我该死。妈妈你为了我，公司都不管了，没吃一顿好饭，没睡一晚好觉，人也累得不像样子了。我不是人啊。"

维娜过去搂着梦泽，说："孩子，你不要这样责怪自己。这样没用。你瘾没发作的时候，是多么乖的孩子。你懂得爱爸爸妈妈，懂得爱我。瘾一发作了，就什么都不顾了。这不怪你，只怪该死的白粉。你需要的是坚强。你看爸爸，那么忙，那么重的担子压在肩上，还要为你操心。现在是什么时间？正是工作时间，你爸爸应该在自己的岗位上。可是为了你，他在这里。你妈妈也是爱你的，你知道。梦泽，为了所有这些爱你的人，你自己一定要坚强起来。"

梦泽痛哭着说："我该死啊！我的毒瘾本已戒掉了，只是像王医生说的，心瘾未除。我一个人的时候，回想着吸毒后的快感，人就受不了啦。我想再试最后一次，就一次。我打了好多电话，才知道荆都这里哪里可以弄到白粉。我手头没有多少钱，我想都没多想，就跑出去，打了的士，随便找了家家电行。我没有门钥匙，我出去时只把门虚掩着。我也没想过家里会不会丢失东西。我疯了，一心只想着白粉。不到两个小时，我把这一切都办妥了。"

维娜问："那么说，我回来时，见你痛苦得那样子，都是装出来的？"

"都是装的。我那会儿其实畅快得要死，个个毛孔都舒服。妈妈，我不是好人。"梦泽哭泣着。

李龙一言不发，浊泪横流。梦泽爬了过去，跪在爸爸面前，痛哭道："爸爸，你不要哭了，你再给女儿一次机会吧。"

李龙抱着女儿，哭得像牛吼。

维娜劝道："好了，你父女俩都好了。梦泽休息会儿，陈所长和王医生他们等会儿就来了。李龙，你去忙呢，还是就在这里休息一下？"

李龙说："我不放心，多陪一会儿吧。"

听得门铃响了，维娜示意，李龙到书房里去了，关了门。

又是深夜里，李龙来了。梦泽已经睡着了，李龙同维娜在楼下说话。

"维娜，我想还是把梦泽送到戒毒所去算了。"李龙低头说。

维娜问："为什么？"

"太拖累你了。"李龙说。

维娜很生气，说："李龙，你怎么老这么说呢？我说了，我爱这个孩子。你不让我管，我会难过的。就看在孩子叫我妈妈的分上，让她在这里吧。"

李龙望着维娜，忍不住拉住她的手："维娜，你……你这样的人，少有啊！"

维娜说："李龙，你就不要东想西想了，好好儿把梦泽交给我。"

李龙摇头道："维娜，你不知道，我处境越来越艰难了。我不能老往你这里跑了。把梦泽交给你一个人，我于心何忍？"

"出了什么事？"维娜担心起来。

李龙说："有些事，你不知道好些。"

维娜说："我不该知道的，我就不问。但是，如果不是牵涉到机密的，你不必担心什么，可以同我说说。"

李龙低头片刻，说："我同市委书记王莽之弄僵了，他会整我的。"

"你是怕同我往来，让他抓住把柄？"

264

李龙说："我们都问心无愧，本来没什么可怕的。只是，我不想让你卷入无聊的政治斗争。"

"政治斗争？"维娜惊得目瞪口呆。

李龙说："说是政治斗争，其实是肮脏的利益之争。王莽之的儿子王小莽，想插手市邮电大楼建设工程，我顶住了。这个工程是我管的，我不想让这帮小崽子浑水摸鱼。"

维娜说："你说王小莽，我倒是知道。这个人很坏，搞建筑的行内人士，都叫他王八。"

"王八？"李龙听着莫名其妙。

维娜问："你不知道大家为什么叫他王八？"

李龙摇摇头："不知道。"

维娜说："我从来不管你们官场上的事的。我们打交道这么久了，我说过官场半个字吗？今天话题说到这里了，我才说几句。我敢打包票，那个王莽之，肯定是个大贪官。荆都管区内，只要是上两千万元以上的工程，他儿子都要插手。王小莽自己并不搞工程，总是把工程拿到手后，给人家做，他收中介费。什么中介费，只是个说法。行内人都知道规矩了，只要有大工程，不去找别人，只找王小莽。王小莽有个习惯，对八字特别看重。你托他找工程的话，只要他答应了，先提八万块钱给他，叫前期费用。工程拿到手之后，再付他八十万。工程完工后，付清全部中介费，标准是工程总造价的百分之八。他总离不开八，大家都给他起了个外号，叫王八。可见大家是恨死他了。"

"真的？"李龙很是吃惊。

维娜说："我为什么要同你编故事？你来荆都不久，不了解情况。"

"太黑了。"李龙愤然道。

维娜说："李龙，既然如此，你怕他什么？"

265

李龙无奈道："维娜，你不了解官场啊！如果正义都能战胜邪恶，人间为什么还有灾难？"

维娜双肩颤抖起来，神情惶惑。

李龙说："我当然不怕，但我不想连累你。他现在大权在握，什么手段都可能使上。按照他们的逻辑，不相信世上有好人的。他们以为总能抓住你些把柄。"

维娜问："你的意思，是怕他叫人跟踪？"

李龙说："这种人，你尽可以往最卑鄙的地方设想。不怕他们做不出，只怕善良的人想不出。他们甚至可以动用国安部门。"

维娜说："李龙，我敬重你。"

"维娜，你真是位圣女。这话是戴倩说的。不管戴倩自己怎么样了，她这句话是真心的。"李龙很感动。

维娜说："李龙，什么圣女？我只是依着自己的本能办事。我做这些事的时候，不需要考虑，我认为人是应该这样做事的。好了，我俩不要讨论这些没意思的事了。说说梦泽吧。我反正也累了，公司不想开了。我就带着梦泽游山玩水去。她需要新鲜有趣的东西分散注意力，戒除她的心瘾。等她再次稳定下来，我就带她走。熬过一年，她就没事了。到时候再复学，完成学业。必须这样做，不然会很危险的。陈所长说，目前中国戒毒人员复吸率高达百分之九十五以上。一朝吸毒，终生戒毒。我看就因为没有人给他们温暖。把梦泽交给我吧。"

李龙摇头说："不行，绝对不行。你付出太多了，我会终生不安的。"

维娜说："李龙，你就看在秋轮分上，答应我。我把你看作秋轮的兄弟啊。"

李龙说："我说很感谢你，这话太轻飘飘了。维娜，应该做出这种牺牲的是我和朱敏。"

维娜说："为了孩子，我知道你会这样做的。但是，权衡一下，还是由我来做吧。不必讲什么大道理，你得在你的位置上干下去。再说，你想带着梦泽玩它半年，你没有这个经济能力。"

李龙说："先别说梦泽，你刚才说，不想开公司了，我赞成。你这种生意，是必须在权力场上周旋的。陷得太深了，不好。我想过要帮帮你，可是帮不了你，很遗憾。我知道你会理解我的。要那么多钱干什么？我倒是建议，你开个茶屋吧。没个事做也闲得慌。"

维娜说："李龙呀，什么时候了，你还顾着我的事？我就是什么也不做了，这辈子也饿不死了。看看梦泽怎么办吧。"

李龙说："还是送到戒毒所去吧。"

维娜没想到李龙固执起来，一点儿弯子都不肯转。她实在说服不了李龙了，就问："你不是担心外界知道吗？"

李龙说："正想同你商量。能不能把她送到外地戒毒所去？"

维娜想了想，说："也不能随便送，得有熟人照应。这样，我同深圳联系一下，请那边朋友帮忙。"

两天以后，维娜送梦泽去了深圳。

二十八

维娜说："从那以后，我再也没有同李龙见面。我们俩连电话也没通。说实话，我很不好受。我不敢承认我爱上李龙了。李龙真是个好人，我敬重他。每隔一个星期，我去一次深圳，看望梦泽。梦泽进戒毒所五个多月才出来。她的心瘾很重，也许因为她是那种容易沉溺内心感觉的女孩。她出来以后，我依旧带着她，时刻守着她。她跟着我四个多月，好好的。我想熬过一年，应该没事了。可是朱敏上门吵过好几次，梦泽只好回家去了。没想到，回去不到半个月，她又吸毒了。我只好又把她送到深圳去。李龙真是不幸。"

"你有时神秘地就不见了，电话也联系不上，就是去深圳了？"陆陀问。

维娜说："是的。我不能向任何人说出我的行踪。"

"但愿梦泽会好起来。"陆陀说，"维娜，我会出去一段时间。"

维娜问："什么贵干？"

"了结一件事情。我要么就回不来了，如果回来了，就马上来找你……"陆陀望着维娜，欲言还止。

维娜圆睁了眼睛，说："陆陀，你怎么越来越玄乎了？别吓人了。告诉我，什么事？"

陆陀笑笑，说："没事，说着玩的。"

"真的没事？"维娜问。

陆陀说："真的没事。"

陆陀马上就要过四十岁生日了。他没同弟弟妹妹打招呼，独自旅行去了。他去了烟台，选家滨海宾馆住了下来。烟台不大，又临近冬季，游人也不多。他只在烟台市区转了半天，就没了兴趣。再不上街，天天躺在房间里。他把枕头垫得高高的，可以望见蓝天碧海。烟台的冷清，也很合他的心境。

不知那年维娜独自来烟台，住在哪里？陆陀整天想着的是维娜和她的故事。陆陀总是躺着，懒得起床。饭也没按时吃。总是睡到十点多，出去吃碗面，又回来躺着。挨到黄昏了，出去找家店子，要几样海鲜，吃两碗饭。烟台的海鲜真便宜，二三十块钱，吃得肚子撑不下。口味也格外的好。这里的海鲜谈不上什么做功，多是水煮一下，就鲜美无比。

吃完晚饭，慢悠悠往宾馆去。偶尔碰着书店，进去转转。见有自己的书，通通是盗版本。书店老板都像发了大财的，不怎么睬人。陆陀心里也没气，只是觉着好笑。

海风有些寒意了，却同荆都的风感觉不一样。荆都的寒风，就像冷水喷在脸上；而海边的寒风，却像冷冷的绸缎在脸上荡着。

陆陀喜欢听哗哗的涛声，内心说不出的兴奋。他紧沿着海堤走，见路灯倒映在海里，被海浪搅成一摊碎金子。有些夜钓的人，裹着大衣，很悠然的样子。陆陀上去攀谈，别人多没闲心理眯。陆陀就想，烟台住的未必都是阔人？不然怎么这么没心情？陆陀这次出来很少说话，有时成天一言不发。突然说话，自己都能听到两耳重重的回声。自己对自己都陌生起来。

终于到了四十岁生日了。也是上午十点多，陆陀出去吃早饭。"一碗面。"他只说这三个字，再不多说。面馆的人更不会多说话，只是下面，收钱，找钱。都板着脸，谁也不看谁。吃完了，陆陀没有道谢谢，面馆里也没人说好走。

今天陆陀没有回去睡觉，却是沿着海岸来回踱步。太阳很好，风依然很大，但没那么冷。陆陀不停地走着，感觉着自己思维的细微变化。有时感觉两耳嗡嗡地响，这不是好兆头。捂住耳朵试试，似乎又是海风吹的。

陆陀这么走到下午，就有些异样的眼光望着他了。终于有位老大娘过来搭话："先生，你是旅游的吗？"

"是的。"陆陀感觉自己的说话声震得脑袋发涨。

"一个人来的？"老大娘问。

陆陀回道："一个人。"

"一个人出来，要注意安全。"

"谢谢。"

老大娘注意打量了他，说："先生是做大生意的吧？"

陆陀笑道："您看我像吗？"

老大娘又摇摇头，说："细想又不像。做生意的，哪有时间这么晃来晃去？我见你走了整整一天了。真的，你没事吗？"

陆陀终于知道老大娘的意思了，笑道："大娘，您看我这样子，像有什么问题吗？"

老大娘说："人生在世，不如意事常八九，都要想开些。"

陆陀突然问："大娘，您看看，我这样子，像不像疯子？"

老大娘拍着手，乐了："这年轻人有意思。不过啊，有的疯子看不出的，同正常人差不多。"

陆陀低声说："那就没有人知道我是不是疯了。"

老大娘抬手搭在耳边，问："年轻人说什么？"

陆陀笑着大声说："我说大娘真是个好心人！"

老大娘说："年轻人，你没事，我就放心了。常有人跑到这里来投海自杀，我发现了，就同他们谈心。让我说说，他们心里有什么，也就想开了。世界上，没有解不开的结啊。"

"谢谢您，大娘！"陆陀说。

陆陀辞别老大娘，随便找了家餐馆，仍旧点海鲜。他喜欢吃海鲜。他不准备把今天当作特别的日子，菜并不比平时点得多。也只吃两碗饭，溜达着回宾馆。洗漱完了，关了灯，凭窗听海。突然间停了电，窗外没有一丝光亮。慢慢地，天光微明起来，海面显得更真实，更柔和。周遭也更静了，满耳涛声。

陆陀想这没有电的海边之夜，算是老天馈赠给他的最好的生日礼物了。他趁着电还没来，掏出早就准备好了的安眠药，服了四粒。今晚他不想再失眠，得好好地睡一觉。他失眠太严重了，平时服两粒安眠药根本不见效果。

陆陀从来没有这样庄严地对待过睡觉。他先端正地坐在床头，调匀气息，然后慢慢躺下，仰面而卧，双手松松地摊开。渐渐感觉意识模糊起来，就像电视没了信号，荧屏上闪烁着雪花点，伴随着咝咝的杂音。他想这会儿肯定还没来电，再看看夜海？再看看夜海吧。眼睛却再也睁不开。

陆陀是惊悸着醒来的。他几乎是在醒来的那一瞬间，人已坐起来了。他睁开眼睛，但见海天相接处，霞光万道。

"我爱维娜!"

"我叫陆陀!"

"我在烟台!"

陆陀对着大海,连叫了三声。

太阳慢慢露出了海面。

陆陀开了手机,拨维娜的电话,却关着机。他想太早了,维娜肯定还在睡觉。也不管是否吵着她,便挂了她家里的电话。

"维娜,你好!"陆陀感觉自己呼吸有些急促。

"你是谁?"维娜问,语气陌生得有些冷。

陆陀觉得奇怪:"怎么了你?我的声音你听不出了?"

维娜又问:"请问先生是哪一位?"

陆陀啪地掐掉了电话。他全身凉了一阵,马上燥热起来,额上立即冒出汗珠。他跑进卫生间,对着镜子大声叫喊自己的名字,然后仔细端详自己。心想镜子里面这个人真是陆陀呀?醉酒的人总说自己没醉,没醉的人都说自己醉了。陆陀相信自己没疯,难道真是疯了吗?

"难道我真的疯了吗?"陆陀的焦虑变成了自言自语。

陆陀不心甘,仍旧打了维娜电话:"我是陆陀呀!我在烟台。"

"你就是陆叔叔?我是雪儿,维娜的女儿。"

陆陀几乎不敢相信,雪儿的声音听上去就像她妈妈。他脑子闪过瞬时空白,很快清白过来。知道自己还没有疯,陆陀不由得苦笑。

"哦,是雪儿呀。你回来了?妈妈呢?"陆陀问道。

雪儿没有回答,语气冷冷地说:"陆叔叔,您能回来吗?马上赶回来吧。妈妈她……她现在不方便接您的电话。"

陆陀说:"告诉你妈妈,我今天就赶回来。向你妈妈问好。"

雪儿那边没说什么，电话断了。放下电话，陆陀心里不由得发慌。慌什么呢？仔细想想，也许是雪儿的语气不太对头吧。他再打电话过去，就没人接了。心想自己同雪儿并不熟悉，人家哪能那么客气呢？都是自己多心了。

陆陀匆匆收拾行李，往机场赶。买好机票，还得等两个小时。他早早地进了候机厅，见人就打招呼，像个开朗的美国人。旁边坐着位年轻人，陆陀同他攀谈起来。他惊奇自己的思维比平时还活跃些，普通话也说得很溜顺。小伙子竟问他是不是北方人。他说自己是荆都人，小伙子居然很吃惊。

陆陀在飞机上不停地同邻座聊天。他居然恶作剧，同别人谈到了陆陀的小说。他说自己不喜欢陆陀，因为陆陀的小说太道学，太政治，太沉重，就像托尔斯泰。他说他也不喜欢托尔斯泰。其实陆陀很热爱托翁。偏偏那位朋友喜欢看陆陀小说，指责身边这位陌生人只怕是特权阶层，不然不应该对陆陀小说如此不容。

下了飞机，陆陀叫了的士，直奔维娜家。开门的是雪儿。天哪，雪儿同她妈妈像是一个模子捏出来的。雪儿望着陆陀，面有戚容，只道："您是陆叔叔吗？"

陆陀来不及纳闷，猛然抬头，望见了客厅里框有黑边的维娜画像。他脑袋嗡地一响，人就呆了。

"雪儿，告诉叔叔，怎么回事？"

雪儿说："车祸。"

陆陀说："你妈妈开车很稳的啊。"

雪儿说："妈妈去北湖，看郑秋轮叔叔。那天正是郑叔叔的生日。妈妈喝了酒，过北湖大桥时，冲断了栏杆，翻到湖里去了。"

"天哪！"陆陀浑身颤抖起来。

"打捞了空车上来，却不见妈妈的遗体。"雪儿痛哭着，说不下去了。

陆陀同雪儿相对而泣，谁都忘了安慰对方。

雪儿说："陆叔叔，感谢您陪我妈妈度过了最后的日子。妈妈她，太苦了。"

陆陀觉得奇怪，雪儿怎么会知道他同维娜的交往？

"你爸爸好吗？"陆陀问。

雪儿说："谢谢。爸爸老了，不想待在美国。他同我一道回来了，不想再去美国了。他在那边语言不通，很孤独。"

陆陀低着头，没说什么。

雪儿说："陆叔叔，您稍坐一下，我上去取个东西。"

陆陀站起来，望着维娜的遗像。

"维娜，娜娜，娜娜，你怎么就不可以等着我回来啊。我说我要回来找你啊！"陆陀说上几句，就号啕起来。

"陆叔叔，您别伤心了。"雪儿拉着他的手，请他坐下。

雪儿手里拿着个精致的本子，说："陆叔叔，这是妈妈的日记，我想交给您。由您保管着，最合适了。"

一个棕红色羊皮封面的日记本，散发着淡淡馨香。

某月某日

太像他了。翻开他的小说，扉页上的照片让我吃惊。他简直就是郑秋轮。或者说郑秋轮如果长到三十八九岁，就该是这个模样。

看完他的小说，我几乎有些害怕。这是位很有血性的作家。郑秋轮当年，不也是如此？他却早早地去了。

…………

某月某日

我终于约见了他。我知道自己很冒昧，但我控制不了想见他的欲望。他长得真像秋轮，比照片上更像。只是肤色白些，比秋轮稍矮。

同他聊天，我常产生幻觉，似乎我的秋轮复活了。真想扑进他的怀里去。他很健谈，这一点也像秋轮。他说起自己写小说后的遭遇，我听着胸口发冷。他却一笑了之。他有些堂吉诃德的味道，勇武得令人觉得悲凉。

…………

某月某日

…………

他的眼神有些迷离，让我心神不安。我不敢猜测他的心思。

他知道我的心思吗？

我怀疑自己悄悄爱上他了。他也许就是个令人又敬又爱的男人。

我今天喝得酩酊大醉。心太烦了。不知怎么，他来了。等我醒来，他伏在我床头睡着了。我见自己穿着睡衣，立即心跳如鼓。原来他替我洗了澡……

我会成为他的女人吗？

某月某日

今天他显得很怪异，说话莫名其妙。他说也许不会回来，如果回来了就来找我。这是什么意思？我反复思量，迷惑不解。

过几天，就是秋轮的生日了。我想去趟北湖，坐在湖边，说说自己心里的话。我要告诉秋轮，我爱上一个人了，请他原谅我。

　　我会关了茶屋，同他走遍天涯。找个有山有水的地方，搭几间木屋住下来。他写作，我来照顾他的生活。不再有尘世的喧嚣，但闻松泉鸟语。

　　读着维娜的日记，陆陀胸口生生地痛，几乎要背过气去。他若早些向她表白，她或许安然无恙吧？他若不去烟台，天天守在她身边，或是陪着她去北湖，她也会平平安安吧？陆陀又恨又悔，直想把头往墙上撞。

　　雪儿说："妈妈车上，空酒瓶还在，人却不见了。"

　　"雪儿，妈妈同你说过亡魂鸟吗？"陆陀问。

　　"亡魂鸟？"雪儿摇摇头，"从没听妈妈说过。"

　　陆陀低头默然。这也许是天意，维娜命该同郑秋轮到一起去的。那浩浩渺渺的北湖，又多了一只亡魂鸟了。

　　不断有维娜的朋友前来探望。他们见了陆陀，睁大了眼睛打量他。他们的目光有些怪异，神情几乎是惊恐的。陆陀先是觉得纳闷，心想他们是否见他有什么异样？他心里就突突跳了起来，担心自己只怕不像正常人，八成是疯了。后来又想，他们准是老知青，见他长得像郑秋轮吧。

　　一位老者，颤巍巍地下楼来。陆陀猜着这人是谁了。郭浩然居然要守着维娜留下的别墅和钱财终老。上帝真是个喜欢恶作剧的坏小孩。